LUCY MAUD MONTGOMERY

ANNE
de avonlea

Esta é uma publicação Principis, selo exclusivo da Ciranda Cultural
© 2021 Ciranda Cultural Editora e Distribuidora Ltda.

Traduzido do original em inglês
Anne of Avonlea

Texto
Lucy Maud Montgomery

Tradução
Rafael Bonaldi

Preparação
Karoline Cussolim

Revisão
Mariane Genaro
Fernanda R. Braga Simon

Produção e projeto gráfico
Ciranda Cultural

Imagens
Gabi Wolf/shutterstock.com
Panacea Doll/shutterstock.com
MarBom/shutterstock.com
Pugovica88/shutterstock.com
KateChe/shutterstock.com

Texto publicado integralmente no livro Anne de Avonlea, em 2019, na edição em brochura pela Ciranda Cultural. (N.E.)

Dados Internacionais de Catalogação na Publicação (CIP) de acordo com ISBD

M787a   Montgomery, Lucy Maud

Anne de Avonlea / Lucy Maud Montgomery ; traduzido por Rafael Bonaldi. - Jandira, SP : Principis, 2020.
288 p. ; 15,5cm x 22,6cm. - (v.2)

Tradução de: Anne of Avonlea
Inclui índice.
ISBN: 978-65-5552-146-7

1. Literatura infantojuvenil. 2. Literatura canadense. I. Bonaldi, Rafael. II. Título. III. Série.

2020-2257

CDD 028.5
CDU 82-93

Elaborado por Vagner Rodolfo da Silva - CRB-8/9410

Índice para catálogo sistemático:
1. Literatura infantojuvenil 028.5
2. Literatura infantojuvenil 82-93

1ª edição em 2021
www.cirandacultural.com.br
Todos os direitos reservados.
Nenhuma parte desta publicação pode ser reproduzida, arquivada em sistema de busca ou transmitida por qualquer meio, seja ele eletrônico, fotocópia, gravação ou outros, sem prévia autorização do detentor dos direitos, e não pode circular encadernada ou encapada de maneira distinta daquela em que foi publicada, ou sem que as mesmas condições sejam impostas aos compradores subsequentes.

SUMÁRIO

Um vizinho enfurecido 9
Vendendo às pressas e arrependendo-se a perder de vista 20
Na casa do senhor Harrison 27
Opiniões diferentes 35
Uma verdadeira professora 41
Todos os tipos e condições de homens... E mulheres 49
O senso de dever 61
Marilla adota os gêmeos 67
Uma questão de cor 77
Davy em busca de emoções 84
Fatos e fantasias 95
Um dia de cão 105
Um passeio dourado 113
Um perigo evitado 123
O início das férias 135
A essência das coisas esperadas 143
Um capítulo sobre acidentes 150
Uma aventura na estrada Tory 162
Apenas um dia feliz 172
Como as coisas geralmente acontecem 183
A doce senhorita Lavendar 191
Miudezas 204
O romance da senhorita Lavendar 209
Um profeta em sua terra natal 217
Um escândalo em Avonlea 226
Depois da curva 239
Uma tarde na Casa de Pedra 251
O príncipe retorna ao palácio encantado 263
Poesia e prosa 274
Um casamento na Casa de Pedra 281

*Para minha ex-professora HATTIE GORDON SMITH,
com grata lembrança de sua simpatia e de seu encorajamento.*

Flowers spring to blossom where she walks
The careful ways of duty,
Our hard, stiff lines of life with her
Are flowing curves of beauty[1].

–WHITTIER

---

1 Em tradução livre: "Flores desabrocham por onde ela trilha/ Os caminhos do dever com sutileza/ Nossas linhas duras e rijas da vida com ela/ São curvas fluidas da beleza". (N. T.)

UM VIZINHO ENFURECIDO

Uma moça alta, esbelta, "passada dos dezesseis anos", com olhos cinzentos sérios e cabelos que suas amigas diziam ser castanho-acobreados, estava sentada na extensa soleira de arenito vermelho de uma casa de fazenda na Ilha do Príncipe Edward, em uma perfeita tarde de agosto, firmemente determinada a interpretar algumas linhas de Virgílio.

De toda forma, uma tarde de agosto, com brumas azuladas que envolviam as encostas cultivadas, brisas suaves sussurrando como diabretes por entre os álamos e o esplendor dançante das papoulas vermelhas reluzindo contra o bosque escuro de jovens pinheiros em um canto do pomar de cerejeiras, era mais apropriada para sonhos do que para línguas mortas. Logo o Virgílio escorregou despercebido para o chão, e Anne, com o queixo apoiado nos dedos entrelaçados e os olhos fixos na esplêndida massa de nuvens fofas que se amontoavam justamente acima da residência do senhor J. A. Harrison como uma grande montanha branca, estava muito longe, em um mundo delicioso onde certa professora fazia um magnífico trabalho, modelando o destino de futuros estadistas e inspirando mentes e corações jovens com grandes e sublimes ambições.

A verdade é que, levando em conta a dura realidade, deve-se confessar que Anne raramente o fazia se não fosse obrigada. Parecia improvável que houvesse material muito promissor para celebridades na escola de Avonlea. Mas nunca é possível prever o que acontecerá se uma professora usar a sua influência para o bem. Anne tinha certos ideais romantizados do que uma professora poderia alcançar se apenas tomasse as melhores decisões; e ela estava no meio de uma cena adorável, dali a quarenta anos, com uma figura importante e de renome... O motivo exato de sua fama era convenientemente incerto, mas Anne imaginava que seria muito bom um diretor de escola ou o Primeiro-Ministro canadense, curvando-se sobre sua mão enrugada em reverência e assegurando-lhe que havia sido ela quem despertara sua ambição e que todo o seu sucesso na vida fora devido às lições que ela lhe havia ensinado na escola de Avonlea, tanto tempo atrás. Essa agradável visão foi estilhaçada por uma interrupção das mais desagradáveis.

Uma modesta vaquinha Jersey veio correndo pela alameda, e cinco segundos depois chegou o senhor Harrison, se "chegar" não for um termo muito suave para descrever a maneira como o homem irrompeu no quintal.

Ele saltou sobre a cerca sem esperar para abrir o portão e confrontou furiosamente a atônita Anne, que havia se levantado e o encarava com perplexidade. O senhor Harrison era o novo vizinho à direita, e eles ainda não tinham sido apresentados, apesar de ela já o ter visto uma ou duas vezes.

No início de abril, antes que Anne tivesse voltado da Queen's Academy para casa, o senhor Robert Bell, cujas terras faziam fronteira com a propriedade dos Cuthberts a oeste, vendera a fazenda e mudara-se para Charlottetown. A fazenda tinha sido comprada por um certo senhor J. A. Harrison, cujo nome e o fato de ser natural de New Brunswick eram tudo que se sabia sobre ele. No entanto, antes de completar um mês em Avonlea, ele já havia ganho a reputação de ser uma pessoa estranha, "um excêntrico", nas palavras da senhora Rachel Lynde. A senhora Rachel, por sua vez, não tinha reservas, como vocês que já a conheceram se lembrarão. O senhor Harrison era certamente diferente das outras pessoas, e essa é a característica essencial de um excêntrico, como todos sabem.

Em primeiro lugar, ele não era de receber visitas e havia declarado publicamente que não queria baboseiras de mulheres em sua moradia. A ala feminina de Avonlea vingou-se por meio de terríveis lorotas sobre os cuidados dele com a casa e a cozinha. Ele havia contratado o pequeno John Henry Carter, de White Sands, e foi o garoto que deu início às histórias. Por exemplo, não havia horário fixo para as refeições na casa. O senhor Harrison "beliscava alguma coisa" quando sentia fome, e, se John Henry estivesse por perto no momento, ele compartilhava a comida com o menino; porém, se não estivesse, ele tinha que esperar até a próxima vez em que o senhor Harrison tivesse fome. O garoto declarou com pesar que teria morrido à míngua se não pudesse ir para casa aos domingos e se fartar e que sua mãe sempre lhe dava uma cesta com comida para levar consigo nas manhãs de segunda-feira.

Quanto a lavar a louça, o senhor Harrison não tinha intenção alguma de fazê-lo, a não ser nos domingos chuvosos. Então, ele partia para o trabalho e lavava toda a louça de uma vez no barril cheio de água da chuva e a deixava escorrendo para secar.

Novamente, o senhor Harrison foi sovina. Quando lhe perguntaram se poderia contribuir com o salário do reverendo Allan, ele respondeu que iria esperar para ver quanto valeria sua pregação, pois não queria comprar gato por lebre. E, quando a senhora Lynde foi pedir uma contribuição para as missões estrangeiras em nome da sociedade assistencial da igreja, e consequentemente espiar o interior da casa, o senhor Harrison respondeu que existiam mais pagãos entre as velhas fofoqueiras de Avonlea do que em qualquer outro lugar que conhecesse e que contribuiria alegremente para uma missão com o intuito de catequizá-las se ela viesse em nome disso. A senhora Lynde foi embora, dizendo que era um alívio a pobre senhora Robert Bell estar a salvo no túmulo, pois lhe teria partido o coração ver o estado da casa da qual tanto se orgulhava.

– Ora, ela esfregava o piso da cozinha dia sim, dia não – disse a senhora Lynde com indignação para Marilla Cuthbert. – Se você visse como está agora! Tive que erguer as minhas saias para atravessá-la!

Por fim, o senhor Harrison criava um papagaio chamado Ginger. Ninguém em Avonlea jamais havia tido um animal de estimação desses; consequentemente, isso era considerado pouco respeitável. E que papagaio! Se você acreditasse nas palavras de John Henry, não havia pássaro mais herege. Xingava terrivelmente. A senhora Carter teria tirado o filho dali na mesma hora se tivesse certeza de encontrar outro emprego para ele. Além disso, Ginger bicou o pescoço de John Henry um dia, quando ele se aproximou demais da gaiola. A senhora Carter mostrava a todos a marca quando o garoto azarado voltava para casa aos domingos.

Todas essas coisas passaram em um *flash* pela mente de Anne quando o senhor Harrison parou diante dela, aparentemente emudecido de fúria. Mesmo em seu humor mais agradável, ele não poderia ser considerado um homem elegante: ele era baixo, gordo e careca. E agora, com o rosto redondo vermelho de raiva e os proeminentes olhos azuis quase saltando das órbitas, Anne achou que ele era a pessoa mais feia que já tinha visto.

De súbito, o senhor Harrison encontrou a sua voz.

– Eu não tolerarei mais isso! – balbuciou ele. – Nenhum dia mais, ouviu, senhorita? Juro pela minha alma, essa é a terceira vez, senhorita... Terceira vez! A paciência deixou de ser uma virtude, senhorita. Eu avisei à sua tia da última vez para não deixar isso acontecer de novo, e ela deixou... Ela fez isso... E o que ela quer com isso? É o que eu quero saber! É por isso que estou aqui, senhorita.

– O senhor pode explicar qual é o problema? – pediu Anne, da forma mais digna possível. Ela vinha praticando consideravelmente tal postura nos últimos tempos, para que estivesse pronta quando as aulas recomeçassem. Mas aparentemente isso não produzia nenhum efeito no irado J. A. Harrison.

– Problema, é? Pela minha alma, acho que é um problema e tanto. O problema é que, senhorita, eu encontrei essa vaca Jersey da sua tia na minha plantação de aveia novamente, nem meia hora atrás. Pela terceira vez, veja bem. Eu a encontrei na última terça-feira e ontem. Eu vim até aqui e disse à sua tia para não deixar isso acontecer de novo. E ela deixou. Onde está a sua tia, senhorita? Eu gostaria de conversar com ela só por um minuto, para dizer-lhe o que penso, o que J. A. Harrison pensa, senhorita!

– Se o senhor se refere à senhorita Marilla Cuthbert, ela não é minha tia e ela viajou para East Grafton para visitar um parente distante que está muito doente – respondeu Anne, com o devido aumento de dignidade em cada palavra. – Sinto muito que minha vaca tenha invadido sua plantação; ela pertence a mim, e não à senhorita Cuthbert. Matthew comprou-a do senhor Bell e deu-a de presente para mim há três anos, quando ela era uma bezerrinha.

– A senhorita sente muito? Isso não vai ajudar em nada! É melhor que vá olhar a destruição que esse animal fez nas minhas aveias... pisoteando-as do centro até a extremidade!

– Sinto muitíssimo – repetiu Anne com firmeza –, mas, se o senhor mantivesse suas cercas bem reparadas, talvez Dolly não as invadisse. É a sua parte da cerca que separa seu campo de aveia do nosso pasto, e outro dia eu percebi que ela não estava em condições muito boas.

– Minha cerca está muito boa! – retrucou o senhor Harrison, com mais raiva do que nunca, na empreitada de levar a guerra até o território inimigo. – As grades de um presídio não poderiam manter aquele demônio de vaca fora da minha propriedade! E eu lhe digo, sua ruivinha, que, se essa vaca é mesmo sua, é melhor você cuidar para que ela não pisoteie os grãos de outras pessoas, em vez de ficar aí sentada lendo romances de capa amarela – disse ele, lançando um olhar fulminante ao inocente Virgílio de capa bege caído aos pés de Anne.

Naquele momento, algo mais se tornou vermelho além do cabelo de Anne, que sempre foi um de seus pontos fracos.

– Prefiro ter o cabelo vermelho a não ter cabelo algum, exceto uma linha de fiozinhos ao redor das orelhas! – replicou ela.

O tiro acertou o alvo em cheio, pois o senhor Harrison era realmente muito sensível em relação à calvície. A fúria o sufocou outra vez e ele foi capaz apenas de olhar em silêncio para Anne, que recobrou o ânimo e aproveitou a vantagem.

– Eu terei consideração pelo senhor, pois tenho imaginação. Posso facilmente imaginar o quão irritante deve ser encontrar uma vaca em seu campo de aveias, e eu não guardarei nenhum rancor pelas coisas que disse. Prometo que Dolly nunca mais voltará a invadir suas terras. Dou minha palavra de honra neste assunto.

– Bem, tome cuidado para que ela não faça mais isso – resmungou o senhor Harrison, em um tom um pouco mais contido. Mas ele se afastou bastante irritado, pisando firme, e Anne ouviu-o resmungar para si mesmo até que sua voz estivesse fora de alcance.

Gravemente perturbada, Anne atravessou o quintal e prendeu a vaca desobediente no curral.

"Ela jamais conseguirá sair dali a menos que ponha a cerca abaixo" – refletiu. "Ela me parece bem calma agora. Atrevo-me a dizer que ela comeu aveia até não poder mais. Eu deveria tê-la vendido ao senhor Shearer, quando ele quis comprá-la na semana passada, mas achei melhor esperar até o leilão do gado e me desfazer de todos os animais de uma vez. Creio que seja verdade que o senhor Harrison é um excêntrico. Certamente não há nenhum traço de alma gêmea nele."

Anne estava sempre atenta por almas gêmeas.

Marilla Cuthbert estava entrando no quintal quando Anne voltou para a casa, então a jovem correu para preparar o chá. Elas conversaram sobre o assunto à mesa.

– Ficarei feliz quando o leilão tiver terminado – disse Marilla. – É muita responsabilidade ter tanto gado na fazenda e ninguém para cuidar deles além daquele Martin, em quem não se pode confiar. Ele ainda não voltou, apesar de ter prometido que certamente estaria de volta na noite passada se eu lhe desse um dia de folga para ir ao funeral da tia.

Não sei quantas tias ele de fato tem. Já é a quarta que morre desde que o contratamos um ano atrás. Ficarei mais que grata quando a colheita terminar e o senhor Barry assumir a fazenda. Teremos que manter Dolly presa no curral até que Martin volte, pois ela precisa ser solta no pasto dos fundos, e as cercas de lá precisam ser consertadas. Posso afirmar que este é um mundo problemático, como Rachel costuma dizer. A pobre Mary Keith está morrendo, e eu não sei o que será daquelas duas crianças! Ela tem um irmão que mora em British Columbia a quem escreveu sobre os filhos, mas ainda não recebeu uma resposta.

– Como são essas crianças? Quantos anos têm?

– Seis anos... Eles são gêmeos.

– Ah, eu sempre tive um interesse especial por gêmeos... A senhora Hammond tinha tantos! – respondeu Anne avidamente. – Eles são bonitos?

– Meu Deus, não dava para saber... Eles estavam tão sujos! Davy estava lá fora fazendo tortas de barro, e Dora saiu para chamá-lo. Ele empurrou a irmã de cabeça na maior torta e, então, por ela ter chorado, ele se enfiou no barro e ficou chafurdando para mostrar que não havia motivo para chorar. Mary disse que Dora era uma criança muito boazinha, mas que Davy era bem travesso. Pode-se dizer que ele nunca recebeu nenhum tipo de educação. O pai morreu quando ele ainda era um bebê, e Mary tem estado doente desde essa época.

– Sempre lamento muito por crianças que não tiveram educação – comentou Anne, de maneira grave. – Você sabe que eu não recebi nenhuma antes de você tomar conta de mim. Espero que o tio possa cuidar deles. Qual é o grau de parentesco entre a senhora Keith e você?

– Entre mim e Mary? Absolutamente nenhum! Era o marido dela... Ele era nosso primo em terceiro grau. Aí vem a senhora Lynde, entrando no quintal. Imaginei que ela viria para saber sobre Mary.

– Não conte a ela sobre o senhor Harrison e a vaca! – implorou Anne.

Marilla prometeu, mas a promessa foi desnecessária, pois a senhora Lynde mal havia se acomodado quando disse:

– Vi o senhor Harrison espantar a sua Jersey da plantação de aveia hoje, quando eu estava voltando de Carmody. Acho que ele estava bem nervoso. Ele fez muito alvoroço?

Anne e Marilla trocaram furtivamente um sorriso divertido. Poucas coisas em Avonlea escapavam à senhora Lynde. Naquela mesma manhã, Anne dissera: "Se você entrar no seu quarto à meia-noite, trancar a porta, fechar a cortina e espirrar, no outro dia a senhora Lynde perguntará como está a sua gripe!".

– Creio que sim – admitiu Marilla. – Eu estava fora. Mas ele disse a Anne o que pensava.

– Acho que ele é um homem muito desagradável – disse Anne, ressentida, jogando os cabelos avermelhados para trás.

– Você nunca disse palavras mais verdadeiras – concordou a senhora Lynde, solenemente. – Eu sabia que teria problemas quando Robert Bell vendeu a propriedade para um sujeito de New Brunswick. Não sei o que vai ser de Avonlea com tantas pessoas estranhas chegando. Logo não será mais seguro dormir em nossa própria cama!

– Por quê? Que outros estranhos estão chegando? – perguntou Marilla.

– Você não soube? Bem, primeiro há uma família, os Donnells. Eles alugaram a antiga casa de Peter Sloane. Peter contratou o homem para cuidar do moinho. Eles vêm do Oeste, e ninguém sabe nada sobre eles. Além deles, há aquela família indolente de Timothy Cotton, que está se mudando de White Sands e será um fardo para a sociedade. O homem está com tuberculose... Quando não está roubando... E a esposa é uma criatura preguiçosa que não serve para nada. Ela lava a louça sentada! A senhora George Pye está cuidando de um órfão, sobrinho do marido, Anthony Pye. Ele irá para a escola e terá aulas com você, Anne, então já pode esperar confusão, é isso o que é. E você ainda terá outro aluno novo: Paul Irving está vindo dos Estados Unidos para viver com a avó. Você se lembra do pai dele, Marilla... Stephen Irving, aquele que abandonou Lavendar Lewis em Grafton?

– Não acredito que ele a tenha abandonado. Houve uma briga... Suponho que os dois lados tiveram culpa.

– Bem, de qualquer forma, ele não se casou com ela, e dizem que ela vem se comportando da maneira mais estranha possível desde então... vivendo sozinha naquela casinha de pedras que chama de Echo Lodge. Stephen foi morar nos Estados Unidos, abriu um negócio com o tio e casou-se com uma americana. Ele nunca mais voltou para cá, mas sua mãe foi visitá-lo uma ou duas vezes. A esposa faleceu há dois anos, e ele vai mandar o menino para morar com a avó por um tempo. Ele tem dez anos de idade, e não sei se será um aluno muito agradável. Daqueles americanos nunca se sabe.

A senhora Lynde olhava para todas as pessoas que tiveram a má sorte de nascer ou ser criadas em qualquer lugar à parte da Ilha do Príncipe Edward com um ar decidido de "pode algo de bom vir de Nazaré?[2]". Podem até ser pessoas boas, é claro, mas você estaria em uma posição segura se duvidasse. A senhora Lynde tinha um preconceito especial contra os americanos. Um empregador para quem seu marido havia trabalhado em Boston havia lhe trapaceado em dez dólares, e nem anjos, principados ou potestades poderiam tê-la convencido de que os Estados Unidos inteiros não eram os responsáveis pelo roubo.

– A escola de Avonlea não vai ficar pior por causa de um pouco de sangue novo – respondeu Marilla, com secura –, e, se a criança for como o pai, ela ficará bem. Stephen Irving foi o garoto mais doce que já cresceu por estas bandas, apesar de algumas pessoas o considerarem orgulhoso. Creio que a senhora Irving deve estar muito contente em cuidar do neto. Ela ficou muito solitária desde que o esposo faleceu.

– Ah, o garoto pode até ser bonzinho, mas será diferente das crianças de Avonlea – replicou a senhora Lynde, como se isso concluísse o assunto. As opiniões da senhora Lynde sobre qualquer pessoa, lugar ou coisa eram sempre imutáveis. – O que foi que eu ouvi sobre vocês começarem uma Sociedade de Melhorias no vilarejo, Anne?

---

2 Referência ao Evangelho de João 1:45-46. (N. T.)

– Eu estava só comentando com algumas moças e rapazes na última reunião do Clube de Debate – respondeu Anne, corando. – Eles acharam que poderia ser uma boa ideia... Assim como o senhor e a senhora Allan. Muitas cidades já têm uma sociedade dessas agora.

– Bem, você vai se meter em um mar de problemas sem fim se fizer isso. É melhor deixar para lá, Anne, é isso o que é. As pessoas não gostam de ser melhoradas.

– Não vamos tentar mudar as pessoas. O foco é Avonlea. Há muitas coisas que podem ser feitas para torná-la mais bonita. Por exemplo, se pudermos convencer o senhor Levi Boulter a derrubar aquela casa velha e horrível na fazenda lá de cima, isso não seria uma melhoria?

– Certamente – admitiu a senhora Lynde. – Aquela velha ruína tem sido a mácula da cidade há anos. Mas, se a sua Sociedade de Melhorias for capaz de persuadir Levi Boulter a fazer qualquer coisa para a nossa sociedade sem ganhar algo em troca, talvez eu possa ir junto ver e ouvir o processo, é isso o que é! Não quero desencorajá-la, Anne, pois pode haver algo bom na sua ideia, embora eu acredite que você a tirou de uma daquelas porcarias de revistas americanas. Mas você estará muito ocupada com a escola, e o meu conselho, como amiga, é não se envolver com essas melhorias, é isso o que é. Mas, sim, eu sei que você irá até o fim com esta ideia se já está decidida. Você sempre foi uma daquelas que fazem as coisas acontecer de alguma maneira.

Alguma coisa no firme contorno dos lábios de Anne dizia à senhora Lynde que sua suposição não estava longe da verdade. O coração da jovem estava determinado a criar a Sociedade de Melhorias. Gilbert Blythe, que iria lecionar em White Sands, mas estaria sempre em casa de sexta-feira à noite até segunda-feira de manhã, estava entusiasmado com a ideia; e muitos dos outros companheiros estavam dispostos a fazer qualquer coisa que significasse reuniões ocasionais e, consequentemente, um pouco de "diversão". Quanto às "melhorias", ninguém tinha uma ideia muito clara ainda do que seriam, exceto Anne e Gilbert. Eles haviam conversado e planejado tudo, até que a Avonlea ideal existisse em suas mentes, se não em realidade.

A senhora Lynde ainda tinha outra novidade.

– Deram a escola de Carmody para uma tal de Priscilla Grant. Você não estudou com uma moça com esse nome na Queen's Academy, Anne?

– Sim, é verdade. Priscilla lecionando em Carmody! Essa notícia é perfeitamente adorável! – exclamou Anne, com os olhos cinzentos tão iluminados que pareciam estrelas ao anoitecer, fazendo a senhora Lynde questionar, mais uma vez, se algum dia iria decidir, para a própria satisfação, se Anne Shirley era uma moça bonita ou não.

VENDENDO ÀS PRESSAS E ARREPENDENDO-SE A PERDER DE VISTA

No dia seguinte à tarde, Anne foi até Carmody fazer compras e levou Diana Barry consigo. Diana era, sem dúvida, um dedicado membro da Sociedade de Melhorias, e as duas não tiveram outro assunto durante todo o caminho de ida e volta até Carmody.

– A primeira coisa que deveremos fazer quando dermos início às atividades é pintar aquele salão – disse Diana enquanto passavam pelo Salão de Avonlea, um prédio desgastado pelo tempo, localizado em um vale cheio de árvores, encoberto por abetos vermelhos por todos os lados. – Sua aparência é vergonhosa, e devemos cuidar disso antes mesmo de tentar convencer o senhor Levi Boulter a derrubar a casa dele. Papai acha que nós nunca conseguiremos persuadi-lo. Diz que ele é muito mesquinho para desperdiçar o tempo que isso levaria.

– Talvez ele permita que os rapazes derrubem a casa se prometerem tirar as tábuas e rachá-las para serem usadas como lenha – disse Anne, esperançosa. – A princípio, devemos dar nosso melhor e ficar satisfeitos em fazer as coisas com calma. Não é possível transformar tudo de uma vez. Primeiro, nós devemos educar o público, é claro.

Diana não sabia exatamente o que significava "educar o público"; mas isso soava muito bem, e ela sentiu-se orgulhosa por fazer parte de uma sociedade que tinha em vista tal objetivo.

– Ontem à noite eu pensei em algo que poderíamos fazer, Anne. Sabe aquele pedaço de terra em formato de triângulo onde as estradas de Carmody, Newbridge e White Sands se encontram? Ele está coberto por jovens abetos; mas não seria bom se pudéssemos limpar tudo e deixar apenas as duas ou três bétulas que ali estão?

– Esplêndido! – concordou Anne, entusiasmada. – E colocar um banco rústico debaixo delas. E, quando chegar a primavera, nós faremos um canteiro de flores bem no meio e plantaremos gerânios.

– Sim, mas teremos de pensar em uma maneira de convencer a velha senhora Sloane a manter sua vaca fora da estrada, ou o animal comerá todos os nossos gerânios – riu Diana. – Estou começando a entender o que você quer dizer com "educar o público", Anne. Ali está a velha casa dos Boulters. Você já viu uma espelunca como essa antes? E tão perto da estrada, ainda por cima! Uma casa velha e sem janelas sempre me faz pensar em algo morto que teve os olhos arrancados.

– Acho que uma casa velha e deserta é uma visão tão triste – disse Anne, divagando em sonhos. – Sempre me passa a impressão de estar pensando sobre o passado e lamentando os saudosos momentos de alegria. Marilla disse que uma grande família viveu naquela casa, muito tempo atrás, e que era realmente um lugar muito bonito, com um jardim adorável e rosas crescendo por todos os lados. A casa era repleta de crianças, risadas e canções; e agora está vazia, e nada passa por ali, exceto o vento. Como deve se sentir solitária e pesarosa! Talvez todos eles voltem em noites de luar... Os fantasmas das criancinhas de outrora, as rosas e as canções... E, por um breve instante, a velha casa pode sonhar que é jovem e alegre outra vez.

Diana balançou a cabeça negativamente.

– Nunca imagino coisas assim sobre os lugares, Anne. Você não se lembra de como a minha mãe e Marilla ficaram bravas quando criamos histórias sobre os fantasmas na Floresta Assombrada? Desde aquele dia eu nunca mais me senti à vontade para passar por lá depois que escurece; e, se eu começar a imaginar essas coisas sobre a velha casa dos Boulters, ficarei assustada quando passar por ali também. Além disso, aquelas crianças não estão mortas. Estão todos crescidos e vivendo muito bem... E um deles é açougueiro. De qualquer forma, flores e canções não podem ter fantasmas.

Anne reprimiu um pequeno suspiro. Ela sentia uma profunda afeição por Diana, e as duas sempre tinham sido boas amigas. Mas há muito tempo Anne havia entendido que, ao vagar pelo reino da fantasia, ela deveria ir sozinha. O caminho até lá era uma senda encantada, onde nem mesmo seus entes mais queridos a acompanhariam.

Um temporal caiu enquanto estavam em Carmody; mas ele não durou muito, e o caminho para casa, através das estradinhas de terra onde as gotas de chuva brilhavam nos galhos das árvores e dos pequenos vales frondosos onde samambaias encharcadas liberavam um aroma pungente, foi adorável. Porém, ao entrarem na alameda dos Cuthberts, Anne viu algo que estragou toda a beleza da paisagem.

Diante delas, à direita, estendia-se o vasto campo cinza esverdeado, úmido e exuberante, de aveias maduras do senhor Harrison. E ali, em pé, exatamente no meio do campo, com o corpo magro em meio aos talos viçosos, piscando os olhos calmamente na direção de ambas, estava a vaca Jersey!

Anne largou as rédeas e levantou-se com os lábios franzidos, o que não era um bom sinal para a quadrúpede predatória. Sem dizer uma palavra, ela desceu agilmente pela roda da carroça e saltou ligeira sobre a cerca antes que Diana pudesse entender o que havia acontecido.

– Anne, volte! – gritou a moça, assim que encontrou a voz. – Vai arruinar seu vestido nesses grãos úmidos... arruinar! Ela não me ouve! Bem, ela nunca vai tirar aquela vaca dali sozinha. Eu devo ajudá-la, é claro.

Anne avançava pelos grãos como se estivesse louca. Diana desceu com rapidez, amarrou o cavalo a uma estaca bem segura, ergueu sobre o ombro as saias de seu lindo vestido de algodão xadrez, pulou a cerca e começou a perseguir a amiga desesperada.

Ela podia correr mais rápido que Anne, que se atrapalhava com a saia ensopada, e logo a alcançou. Deixaram para trás um rastro que partiria o coração do senhor Harrison quando ele o visse.

– Anne, pelo amor de Deus, pare! – arfou a pobre Diana. – Estou sem fôlego, e você está molhada até os ossos!

– Preciso... tirar... aquela vaca... dali... antes que... o senhor Harrison... a veja – arquejou Anne. – Eu não me... importo... se estou... encharcada... se pudermos... apenas... fazer isso.

Mas a vaca Jersey parecia não ver uma boa razão para ser forçada a sair do saboroso campo. Quando as ofegantes meninas se aproximaram dela, o animal deu meia-volta e saiu em disparada para o canto oposto da plantação.

– Corra na frente dela! – gritou Anne. – Corra, Diana, corra!

Diana correu. Anne tentou, e a Jersey rebelde correu pelo campo como se estivesse possuída. Intimamente, Diana pensou que o animal estava mesmo. Só depois de uns bons dez minutos é que elas finalmente conseguiram tomar a dianteira e guiar a vaca para o pasto dos Cuthberts, através da abertura na cerca.

Não havia como negar que Anne estava de péssimo humor naquele exato momento. E tampouco foi tranquilizador avistar uma charrete parada fora da alameda, onde estavam sentados o senhor Shearer, de Carmody, e seu filho, os dois com um grande sorriso.

– Creio que teria sido melhor se você tivesse vendido essa vaca quando eu quis comprá-la na semana passada, Anne – disse o senhor Shearer, com um riso abafado.

– Eu a venderei agora se quiser comprá-la – retrucou a exasperada e desalinhada dona do animal. – O senhor pode levá-la neste exato minuto.

– Feito! Pagarei os mesmos vinte dólares que ofereci antes, e Jim pode levá-la para Carmody. Ela irá para a cidade com o restante do carregamento nesta noite. O senhor Reed, de Brighton, quer uma vaca Jersey.

Cinco minutos depois, Jim Shearer e a vaca Jersey marchavam pela estrada, e a impulsiva Anne guiava a carroça pela alameda de Green Gables com seus vinte dólares.

– O que Marilla vai dizer?

Ah, ela não vai se importar! Dolly era minha vaca e provavelmente não valeria mais de vinte dólares no leilão. Mas... ah, Deus... Se o senhor Harrison olhar para a plantação, ele saberá que a vaca esteve por lá de novo, e justo quando eu dei minha palavra de honra que não deixaria isso voltar a acontecer! Bem, isso me ensinou que eu nunca devo dar a minha palavra quando o assunto são vacas. Não se pode confiar em um animal que pula uma cerca ou quebra um redil em lugar nenhum.

Marilla tinha ido até Lynde's Hollow e, ao retornar, ela já estava sabendo de tudo sobre a venda de Dolly e de sua transferência, pois a senhora Lynde havia acompanhado boa parte da transação da janela de sua casa e adivinhado o resto.

– Creio que foi muito bom ter se livrado da vaca, embora você faça as coisas de um jeito terrivelmente precipitado, Anne. Mas eu não entendo como ela conseguiu sair do redil. E deve ter partido uma das placas de madeira.

– Eu não pensei em averiguar, mas vou lá agora. Martin ainda não voltou. Talvez outras tias dele tenham morrido. Acho que é uma situação parecida com a do senhor Peter Sloane e os octogenários. Uma noite dessas, a senhora Sloane estava lendo o jornal e disse ao marido: "Estou vendo aqui que outro octogenário morreu. O que é um octogenário, Peter?". E o senhor Sloane respondeu que não sabia, mas que deviam ser criaturas muito doentes, pois só se ouvia falar delas quando já estavam morrendo. É o que acontece com as tias de Martin.

– Martin é como todos os outros rapazotes franceses – afirmou Marilla, com desgosto. – Não se pode contar com eles nem por um dia. Marilla estava olhando as coisas que Anne havia comprado em Carmody, quando ouviu um grito estridente vindo do celeiro. No minuto seguinte, Anne entrou correndo na cozinha, torcendo as mãos.

– Anne Shirley, qual o problema agora?

– Ah, Marilla, o que vou fazer? É terrível! E é tudo minha culpa. Quando vou aprender a parar e refletir um pouco antes de agir de maneira imprudente? A senhora Lynde sempre disse que eu iria acabar fazendo algo terrível algum dia, e agora eu fiz!

– Anne, você é a garota mais exasperada que existe! O que você aprontou agora?

– Eu vendi ao senhor Shearer a vaca Jersey do senhor Harrison... Aquela que ele havia comprado do senhor Bell! Dolly está lá no redil neste momento!

– Anne Shirley, você está sonhando?

– Bem que eu queria estar. Não há nada de sonho nisso, apesar de se parecer muito com um pesadelo. E a vaca do senhor Harrison já deve estar em Charlottetown agora! Ai, Marilla, eu pensei que tivesse parado de me envolver em confusões... e aqui estou eu, na pior que já vivi em toda a vida. O que devo fazer?

– Fazer? Não há nada a ser feito, menina, exceto ir até a fazenda do senhor Harrison e resolver essa situação. Podemos oferecer-lhe a nossa Jersey em troca se ele não quiser ficar com o dinheiro. Ela é tão boa quanto a dele.

– Tenho certeza de que ele ficará terrivelmente irritado e não concordará – lamentou Anne.

– Atrevo-me a dizer que sim. Ele parece ser um homem irritadiço. Eu posso ir e explicar tudo para ele, se quiser.

– É claro que não. Não sou tão má assim! – exclamou Anne. – É tudo culpa minha, e eu certamente não permitirei que você seja punida em meu lugar. Eu mesma irei, e irei de uma vez! Quanto antes tudo terminar, melhor, pois será terrivelmente humilhante.

A pobre Anne pegou seu chapéu e os vinte dólares, e já estava de saída quando viu de relance a porta da copa aberta. Sobre a mesa repousava o bolo de amêndoas, que ela havia preparado mais cedo, naquela manhã... Uma mistura particularmente apetitosa coberta com glacê cor-de-rosa e enfeitada com nozes. Anne pretendia servi-lo na sexta-feira, quando os jovens de Avonlea se reuniriam em Green Gables para organizar a Sociedade de Melhorias. Mas o que eram os jovens quando comparados ao legitimamente ofendido senhor Harrison? Anne pensou que um bolo poderia suavizar o coração de qualquer homem, especialmente o de um que preparava a própria comida, e prontamente colocou-o em uma caixa. Ela iria oferecê-lo como oferta de paz.

"Isto é, se ele me der a chance de falar qualquer coisa"- pensou a jovem, lugubremente, ao passar pela cerca do pasto e tomar um atalho pelos campos, que estavam dourados sob a luz etérea do fim de tarde de agosto. "Agora sei exatamente o que sentem as pessoas que são levadas para a execução."

NA CASA DO SENHOR HARRISON

A casa do senhor Harrison era uma antiga construção pintada de cal branca, de beirais baixos, que fora erguida diante de um denso bosque de abetos.

O próprio senhor Harrison estava sentado na varanda protegida do sol por trepadeiras, em mangas de camisa, fumando seu cachimbo ao final da tarde. Quando percebeu quem vinha pelo caminho, ele levantou-se de supetão, correu para dentro da casa e bateu a porta. Sua reação era simplesmente o resultado da desagradável sensação de surpresa, misturada com uma boa quantidade de vergonha por causa do acesso de raiva que tivera no dia anterior. Porém, tal atitude quase acabou com o pouquinho de coragem que restava no coração de Anne.

"Se ele já está tão zangado agora, imagine como vai ficar quando ouvir o que fiz" – refletiu miseravelmente ao bater educadamente à porta.

Mas o senhor Harrison abriu, com um sorriso acanhado, e convidou-a para entrar em um tom bem gentil e amigável, ainda que um tanto nervoso. Ele havia guardado o cachimbo e vestido o casaco; ofereceu uma cadeira empoeirada para Anne com muita educação, e esta recepção teria sido bem agradável se não fosse pelo falatório do papagaio que espiava por entre as barras da gaiola com olhos dourados arteiros. Assim que Anne se sentou, Ginger exclamou.

– Por minha alma, o que essa ruivinha está fazendo aqui?

Foi difícil dizer qual semblante ficou mais vermelho: o do senhor Harrison ou o de Anne.

– Não dê ouvidos para aquele papagaio – disse ele, lançando um olhar furioso para Ginger. – Ele está... está sempre falando bobagens. Foi presente do meu irmão, que era marinheiro. Eles nem sempre usam o melhor vocabulário, e papagaios são aves muito boas em imitar.

– Foi o que pensei – murmurou a pobre Anne, a lembrança da obrigação reprimindo o ressentimento. Ela com certeza não poderia afrontar o senhor Harrison naquelas circunstâncias. Quando se acaba de vender a vaca Jersey de um homem inesperadamente, sem seu conhecimento e consentimento, não se deve levar em conta se o papagaio dele repetir coisas desagradáveis. Contudo, a "ruivinha" não estava assim tão mansa.

– Eu vim fazer uma confissão, senhor Harrison – disse, resoluta. – É... É sobre... aquela vaca Jersey.

– Por Deus! – exclamou, nervoso. – Ela invadiu minha plantação de novo? Bem... não tem importância. Não faz diferença... nenhuma. Eu... Eu fui muito indelicado ontem, é verdade. Não tem problema se ela invadiu.

– Ah, se fosse só isso! – suspirou Anne. – Mas é dez vezes pior. Eu não...

– Meu Deus, quer dizer que ela invadiu o meu trigal?

– Não, não... Não o trigal. Mas...

– Então foram os repolhos! Ela invadiu a plantação de repolhos que eu estava cultivando para a Exibição, não foi?

– Não foram os repolhos, senhor Harrison. Vou contar tudo ao senhor... Foi por isso que vim aqui. Mas, por favor, não me interrompa. Isso me deixa muito nervosa. Apenas deixe-me contar a história e não diga nada até eu terminar. "Sem dúvida, o senhor terá muito a dizer", concluiu Anne, mas apenas em pensamento.

– Não direi mais nenhuma palavra – disse o senhor Harrison, e assim o fez. Mas Ginger não havia assinado nenhum contrato de silêncio e continuou gritando "ruivinha" de tempos em tempos, até que Anne ficou muito irritada.

– Eu tranquei minha vaca Jersey em nosso redil ontem. Nesta manhã, fui até Carmody e, ao regressar, vi uma vaca em suas aveias. Diana e eu a enxotamos, e o senhor não faz ideia do trabalho que tivemos! Eu estava completamente ensopada, cansada e irritada, e o senhor Shearer apareceu no mesmo instante e ofereceu-se para comprar a vaca. Eu a vendi na hora, por vinte dólares. Foi errado da minha parte. Eu deveria ter esperado e conversado a respeito desse assunto com Marilla antes, é claro. Mas eu tenho a péssima tendência a fazer as coisas sem pensar... Qualquer pessoa que me conheça concordará. O senhor Shearer levou a vaca embora imediatamente para embarcá-la no trem da tarde.

– Ruivinha – gritou Ginger, em um tom de profundo desdém.

Nesse momento o senhor Harrison levantou-se e, com uma expressão que encheria qualquer pássaro de terror, exceto um papagaio, pegou a gaiola de Ginger e a levou para uma sala adjacente, fechando a porta. O pássaro gritou, xingou e comportou-se de modo a manter sua reputação, mas, ao encontrar-se sozinho, voltou a ficar em profundo silêncio.

– Perdoe-me e prossiga – disse o senhor Harrison, sentando-se novamente. – Meu irmão, o marinheiro, nunca ensinou boas maneiras ao pássaro.

– Fui para casa e, depois do chá, fui até o curral. Senhor Harrison... – Anne inclinou-se, juntando as mãos em um antigo gesto infantil, enquanto seus grandes olhos acinzentados encaravam, suplicantes, o rosto constrangido do vizinho. – Encontrei minha vaca ainda presa dentro do redil. Foi a sua vaca que vendi ao senhor Shearer.

– Meu Deus do céu! – exclamou o senhor Harrison, em perplexo assombro diante da conclusão inesperada. – Que coisa mais extraordinária!

– Oh, não é nem um pouco extraordinário que eu esteja criando confusões para mim e para outras pessoas – respondeu Anne, com melancolia. – Sou notória por isso. É de se presumir que eu já esteja bem crescida para fazer esse tipo de coisa... Eu completarei dezessete anos em março... Mas parece que não. Senhor Harrison, é pedir demais que o senhor me perdoe? Temo que seja tarde demais para conseguir sua vaca de volta, mas aqui está o dinheiro que pagaram por ela... Ou o senhor pode ficar com a minha em troca se preferir. Dolly é uma vaca muito boa. E não posso expressar o quanto estou arrependida por toda a situação.

– Tsc, tsc – fez o senhor Harrison, bruscamente –, não diga mais nenhuma palavra sobre este assunto, mocinha. Não tem importância... Nenhuma importância mesmo. Acidentes acontecem. Eu mesmo sou muito precipitado às vezes, senhorita... Precipitado demais. Mas não consigo evitar dizer o que penso, e as pessoas precisam me aceitar do jeito que sou. Agora, se aquela vaca tivesse entrado na minha plantação de repolhos... Mas não tem problema, ela não entrou, então está tudo bem. Acho que prefiro ficar com a sua vaca, já que a senhorita quer se desfazer dela.

– Ah, obrigada, senhor Harrison! Estou tão contente que o senhor não tenha ficado aborrecido! Estava com medo de que ficasse.

– E presumo que estivesse morrendo de medo de vir aqui e me contar, depois de todo o alvoroço que fiz ontem, não é? Mas não se importe comigo, sou apenas um velho falastrão, só isso... Com uma terrível disposição para dizer a verdade, mesmo que ela seja um pouco ruim.

– Assim como a senhora Lynde – disse Anne, antes que pudesse evitar.

– Quem? Senhora Lynde? Não me diga que sou como aquela velha fofoqueira – exclamou o senhor Harrison, irritado. – Não sou... nem um pouco. O que há nesta caixa?

– Um bolo – disse Anne, astutamente. Aliviada diante da inesperada amabilidade do senhor Harrison, seu ânimo agora era leve como uma pluma. – Eu trouxe de presente... Achei que, talvez, o senhor não comesse bolo com muita frequência.

– Não com frequência, é verdade, apesar de gostar muito. Fico muito agradecido. Parece bom, olhando de cima. Espero que esteja tão gostoso quanto parece.

– E está! – respondeu Anne, alegremente confiante. – Já fiz bolos em minha vida que não estavam, como a senhora Allan pode afirmar, mas este está muito bom. Eu o fiz para a Sociedade de Melhorias, mas posso fazer outro para eles.

– Bem, é o seguinte, mocinha: você precisa me ajudar a comê-lo. Vou colocar a chaleira para esquentar, e tomaremos uma xícara de chá. O que acha?

– O senhor me permitiria fazer o chá? – perguntou Anne, duvidosa.

O senhor Harrison riu de mansinho.

– Vejo que não confia muito na minha habilidade de fazer chá. Pois está errada... Posso preparar o melhor bule de chá que já provou. Mas vá em frente. Felizmente choveu no domingo passado, então há bastante louça limpa.

Anne saltou rapidamente e foi ao trabalho. Ela lavou o bule várias vezes antes de mergulhar o chá na infusão. Depois, ela limpou o forno e arrumou a mesa, trazendo a louça da despensa. O estado da despensa deixou Anne horrorizada, porém, sabiamente, ela manteve-se calada. O senhor Harrison lhe disse onde guardava o pão, a manteiga e uma lata de pêssegos em conserva. Anne adornou a mesa com um buquê de flores do jardim, fechando os olhos para as manchas na toalha. Logo o chá ficou pronto, e Anne viu-se sentada de frente para o senhor Harrison na mesa dele, servindo-lhe o chá e conversando livremente sobre a escola, seus amigos e planos. Ela mal podia acreditar nas evidências captadas por seus sentidos.

O senhor Harrison trouxe Ginger de volta, afirmando que o pobre pássaro estava muito solitário, e Anne, sentindo que poderia perdoar a tudo e a todos, ofereceu-lhe uma noz. Mas os sentimentos de Ginger haviam sido severamente magoados, e o papagaio rejeitou qualquer proposta de amizade. Acomodou-se no poleiro de um jeito rabugento e sacudiu as penas até ficar parecendo uma mera bola verde e dourada.

– Por que o senhor o chama de Ginger? – perguntou Anne, que gostava de nomes apropriados e achava que Ginger não combinava de maneira nenhuma com uma plumagem tão magnífica.

— Meu irmão, o marinheiro, batizou-o com este nome. Talvez em referência ao seu temperamento[3]. Mas eu gosto muito deste pássaro... a senhorita ficaria surpresa se soubesse o quanto. Ele tem lá seus defeitos, é claro. Ginger já me causou muitas situações embaraçosas, de uma maneira ou de outra. Alguns desaprovam seu hábito de xingar, mas eu não consigo fazer com que ele perca essa mania. Já tentei... e outros já tentaram. Algumas pessoas têm preconceito contra os papagaios. Tolice, não concorda? Eu gosto deles. Ginger é uma boa companhia. Nada me faria desistir deste pássaro... nada neste mundo, moça!

O senhor Harrison lançou a última frase de maneira explosiva, como se suspeitasse de qualquer desejo latente em Anne de persuadi-lo a desistir de Ginger. Anne, entretanto, estava começando a gostar daquele homenzinho canhestro, nervoso e inquieto, e, antes que a refeição terminasse, eles já eram muito amigos. O senhor Harrison ficou sabendo da Sociedade de Melhorias e estava disposto a aprová-la.

— Está bem. Sigam em frente. Há bastante espaço para melhorias neste povoado... e nas pessoas também.

— Ah, não tenho certeza — respondeu Anne, repentinamente. Para si mesma ou para seus companheiros mais próximos, ela poderia admitir que havia pequenas imperfeições facilmente removíveis em Avonlea e em seus habitantes. Mas era uma coisa completamente diferente ouvir um forasteiro como o senhor Harrison dizer isso. — Considero Avonlea um lugar adorável, e os habitantes daqui são muito agradáveis também.

— Creio que a senhorita tem um temperamento apimentado — comentou ele, estudando as bochechas coradas e os olhos indignados à sua frente. — Presumo que combine com os seus cabelos. Avonlea é um lugar muito decente, caso contrário eu não teria me mudado para cá. Mas suponho que até mesmo a senhorita admitirá que o povoado tem alguns defeitos, não é?

---

3   Em inglês, *"ginger"* é um termo usado para referir-se a pessoas ruivas e também pode significar vivacidade, energia, vigor. (N. T.)

– Eu gosto ainda mais de Avonlea por causa desses defeitos – respondeu a leal Anne. – Não gosto de pessoas e lugares sem defeitos. Acho que uma pessoa verdadeiramente perfeita não seria muito interessante. A senhora Milton White diz que nunca conheceu uma pessoa perfeita, mas que ouviu muito a respeito de uma... a primeira esposa do marido. O senhor não acha que deve ser muito desconfortável ser casada com um homem cuja primeira esposa era perfeita?

– Seria mais desconfortável ser casado com a esposa perfeita – declarou o senhor Harrison, com uma veemência repentina e inexplicável.

Quando o chá terminou, Anne insistiu em lavar a louça, apesar de o anfitrião ter lhe assegurado que tinha o suficiente para semanas. Ela teria adorado varrer o chão, mas não havia nenhuma vassoura à vista e ela não gostaria de perguntar onde estava, por medo de ouvir que não havia nenhuma na casa.

– Venha me visitar para conversarmos de vez em quando – sugeriu ele quando Anne estava de saída. – Não é muito longe, e os vizinhos devem ser amistosos. Estou interessado nessa sociedade da qual me falou. Parece que vai ser muito divertido. Quem vocês vão enfrentar primeiro?

– Não vamos nos intrometer com as pessoas... Temos intenção de melhorar somente lugares – disse Anne, em tom solene. Ela suspeitava de que o senhor Harrison estivesse zombando do projeto.

Quando ela saiu, o senhor Harrison ficou observando-a pela janela... Um contorno delgado e feminino, saltitando pelos campos no lusco-fusco do poente.

– Sou um velho rabugento, solitário e intragável – disse em voz alta –, mas há algo nessa garotinha que me faz sentir jovem novamente... e é uma sensação tão agradável que eu gostaria de voltar a senti-la de vez em quando.

– Ruivinha – grazinou zombeteiramente Ginger.

O senhor Harrison o ameaçou com o punho em riste.

– Seu pássaro intratável, eu deveria ter torcido seu pescoço quando meu irmão marinheiro o trouxe para casa! Você nunca vai parar de me envolver em confusões?

Anne correu alegremente para casa e contou suas aventuras a Marilla, que estava um tanto alarmada pela sua longa ausência e prestes a sair para procurá-la.

– Este mundo é muito bom, apesar de tudo, não é, Marilla? – concluiu Anne, alegre. – Outro dia, a senhora Lynde queixou-se de que não se pode esperar muito do mundo. Que, sempre que se anseia por algo prazeroso, o desapontamento era quase certo... Talvez seja verdade. Mas sempre há um lado bom. As coisas ruins tampouco fazem jus às expectativas e quase sempre acabam sendo muito melhores do que imaginávamos. Eu esperava por uma experiência terrivelmente desagradável quando fui visitar o senhor Harrison esta tarde. Em vez disso, ele foi muito gentil e eu quase me diverti. Creio que seremos bons amigos de verdade se fizermos certas concessões um ao outro, e tudo hoje acabou bem. No entanto, Marilla, eu certamente nunca mais venderei uma vaca antes de ter certeza de quem é o dono. E eu não gosto de papagaios!

OPINIÕES DIFERENTES

Em um fim de tarde, ao pôr do sol, Jane Andrews, Gilbert Blythe e Anne Shirley se encontravam junto a uma cerca, à sombra dos galhos de abetos que uma brisa balançava gentilmente, onde um atalho no bosque conhecido como Rota das Bétulas se juntava à estrada principal. Jane havia passado a tarde com Anne, que agora acompanhava a amiga até uma parte do caminho de volta, e, ao passarem pela cerca, depararam-se com Gilbert. Os três estavam conversando sobre a fatídica manhã do dia seguinte, que seria a primeira de setembro, quando as escolas voltam a abrir suas portas. Jane iria para Newbridge, e Gilbert, para White Sands.

– Vocês dois têm certa vantagem – suspirou Anne. – Vão lecionar para crianças que não conhecem, enquanto eu terei de dar aulas para os meus antigos colegas, e a senhora Lynde disse que tem medo de que eles não me respeitem como o fariam com um estranho, a menos que eu seja muito severa desde o primeiro momento. Mas eu não acredito que uma professora deva ser severa. Ai, parece tanta responsabilidade!

– Creio que vamos nos sair bem – apaziguou Jane. Ela não se torturava com nenhuma aspiração de ser uma influência benéfica. Sua intenção era ganhar seu salário dignamente, agradar os membros do conselho diretor e ter o nome escrito no Rol de Honra do Inspetor da

Escola. Jane não tinha maiores ambições. – O mais importante é manter a ordem, e um professor tem que ser um pouco severo para isso. Se meus alunos não fizerem o que digo, eu os castigarei.

– Como?

– Dando-lhes uma boa palmatória, é claro.

– Jane, você não faria isso! – lamentou Anne, chocada. – Jane, você não poderia!

– De fato, eu poderei e farei, se merecerem – retrucou Jane, resoluta.

– Eu jamais conseguiria bater em uma criança! – replicou Anne, igualmente decidida. – Não acredito de forma alguma nesse método. A senhorita Stacy nunca surrou nenhum de nós, e ela mantinha a ordem perfeitamente; e o senhor Phillips estava sempre fazendo isso e não tinha nenhum controle sobre a classe. Não, se eu não conseguir dar aulas sem palmatória, desistirei de tentar lecionar. Há formas melhores de lidar com a situação. Eu tentarei conquistar a afeição de meus pupilos, e então eles vão querer fazer o que eu mandar.

– Mas e se não quiserem? – perguntou a prática Jane.

– Eu não os açoitaria de forma alguma. Estou certa de que isso não faria nenhum bem. Oh, Jane, não use a palmatória em seus alunos, querida Jane, não importa o que eles façam!

– O que tem a dizer sobre isso, Gilbert? – quis saber Jane. – Não acha que existem crianças que realmente precisam de uma surra de vez em quando?

– Você não acha cruel e bárbaro açoitar uma criança... qualquer criança? – exclamou Anne, com o rosto seriamente corado.

– Bem... – disse Gilbert lentamente, dividido entre suas reais convicções e o desejo de corresponder aos ideais de Anne. – Ambos os lados têm seu mérito. Não creio que devamos bater muito nas crianças. Eu acho, como você disse, Anne, que existem maneiras melhores de controlar a classe, via de regra, e que a punição corporal deve ser o último recurso. Mas, por outro lado, como disse Jane, creio que exista uma ou outra criança que não responde a nenhum outro modo e que, em suma, precisa de uma palmatória, e que se tornará uma pessoa melhor por isso. A punição corporal como último recurso será a minha regra.

Gilbert, ao tentar agradar os dois lados, conseguiu, como de costume, desagradar a ambos. Jane balançou a cabeça.

– Eu usarei a palmatória em meus alunos quando forem desobedientes. É o caminho mais rápido e fácil de convencê-los.

Anne lançou um olhar desapontado para Gilbert.

– Eu nunca açoitarei uma criança – repetiu ela, com firmeza. – Tenho certeza de que não é correto e tampouco necessário.

– E se um menino lhe responder com atrevimento quando você der a ele alguma tarefa? – perguntou Jane.

– Eu o manterei na sala após a aula e conversarei com bondade e firmeza com ele. Existe algo bom em cada pessoa; é só uma questão de saber encontrá-lo. E é o dever de um professor descobri-lo e desenvolvê-lo. Foi isso que o nosso professor de Gerenciamento Escolar na Queen's nos disse, você sabe. Você acredita mesmo que pode encontrar bondade em uma criança por meio de palmatórias? É muito mais importante influenciá-la corretamente do que ensinar-lhe os três R[4], como disse o Professor Rennie.

– Mas o inspetor vai avaliar se eles sabem os três R, lembra-se? E o relatório do seu desempenho não será bom se os alunos não estiverem de acordo com os padrões dele – protestou Jane.

– Prefiro que meus alunos me amem e se lembrem de mim como alguém que realmente os ajudou a figurar o Rol de Honra – afirmou Anne, decididamente.

– Você nunca punirá as crianças, nem quando se comportarem mal? – perguntou Gilbert.

– Ah, sim. Nesse caso, precisarei puni-los, eu suponho, apesar de saber que odiarei fazer isso! Mas posso mantê-las na sala durante o recreio ou colocá-las de pé em um canto da sala ou mandar que copiem frases.

---

4 Refere-se às habilidades básicas ensinadas nas escolas: leitura, escrita e aritmética *(Reading, Writing and Arithmetic)*. (N. T.)

– Suponho que você não castigará as meninas mandando que se sentem com os meninos, não é mesmo? – disse Jane, maliciosamente.

Gilbert e Anne se entreolharam e sorriram, embaraçados. Uma vez, Anne havia sido obrigada a sentar-se com Gilbert como punição, o que só resultou em tristeza e amargura.

– Bem, o tempo dirá qual é a melhor maneira – concluiu Jane, filosoficamente, ao se despedirem.

Anne voltou para Green Gables pela Rota das Bétulas, sombria, farfalhante e com aroma de samambaias, passando pelo Vale das Violetas e pelo Charco do Salgueiro, onde luz e escuridão se beijavam sob os pinheiros, e finalmente pela Travessa dos Amantes... lugares que ela e Diana haviam batizado muito tempo atrás. Anne caminhava lentamente, desfrutando da doçura do bosque e do campo, bem como do crepúsculo estrelado de verão, pensando taciturnamente sobre as novas responsabilidades que assumiria na manhã seguinte. Quando chegou ao quintal de Green Gables, o tom alto e decidido da voz da senhora Lynde chegou até ela através da janela aberta da cozinha.

"A senhora Lynde veio me dar um bom conselho para amanhã" – pensou Anne, com uma careta, "mas acho que não vou entrar. Seus conselhos são como pimenta, eu acho... excelentes em pequenas quantidades, mas muito ardidos na dose que a senhora Lynde prefere. Em vez disso, eu vou bater um papo com o senhor Harrison".

Esta não era a primeira vez que Anne ia conversar com o senhor Harrison desde o notável incidente com a vaca Jersey. Ela já o havia visitado em vários fins de tarde, e os dois tinham se tornado muito bons amigos, apesar de que, em alguns momentos e situações, Anne pensava que a franqueza da qual o senhor Harrison tanto se orgulhava era um pouco penosa. Ginger continuava tratando Anne com suspeitas e nunca falhava em saudá-la sarcasticamente como "a ruivinha". O senhor Harrison tentara em vão dissuadi-lo desse hábito, saltando empolgado todas as vezes que via Anne chegar, exclamando: "Pela minha alma, aí vem aquela mocinha novamente!", ou algo igualmente lisonjeiro. Mas Ginger percebeu a estratégia e o ignorou. Anne nunca saberia quantos elogios o senhor Harrison lhe fez pelas costas. Ele certamente nunca a elogiou na presença dela.

– Bem, presumo que você estava no bosque recolhendo um bom suprimento de varas finas para amanhã – foi sua saudação, conforme Anne subia os degraus da varanda.

– Certamente não – respondeu, indignada. Ela era um excelente alvo para provocações, pois sempre levava as coisas muito a sério. – Eu nunca usarei uma vara na minha escola, senhor Harrison. É claro que terei uma vara para apontar, que será usada apenas para apontar.

– Então, a senhorita vai castigá-los com um cinto? Bem, não sei, mas está certa. A vara causa uma dor aguda na hora, mas o cinto arde por mais tempo, isso é um fato.

– Eu não usarei nada do tipo! Não vou açoitar meus alunos!

– Santo Deus! – exclamou ele, genuinamente perplexo. – Então, como pretende mantê-los na linha?

– Por meio da afeição, senhor Harrison.

– Não vai funcionar. Não mesmo, Anne. "Poupe a criança do castigo e você a estragará."[5] Quando eu ia para a escola, o professor me açoitava praticamente todos os dias, pois dizia que, se eu não estava fazendo travessuras, eu estava tramando-as.

– Os métodos mudaram desde os seus dias de escola, senhor Harrison.

– Mas a natureza humana, não. Escreva o que eu digo: a senhorita só conseguirá manter esses jovens sob controle se tiver uma vara de prontidão para ser usada. É impossível.

– Bem, primeiro eu tentarei do meu jeito – respondeu Anne, que tinha uma forte determinação e era capaz de agarrar-se de maneira tenaz às próprias teorias.

– Imagino que a senhorita seja bem teimosa. – Foi a forma que o senhor Harrison encontrou para se expressar. – Bem, bem, isso nós veremos. Um dia, quando ficar bem nervosa, e as pessoas com o cabelo da

---

5 Referência ao Antigo Testamento – Provérbios 13:24. (N. T.)

cor do seu têm uma grande propensão a ficarem nervosas, a senhorita se esquecerá de todas as suas belas noçõezinhas e dará uma sova em alguns deles. De qualquer modo, a senhorita é muito jovem para lecionar... jovem e infantil demais.

De modo geral, Anne foi para a cama sentindo-se pessimista naquela noite. Ela dormiu mal e estava tão pálida e abatida no café da manhã do dia seguinte que Marilla ficou preocupada e insistiu em preparar-lhe uma xícara bem quente de chá de gengibre. Anne o bebeu em pequenos goles, pacientemente, ainda que não conseguisse imaginar que bem o chá de gengibre poderia fazer. Se fosse alguma infusão mágica e potente para lhe conferir idade e experiência, Anne teria engolido um quarto da xícara sem fazer careta.

– Marilla, e se eu falhar?

– Você dificilmente falhará por completo em um único dia, e muitos outros dias virão pela frente – disse Marilla. – Seu problema, Anne, é que você espera ensinar tudo àquelas crianças e corrigir imediatamente todas as faltas delas; e, se não conseguir, com certeza pensará que falhou.

UMA VERDADEIRA PROFESSORA

Quando Anne chegou à escola naquela manhã, pela primeira vez em sua vida, havia cruzado a Rota das Bétulas surda e cega aos seus encantos... tudo estava quieto e silencioso. A professora anterior havia treinado as crianças para estarem em seus lugares no momento de sua chegada; quando Anne entrou na sala de aula, ela foi prontamente confrontada por fileiras impecáveis de "resplandecentes carinhas matinais" e inquisitivos olhos brilhantes. Ela pendurou o chapéu e olhou para os alunos, na esperança de não parecer tão assustada e tola quanto se sentia, e que eles não percebessem o quanto tremia.

Anne tinha ficado acordada até quase meia-noite na véspera, redigindo o discurso de início das aulas que desejava fazer para os alunos. Ela o revisara e melhorara minuciosamente, antes de memorizá-lo.

Era um discurso muito bom, com excelentes ideias, especialmente sobre ajuda mútua e esforço legítimo em prol do conhecimento. O único problema é que ela não conseguiu se lembrar de uma palavra sequer.

Após o que pareceu um ano, e foi cerca de dez segundos, na realidade, Anne disse vagamente "Peguem suas Bíblias, por favor" e mergulhou sem fôlego na cadeira, encoberta pelo barulho e pelo estalar da tampa das carteiras que se seguiram. Enquanto as crianças liam os versículos, Anne tranquilizou a mente e observou o grupo de pequenos peregrinos destinados à Terra dos Adultos.

A maioria deles era, obviamente, muito bem conhecida por ela. Seus colegas de classe haviam terminado os estudos no ano anterior, mas o restante havia frequentado a escola com ela, exceto os alunos do primeiro ano e dez recém-chegados a Avonlea. Anne secretamente sentiu mais interesse nestes dez do que naqueles cujas possibilidades já estavam bem mapeadas à sua frente. A verdade é que esses jovens talvez fossem tão comuns quanto o resto; em contrapartida, talvez houvesse um gênio entre eles. Era uma ideia empolgante.

Sozinho em uma carteira no canto, estava Anthony Pye. Ele tinha uma carinha sombria e carrancuda e encarava Anne com uma expressão hostil nos olhos negros. Anne instantaneamente resolveu que iria ganhar a afeição daquele menino, para o completo desconcerto da família Pye.

Um garoto desconhecido estava sentado em outro canto, junto com Arty Sloane. Um rapazinho com ar jovial, de nariz arrebitado, o rosto cheio de sardas e olhos azuis grandes e iluminados, orlado por pestanas claras... provavelmente era o menino dos Donnels; e, se a semelhança valesse de alguma coisa, sua irmã estava sentada do outro lado do corredor, com Mary Bell. Anne se questionou que tipo de mãe a criança tinha, para mandá-la à escola vestida daquele jeito. A menina usava um vestido de seda rosa pálido, enfeitado com uma grande quantidade de rendas de algodão, sapatilhas brancas levemente sujas e meias de seda. Seu cabelo cor de areia fora coagido a formar inúmeros cachos retorcidos e artificiais, arrematados por um extravagante laçarote rosa maior do que sua cabeça. A julgar por sua expressão, a menina estava muito satisfeita consigo mesma.

Uma garotinha pálida, com um lindo cabelo fulvo, sedoso e ondulado que flutuava sobre os ombros, devia ser Annetta Bell, pensou Anne. Os pais dela tinham vivido anteriormente no distrito escolar de

Newbridge, mas agora, por terem se mudado para uma casa que ficava cinquenta jardas ao norte de seu antigo lar, estavam em Avonlea. Três pálidas garotinhas sentadas em um único banco eram certamente da família Cotton; e não havia dúvida de que a pequena beldade com longos cachos castanhos e olhos cor de avelã, que lançava olhares dissimulados para Jack Gills por cima da Bíblia, era Prillie Rogerson, cujo pai tinha se casado novamente havia pouco tempo, trazendo-a da casa da avó, em Grafton, para viver com a nova família. Uma garota alta e desajeitada, sentada no último banco, que parecia ter muitos pés e mãos, Anne não conseguiu reconhecer; mas mais tarde descobriu que seu nome era Barbara Shaw e que ela viera morar com uma tia que residia em Avonlea. Ela também viria a descobrir que, se Barbara alguma vez conseguisse caminhar pelo corredor sem tropeçar nos próprios pés, ou nos de alguém, os alunos de Avonlea escreveriam o fato incomum no alpendre para comemorar.

Mas, quando os olhos de Anne encontraram os do menino na carteira que ficava diante da sua, um estranho calafrio percorreu seu corpo, como se ela tivesse encontrado seu gênio. Anne sabia que aquele devia ser Paul Irving e que a senhora Rachel Lynde acertara pelo menos uma vez na vida ao profetizar que ele seria diferente das crianças de Avonlea. Mais do que isso, Anne notou que ele era diferente das crianças de qualquer outro lugar e que ali havia uma alma levemente semelhante à sua, observando-a intensamente com seus olhos azuis-escuros.

Anne sabia que Paul tinha dez anos, embora não parecesse ter mais do que oito. O rosto dele era o mais bonito que ela já havia visto em uma criança: feições de extraordinária delicadeza e refinamento, emolduradas por uma auréola de cachos castanhos. Sua boca era carnuda sem exageros, com lábios cor de carmim que se uniam suavemente e se curvavam, afinando nos cantinhos estreitos que quase formavam covinhas. Ele tinha uma expressão séria, grave e meditativa, como se seu espírito fosse muito mais velho do que o corpo; mas, quando Anne sorriu delicadamente para ele, toda a seriedade se dissipou no sorriso que o garoto deu em resposta, que parecia iluminar todo o seu ser como se uma lâmpada tivesse sido acesa subitamente dentro de si, irradiando luz da cabeça aos pés. O melhor de tudo é que o sorriso fora involuntário, sem esforço ou motivação externa, a simples irrupção de uma personalidade escondida, rara, boa e doce. Com uma rápida troca de sorrisos, Anne e Paul tornaram-se amigos para a vida toda antes mesmo de trocarem uma palavra.

O dia passou como se fosse um sonho. Anne jamais conseguiu se lembrar claramente de como foi. Era como se outra pessoa tivesse dado aula, e não ela. Anne tomou lições, trabalhou com somas e ordenou que os alunos copiassem mecanicamente. As crianças se comportaram muito bem; somente dois casos de indisciplina ocorreram. Morley Andrews foi pego conduzindo um par de grilos amestrados pelo corredor. Ela o deixou de castigo no canto por uma hora e, o que foi mais doloroso para o garoto, confiscou seus grilos. Ela colocou os insetos em uma caixa e soltou-os no Vale das Violetas na volta para casa; porém, daquele dia em diante, Morley passou a acreditar que Anne os levara para casa e criava-os para seu próprio divertimento.

O outro culpado foi Anthony Pye, que derramou o último gole de sua garrafa d'água na nuca de Aurelia Clay. Anne deixou Anthony sem recreio e conversou com ele sobre o comportamento que esperava de um cavalheiro, advertindo-o de que estes nunca derramavam água no pescoço das damas. Disse que queria que todos os meninos de sua classe fossem cavalheiros. Seu pequeno sermão foi gentil e tocante; contudo, infelizmente, Anthony permaneceu absolutamente inabalado. O garoto a ouviu em silêncio, com a mesma expressão de poucos amigos, e assobiou desdenhosamente ao sair. Anne suspirou e então se reanimou, lembrando-se de que ganhar a afeição de um Pye, assim como a construção de Roma, não era trabalho de um único dia. De fato, era duvidoso que alguns dos Pyes tivessem alguma afeição para ser conquistada, mas Anne tinha esperança em Anthony, que parecia ter potencial para ser um bom menino se alguém conseguisse ultrapassar seu azedume.

Quando a aula acabou e as crianças saíram, Anne deixou-se cair na cadeira, fatigada. Sua cabeça doía, e ela se sentia deploravelmente desencorajada. Não havia nenhum motivo real para sentir-se assim, considerando que nada muito terrível tinha acontecido. Mas a jovem estava exausta e inclinada a acreditar que jamais aprenderia a ensinar. E quão terrível seria fazer todos os dias algo de que não gostava, por... bem, digamos, quarenta anos. Anne não sabia se chorava ali, naquele momento, ou se esperava até que estivesse segura em casa, em seu próprio quartinho branco. Antes que pudesse se decidir, ela escutou o som de sapatos de salto e um farfalhar de roupas de seda no assoalho do alpendre e de repente estava sendo confrontada por uma dama cuja aparência a fez recordar uma recente crítica do senhor Harrison sobre uma mulher vestida com exagero que tinha visto em uma loja em Charlottetown: "Ela parecia a colisão frontal entre uma ilustração de alta costura e um pesadelo".

A recém-chegada trajava um suntuoso vestido de verão de seda azul pálido, com mangas bufantes, com babados e franjas onde quer que babados e franjas pudessem ser colocados. Destacava-se na cabeça um grande chapéu de *chiffon* branco, adornado por três longas penas duras de avestruz. Um véu de *chiffon* rosado com pintas pretas generosamente espalhadas, pendendo como um babado desde a aba do chapéu até seus ombros, descia em duas faixas diáfanas por trás da cabeça. Também usava todas as joias que podiam ser dispostas em uma mulher de baixa estatura, e seu perfume muito forte lhe fazia companhia.

– Sou a senhora Donnell... A senhora H. B. Donnell – anunciou a figura –, e vim vê-la por causa de algo que Clarice Almira me contou quando foi jantar conosco hoje. Algo que me incomodou profundamente.

– Sinto muito – gaguejou Anne, vagamente tentando se lembrar de qualquer incidente da manhã relacionado com as crianças Donnells.

– Clarice Almira contou-me que a senhorita pronunciou nosso sobrenome DONnell. Ora, senhorita Shirley, a pronúncia correta é DonNELL, com a última sílaba tônica. Espero que se lembre disso no futuro.

– Eu tentarei – arfou Anne, sufocando um desejo louco de rir.
– Sei por experiência própria que é muito desagradável ter o nome soletrado de forma errada e suponho que deva ser pior ainda tê-lo pronunciado errado.

– Certamente é. E Clarice Almira também me informou que a senhorita chamou meu filho de Jacob.

– Ele me disse que se chamava Jacob – protestou Anne.

– Eu deveria saber – respondeu a senhora H. B. Donnell, em um tom que indicava que não se podia esperar gratidão das crianças dessa geração degenerada. – Aquele garoto tem modos de plebeu, senhorita Shirley. Quando ele nasceu, eu quis que seu nome fosse St. Clair... Soa tão aristocrático, não é mesmo? Mas o pai insistiu que ele se chamasse Jacob, em homenagem a um tio dele. Tive que concordar, porque o tio Jacob era um velho rico e solteirão. E a senhorita acredita? Quando nosso inocente menino tinha cinco anos, o velho tio Jacob se casou e agora tem três filhos. Já ouviu tamanha ingratidão? No momento que chegou o convite do casamento, pois ele teve a impertinência de enviar-nos um convite, senhorita Shirley, eu disse: "Sem mais Jacobs para mim, obrigada!". Desde aquele dia, eu chamo meu filho de St. Clair e faço questão de que ele seja chamado dessa maneira. O pai continua obstinadamente a chamá-lo de Jacob, e o menino mesmo tem uma preferência absolutamente incompreensível por esse nome vulgar. Mas St. Clair ele é e St. Clair ele continuará sendo. A senhorita fará a gentileza de não se esquecer disso, não é mesmo? Eu agradeço. Eu disse a Clarice Almira que estava certa de que se tratava de um mal-entendido e que uma palavrinha acertaria as coisas. Donnell... com a última sílaba tônica, e St. Clair... em hipótese alguma Jacob. Vai se lembrar? Eu agradeço.

Quando a senhora H. B. Donnell se retirou, Anne fechou a porta da escola e foi para casa. Ao pé da colina, ela encontrou Paul Irving na Rota das Bétulas. O garoto entregou-lhe um ramalhete de delicadas orquídeas silvestres, as quais as crianças de Avonlea chamavam de "lírios de arroz".

– Eu as encontrei no campo do senhor Wright – disse ele, timidamente. – E voltei para presentear-lhe, pois achei que a senhorita seria o tipo de moça que iria gostar dessas flores, e porque... – Ele levantou seus lindos olhos – Eu gosto da senhorita, professora.

– Oh, querido! – disse Anne, sentindo a fragrância das flores. O desânimo e o cansaço deixaram seu espírito como se as palavras de Paul fossem mágicas, e a esperança irrompeu em seu coração como uma fonte dançante. Ela caminhou pela Rota das Bétulas a passos leves, acompanhada pela doçura de suas orquídeas como uma graça divina.

– Bem, como você se saiu? – Marilla quis saber.

– Pergunte-me daqui a um mês, e talvez eu saiba dizer. Agora não consigo... Eu mesma não sei... Ainda é muito cedo. Sinto como se meus pensamentos tivessem sido chacoalhados até ficarem turvos e confusos. A única coisa que eu realmente sinto que consegui fazer hoje foi ter ensinado a Cliffie Wright que A é A. Ele não sabia disso até então. Não é algo importante iniciar uma alma corretamente em um caminho que pode acabar em Shakespeare e no *Paraíso Perdido*[6]?

A senhora Lynde veio mais tarde com mais encorajamento. A boa senhora surpreendeu as crianças da escola quando elas passavam pelo portão, indagando-as sobre o quanto tinham gostado da nova professora.

– E cada um deles disse que gostou muitíssimo de você, Anne, exceto Anthony Pye. Devo admitir que ele não gostou. O menino disse que você "não tem nada de bom, como todas as outras professoras novatas". Eis o veneno dos Pyes para você. Mas não dê importância.

– Não vou me importar – respondeu Anne, com calma –, e ainda vou fazer Anthony Pye gostar de mim. A paciência e a gentileza certamente o conquistarão.

– Bem, não se pode pôr a mão no fogo por um Pye – replicou a senhora Lynde com cautela. – Eles vivem de acordo com as próprias

---

[6] Poema épico do inglês John Milton (1608 – 1674), publicado pela primeira vez em 1667. (N. T.)

regras, como os sonhos, de um jeito ou de outro. Com relação a essa senhora Donnell, nada vai me convencer a chamá-la de DonNELL, pode ter certeza. O sobrenome é DONnell, como sempre foi. Aquela mulher é louca, é isso o que é! Ela tem um cachorro da raça pug chamado Queenie, e o animal come na mesa junto com a família, em um prato de porcelana! Eu temeria julgamentos se fosse ela. Thomas disse que o Donnell é um homem sensato e trabalhador, mas que não teve muito bom senso quando escolheu a esposa, é isso o que é.

TODOS OS TIPOS E CONDIÇÕES DE HOMENS... E MULHERES

Era um dia de setembro nas colinas da Ilha do Príncipe Edward. Um vento refrescante vindo do oceano soprava sobre as dunas de areia. Uma longa estrada de terra vermelha serpenteava por campos e bosques, ora rodeando um rincão de grossos abetos, ora ziguezagueando uma plantação de jovens bordos com grandes folhas macias de samambaias debaixo deles, ora mergulhando em um vale onde um riacho surgia através dos bosques para então entrar novamente entre as árvores, ora banhando-se na luz do sol a céu aberto entre faixas de varas-de-ouro e ásteres de cor azul esfumaçado. O ar vibrava com a sinfonia de uma miríade de grilos, aqueles pequenos e alegres inquilinos das colinas estivais. Um rechonchudo e diminuto cavalo castanho trotava lentamente ao longo da estrada na companha de duas mocinhas, cujos semblantes demonstravam a satisfação com a simples e inestimável alegria da juventude e da vida.

– Este é um dia que parece ter sido retirado do Éden, não é mesmo, Diana? – Anne suspirou de puro contentamento. – A mágica está pairando no ar. Olhe o lilás no fundo do vale da colheita, Diana. E, oh, sinta o aroma dos pinheiros secando! Está vindo daquele pequeno vale ensolarado onde o senhor Eben Wright está cortando as estacas para as cercas. É um êxtase estar vivo em um dia como este, mas o aroma dos pinheiros secos é simplesmente divino. Isto é dois terços Wordsworth[7] e um terço Anne Shirley. Não é possível que haja pinheiros secos no céu, não é mesmo? Não acho que o céu seria completamente perfeito se não pudéssemos sentir o aroma dos pinheiros secos enquanto caminhamos pelos bosques. Talvez tenhamos o aroma sem que eles precisem estar secos. Sim, acho que esta é a solução. Este perfume delicioso deve ser a alma dos pinheiros... e, obviamente, haverá somente almas no céu.

– Árvores não têm almas – disse a pragmática Diana –, mas o perfume dos pinheiros mortos certamente é adorável. Vou fazer uma almofada e enchê-la com folhas de pinheiro. Você deveria fazer uma também, Anne.

– Acho que farei... e usarei quando tirar cochilos. Eu certamente sonharia que era uma dríade ou uma ninfa da floresta. Mas neste exato minuto estou muito satisfeita em ser Anne Shirley, professora da escola de Avonlea, cavalgando por uma estrada como esta em um dia tão suave e adorável como este.

– É um dia lindo, muito diferente da tarefa que temos de realizar – suspirou Diana. – Por que diabos você se ofereceu para angariar pedidos nesta estrada, Anne? Quase todos os esquisitões de Avonlea moram por aqui, e provavelmente seremos tratadas como se estivéssemos mendigando para nós mesmas. Esta é a pior estrada de todas.

– Foi por isso que eu a escolhi. É claro que Gilbert e Fred teriam vindo para cá se tivéssemos pedido. Mas, sabe, Diana, eu me sinto responsável pela SMA, já que fui a primeira a sugerir a criação da sociedade, e sinto como se devesse ficar responsável pelas coisas mais desagradáveis. Sinto muito por tê-la envolvido nisso, você não precisa dizer nada nas

---

[7] William Wordsworth (1770-1850), um dos mais proeminentes poetas românticos da Inglaterra. (N. T.)

casas dos esquisitões. Eu farei todo o discurso... A senhora Lynde diria que sou muito boa nisso. Ela não decidiu se aprova nossa iniciativa ou não. Ela sente-se disposta a aprová-la quando se lembra de que o senhor e a senhora Allan estão nos apoiando, mas o fato de as sociedades de melhorias terem se originado nos Estados Unidos conta como ponto negativo. Assim, a senhora Lynde está hesitante, e somente o êxito nos justificará aos olhos dela. Priscilla vai redigir uma ata na nossa próxima reunião e espero que fique boa, pois sua tia é uma excelente escritora e sem dúvida esse talento é de família. Nunca esquecerei o frêmito que senti quando descobri que a senhora Charlotte E. Morgan era a tia de Priscilla. É tão maravilhoso ser amiga da garota que é sobrinha da autora de *Dias em Edgewood* e *O Jardim dos Botões de Rosa*!

– Onde mora a senhora Morgan?

– Em Toronto. E Priscilla disse que a tia a visitará aqui na Ilha no próximo verão e que, se possível, ela organizará um encontro para que possamos conhecê-la. Parece quase bom demais para ser verdade, mas é algo agradável de se imaginar antes de dormir.

A Sociedade de Melhorias de Avonlea era bem organizada. Gilbert Blythe era o presidente, Fred Wright era o vice-presidente, Anne Shirley era a secretária e Diana Barry era a tesoureira. Os "Melhoradores", como foram prontamente batizados, reuniam-se a cada duas semanas na casa de um dos membros. Eles aceitaram o fato de que já estava tarde para fazer muitas melhorias naquela época do ano; contudo, pretendiam planejar a campanha para o próximo verão, coletar e discutir sugestões, escrever e ler propostas e, como dizia Anne, educar o público de modo geral.

Havia certa rejeição, é claro, e o que os Melhoradores sentiram mais intensamente foi uma boa dose de ridículo. O senhor Elisha Wright supostamente disse que "Clube de Paquera" seria um nome mais apropriado para a sociedade. A senhora Hiram Sloane declarou que tinha ouvido falar que os Melhoradores queriam fazer canteiros de gerânios nas margens de todas as estradas. O senhor Levi Boulter advertiu os vizinhos de que os Melhoradores queriam convencer todos a derrubar a casa dele, para então reconstruí-la após a sociedade ter aprovado a planta. O senhor James Spencer mandou avisá-los de que ele gostaria que o grupo tivesse a gentileza de capinar o morro da igreja. Eben Wright disse a Anne que ele queria que os Melhoradores persuadissem o velho Josiah Sloane a manter o bigode aparado. O senhor Lawrence Bell disse que estava disposto a passar uma demão de cal nos celeiros, mas que não iria pendurar cortinas de renda nas janelas do estábulo. O senhor Major Spencer perguntou a Clifton Sloane, um Melhorador que transportava o leite para a fábrica de queijo de Carmody, se era verdade que todos teriam de ter as leiteiras pintadas à mão no próximo verão, cobertas por uma toalhinha bordada.

Apesar disso, a natureza humana sendo o que é, a Sociedade foi corajosamente ao trabalho na única melhoria que poderiam esperar realizar naquele outono. Na segunda reunião, na sala de visitas dos Barry, Oliver Sloane propôs que começassem a recolher contribuições para reformar o telhado e pintar o Salão de Avonlea. Julia Bell apoiou, com a sensação inquietante de estar fazendo algo um tanto impróprio para uma dama. Gilbert pôs a proposta em votação, ela foi aprovada unanimemente, e Anne anotou em suas minutas com seriedade. A próxima pauta era distinguir um comitê; e Gertie Pye, determinada a não deixar Julia Bell carregar todos os louros, sugeriu ousadamente que a senhorita Jane Andrews presidisse o dito comitê. Depois que esta proposta também foi devidamente apoiada e votada, Jane retribuiu a gentileza apontando Gertie para o comitê, junto com Gilbert, Anne, Diana e Fred Wright. O comitê escolheu suas rotas de ação em reunião secreta. Anne e Diana foram designadas para a estrada de Newbridge, Gilbert e Fred para a estrada de White Sands, e Jane e Gertie para a estrada de Carmody.

– Porque todos os Pyes vivem ao longo daquela estrada – Gilbert explicou para Anne enquanto caminhavam juntos para casa pela Floresta Assombrada. – E nenhum deles dará um centavo, a menos que um membro da família vá pedir.

Anne e Diana começaram no sábado seguinte. Elas dirigiram-se até o final da estrada e foram de casa em casa, visitando primeiro as moças da família Andrew.

– Se Catherine estiver sozinha, talvez consigamos algo – disse Diana –, mas não se Eliza estiver lá.

Eliza estava em casa e, como estava, parecia ainda mais amargurada do que de costume. A senhorita Eliza era uma daquelas pessoas que dão a impressão de que a vida é, de fato, um vale de lágrimas e que um sorriso, que dirá uma risada, era um desperdício de energia nervosa verdadeiramente repreensível. As irmãs Andrew tinham sido "moças" por cinquenta anos singulares, e parecia que iriam permanecer moças até o fim de suas jornadas terrestres. Diziam que Catherine não tinha perdido inteiramente as esperanças, mas Eliza, pessimista de nascença, nunca tivera nenhuma. Elas viviam em uma casinha marrom, em um lugarejo remoto e ensolarado, escavado no bosque de faias de Mark Andrews. Eliza reclamava que a casa era terrivelmente quente no verão, mas Catherine costumava dizer que era adorável e aconchegante no inverno.

Eliza estava costurando *patchwork*, não porque era necessário, mas simplesmente como um protesto contra a frívola renda de crochê que Catherine estava fazendo. Eliza ouviu com uma carranca, e Catherine com um sorriso, enquanto as garotas explicavam sua missão. A bem da verdade, cada vez que Catherine percebia o olhar de Eliza, ela escondia o sorriso com um misto de culpa e confusão; porém, ele estava de volta no momento seguinte.

– Se eu tivesse dinheiro para desperdiçar – disse a severa Eliza –, talvez eu o queimasse só para divertir-me vendo as chamas; mas não daria um único centavo para arrumar aquele salão! Aquilo não traz nenhum benefício ao vilarejo... É só um lugar para os jovens se encontrarem e fazerem balbúrdia, quando deveriam estar em casa, dormindo em suas camas.

– Oh, Eliza, os jovens devem ter algum tipo de diversão! – protestou Catherine.

– Não vejo necessidade. Nós não ficávamos zanzando em salões e praças quando éramos jovens, Catherine Andrews. Este mundo vai de mal a pior!

– Eu acho que está ficando cada vez melhor – retrucou Catherine, firmemente.

– É o que VOCÊ pensa! – a voz da senhorita Eliza expressava o mais puro desdém. – O que você pensa não tem a mínima importância, Catherine Andrews! Fatos são fatos.

– Bem, sempre gosto de ver o lado bom de todas as coisas, Eliza.

– Não existe lado bom.

– Ah, é claro que existe! – interveio Anne, incapaz de ouvir tamanha heresia em silêncio. – Ora, existem tantos lados bons, senhorita Andrews. É realmente um mundo maravilhoso.

– Você não terá uma opinião tão otimista sobre o mundo quando tiver vivido nele tanto quanto eu vivi – retorquiu a senhorita Eliza, com acidez. – Como vai sua mãe, Diana? Meu Deus, ela não parece muito bem nos últimos tempos. Está terrivelmente abatida. E quanto tempo falta até que Marilla fique completamente cega, Anne?

– Os médicos acham que seus olhos não vão piorar se ela for cuidadosa – disse Anne com hesitação.

Eliza balançou a cabeça.

– Os médicos sempre falam assim, só para manter as pessoas animadas. Eu não teria tanta esperança se fosse ela. É melhor estar preparada para o pior.

– Mas não devemos nos preparar para o melhor também? – contrapôs Anne. – É tão provável de acontecer quanto o pior.

– Não em minha experiência, e tenho cinquenta e sete anos de vivência contra os seus dezesseis – retorquiu Eliza. – Ah, já estão indo? Bem, espero que essa nova sociedade de vocês seja capaz de evitar que Avonlea se afunde ainda mais, embora eu não tenha lá muita esperança.

Anne e Diana se retiraram com alívio, afastando-se dali o mais rápido que o cavalo gorducho conseguia ir. Quando passaram pela curva abaixo do bosque de faias, uma figura roliça se aproximou correndo pelo pasto do senhor Andrews, acenando para elas animadamente. Era Catherine Andrews, tão esbaforida que mal conseguia falar. Ela entregou duas moedas de vinte e cinco centavos na mão de Anne.

– Esta é a minha contribuição para a pintura do salão – disse, arfando. – Gostaria de doar um dólar, mas não me atreveria a pegar mais dinheiro da minha parte na venda dos ovos, pois Eliza descobriria. Estou realmente interessada na sociedade de vocês e creio que farão muitas coisas boas. Sou uma otimista. Eu tenho que ser, vivendo com Eliza. Tenho de voltar depressa, antes que ela perceba que eu saí... Ela acha que estou alimentando as galinhas. Espero que se saiam bem em sua coleta, e não se deixem abalar pelo que minha irmã disse. O mundo está ficando melhor... certamente está.

A próxima casa era a de Daniel Blair.

– Ora, tudo vai depender de a esposa dele estar ou não em casa – disse Diana, enquanto passavam aos solavancos por uma estrada de terra profundamente esburacada. – Caso não estiver, não conseguiremos nem um centavo. Todo mundo diz que Dan Blair não se atreve a cortar o cabelo sem pedir permissão à esposa, e é certo que ela tem a mão bem fechada, digamos assim. Ela diz que tem que ser justa antes de ser generosa. Mas a senhora Lynde diz que este "antes" é tão antes que a generosidade nunca chega a tempo.

Naquela noite, Anne relatou para Marilla a experiência que tiveram na casa dos Blairs.

– Nós atamos o cavalo e então batemos à porta da cozinha. Ninguém atendeu, mas a porta estava aberta e podíamos ouvir que havia alguém na despensa, agindo de forma estranha. Não conseguíamos distinguir as palavras, mas Diana afirmou que, pelo som, eram xingamentos. Eu não pude acreditar, pois o senhor Blair é sempre tão calado e dócil! Por fim, descobrimos que ele estava em grande tormento. Marilla, quando o pobre homem saiu pela porta, vermelho como uma beterraba e com suor escorrendo pelo rosto, ele estava usando um dos grandes aventais xadrez da esposa. "Não consigo tirar este maldito avental", disse, "pois os nós estão muito apertados; assim, as senhoritas terão que me dar licença". Imploramos que ele não se importasse com isso e nos sentamos, e o senhor Blair sentou-se também. Ele enrolou o avental e lançou-o para as costas, mas parecia tão envergonhado e preocupado que senti pena dele, e Diana temia que tivéssemos chegado em um momento inconveniente. "Oh, não tem problema", disse o senhor Blair, tentando sorrir. Você sabe, ele é sempre muito educado. "Estou um pouco ocupado, preparando-me para fazer um bolo. Minha esposa recebeu um telegrama hoje dizendo que a irmã dela está chegando de Montreal nesta noite, e foi à estação de trem para recebê-la. Por isso, ela deixou ordens para que eu fizesse um bolo para o chá. Ela escreveu a receita e me disse o que fazer, mas já me esqueci completamente da metade das instruções. E aqui diz: 'essência a gosto'. O que isso quer dizer? Como posso saber? E se o meu gosto não for o gosto dos outros? Será que uma colher de sopa de baunilha é suficiente para um pequeno bolo de camadas?"

– Nunca senti tanta pena do homem. Ele não parecia estar à vontade. Já tinha ouvido falar de maridos submissos, e agora sei que conheci um. Estava prestes a lhe dizer: "se o senhor nos der um donativo para o salão, eu me encarrego do bolo". Mas logo pensei que não seria cortês aproveitar-me de um semelhante em aflição. Então, ofereci-me para bater o bolo para ele sem nenhuma condição. Ele aceitou no mesmo instante. Disse que costumava fazer o próprio pão antes de se casar, mas temia que fazer um bolo estivesse além de seus talentos, porém odiaria desapontar a esposa. Ele me deu um avental; Diana bateu os ovos e eu misturei os ingredientes. O senhor Blair corria de um lado para o outro, buscando os materiais. Ele havia se esquecido completamente do avental que estava usando e, quando corria, o avental se agitava atrás dele, e Diana disse que pensou que ia morrer de tanto rir diante da cena. O senhor Blair disse que conseguiria assar o bolo direitinho, que estava acostumado a fazer isso... Então, ele pediu a nossa lista e doou quatro dólares. Veja, nós fomos recompensadas. Mas, mesmo que não tivéssemos recebido um único centavo, eu sentiria eternamente que fizemos um verdadeiro ato cristão ao ajudá-lo.

A casa de Theodore White era a próxima parada. Nem Anne nem Diana tinham estado ali antes, e elas conheciam apenas de vista a esposa do senhor White, que não era dada a hospitalidades. Deviam entrar pela porta da frente ou pela dos fundos? Enquanto debatiam em voz baixa, a senhora Theodore apareceu na porta da frente com os braços cheios de jornais. Ela foi deliberadamente colocando as folhas de jornal, uma por uma, no assoalho e nos degraus da varanda, e então pelo caminho, até alcançar os pés das perplexas visitantes.

– Por favor, vocês podem limpar os pés cuidadosamente na grama e então andar por cima dessas folhas de jornal? – perguntou ansiosamente. – Acabei de varrer toda a casa e não vou suportar ver mais sujeira. A alameda está muito embarrada depois da chuva de ontem.

– Não se atreva a rir – advertiu Anne com um sussurro, enquanto caminhavam sobre os jornais. – E eu imploro, Diana, não olhe para mim, não importa o que ela diga, ou não serei capaz de manter uma expressão séria.

Os jornais se estendiam por todo o corredor até chegar à sala de visitas impecavelmente arrumada. Anne e Diana sentaram-se cuidadosamente nas cadeiras mais próximas e explicaram o motivo da visita. A senhora White ouviu-as educadamente, interrompendo apenas duas vezes: uma para perseguir uma mosca aventureira e outra para pegar um minúsculo tufo de grama que havia caído do vestido de Anne sobre o tapete. Anne sentiu-se miseravelmente culpada, mas a senhora White assinou e doou dois dólares.

– Ela doou para evitar que tivéssemos de voltar para buscá-los – disse Diana, ao saírem dali. A senhora White recolheu os jornais antes mesmo de as meninas desatarem o cavalo. Enquanto elas saíam do jardim, viram-na muito ocupada passando a vassoura pelo corredor.

– Sempre ouvi dizer que a senhora Theodore White era a mulher mais asseada do mundo, e agora acredito nisso – concluiu Diana, libertando a risada suprimida tão logo lhe pareceu seguro.

– Estou contente que ela não tenha filhos – disse Anne, solenemente. – Seria terrível demais para eles, mais do que qualquer palavra pode descrever.

Na casa da família Spencer, a senhora Isabella Spencer colocou-as em uma situação desconfortável ao dizer algo maldoso sobre cada pessoa de Avonlea. O senhor Thomas Boulter recusou-se a fazer qualquer contribuição porque o salão, na época da construção, vinte anos antes, não fora construído no local onde ele havia recomendado. A senhora Esther Bell, que era o próprio retrato da saúde, passou meia hora detalhando suas dores e pesares e doou cinquenta centavos com pesar, pois no ano seguinte ela não iria estar ali para fazer outra doação... Não, ela já estaria em seu túmulo.

Entretanto, a pior recepção que tiveram foi na casa de Simon Fletcher. Quando entraram no quintal, viram dois rostos que lhes assistiam pela janela da varanda. Mesmo depois de baterem e esperarem, paciente e persistentemente, ninguém abriu a porta. Foram duas jovens decididamente irritadas e indignadas que saíram da casa de Simon Fletcher. Até mesmo Anne admitiu que estava começando a se sentir desencorajada. Porém, a maré virou após esse incidente. Elas se depararam com diversas casas da família Sloane pelo caminho, onde conseguiram generosas doações, e dali até o final da estrada elas se saíram muito bem, com um ou outro tropeço. A última parada foi na casa de Robert Dickson, ao lado da ponte sobre o açude. As duas ficaram para o chá, apesar de estarem perto de casa, para não arriscar ofender a senhora Dickson, que tinha a reputação de ser muito sensível.

Enquanto estavam lá, chegou a velha senhora James White.

– Acabei de sair da casa de Lorenzo – anunciou. – Ele é o homem mais orgulhoso de Avonlea no momento. O que vocês acham? Nasceu um garotinho por lá... o que é um grande acontecimento, depois de terem tido sete meninas.

Anne aguçou os ouvidos, e, quando foram embora, ela disse:

– Quero ir diretamente à casa de Lorenzo White.

– Mas ele mora na estrada de White Sands, que fica bem longe da nossa rota – protestou Diana. – Gilbert e Fred vão visitá-lo para angariar fundos.

– Eles só passarão por lá no próximo sábado, e então já será tarde demais – justificou Anne, firmemente. – Vai deixar de ser uma novidade. Lorenzo White é terrivelmente avaro, mas vai doar qualquer quantia nesta ocasião. Não devemos deixar escapar uma oportunidade de ouro como essa, Diana!

O resultado justificou a previsão de Anne. O senhor White encontrou-as no jardim, com o sorriso tão brilhante quanto o sol em um domingo de Páscoa. Quando Anne pediu a doação, ele concordou com entusiasmo.

– Certamente! Vou doar um dólar a mais do que a maior doação que vocês receberam.

– Isso vai dar cinco dólares... O senhor Daniel Blair doou quatro – respondeu Anne, receosa. Mas Lorenzo não se esquivou.

– Que seja cinco, então... E aqui está o dinheiro. Agora, quero que entrem em minha casa. Há algo lá dentro que vale a pena ver... Algo que poucos já viram até agora. Entrem e me deem sua opinião!

– O que diremos se o bebê não for bonito? – sussurrou Diana, nervosa, enquanto seguiam o empolgado Lorenzo para dentro da casa.

– Ah, certamente haverá algo de bom a ser dito – disse Anne com tranquilidade. – Sempre há algo bonito nos bebês.

O menino era bonito, e o senhor White sentiu que seus cinco dólares eram dignos do honesto encantamento das garotas pelo rechonchudo recém-nascido. Mas aquela foi a primeira, última e única vez na vida que Lorenzo White fez doação para alguma causa.

Anne, cansada como estava, fez ainda um último esforço pelo bem público naquele anoitecer, atravessando o campo para ver o senhor Harrison.

Encontrou-o, como de costume, fumando o cachimbo na varanda com Ginger ao seu lado. Precisamente falando, sua casa ficava na estrada para Carmody, mas Jane e Gertie, que não o conheciam pessoalmente, salvo por relatos duvidosos, haviam suplicado para que Anne lhe pedisse uma doação.

O senhor Harrison, entretanto, recusou-se de chofre a doar qualquer centavo, e todas as artimanhas de Anne foram em vão.

– Mas achei que o senhor aprovasse nossa sociedade, senhor Harrison! – lamentou ela.

– E aprovo... e aprovo... Mas minha aprovação não é tão profunda a ponto de chegar até meu bolso, Anne.

– Algumas experiências a mais como as que tive hoje me tornariam tão pessimista quanto a senhorita Eliza Andrews – disse Anne ao seu reflexo no espelho de seu quarto, na hora de dormir.

O SENSO DE DEVER

Anne se inclinou na cadeira, em uma amena tarde de outubro, e suspirou. Ela estava sentada diante de uma mesa coberta de livros e exercícios, mas as folhas cuidadosamente escritas diante dela não tinham conexão aparente com estudos ou trabalhos da escola.

– Qual é o problema? – perguntou Gilbert, entrando pela porta da cozinha bem a tempo de ouvi-la suspirar.

Anne enrubesceu e escondeu seus escritos debaixo das redações dos alunos.

– Nada muito terrível. Só estava tentando escrever alguns dos meus pensamentos, como o Professor Hamilton me aconselhou, mas não consegui algo que me agradasse. Parecem tão tolos e sem vida quando postos em um papel branco com tinta preta! Fantasias são como sombras... Não se pode prendê-las; são instáveis e caprichosas. Mas talvez algum dia eu aprenda o segredo se continuar tentando. Não tenho muito tempo livre, sabe? Quando termino de corrigir os exercícios dos alunos e as redações, nem sempre sinto vontade de escrever algo pessoal.

– Você está se saindo esplendidamente bem na escola, Anne. Todas as crianças gostam de você – disse Gilbert, sentando-se no degrau de pedra.

– Nem todos. Anthony Pye não gosta de mim nem irá gostar. E pior: ele não me respeita... não, de jeito nenhum. Ele simplesmente me trata com desprezo, e eu não me importo de confessar a você que isso me preocupa demasiadamente. Não é que ele seja tão mau... Ele só é um pouco arteiro, mas não pior do que os outros. Ele raramente me desobedece, mas acata minhas ordens com um desdenhoso ar de tolerância, como se não valesse a pena discutir a questão... e isso influencia os outros de forma negativa. Já tentei conquistá-lo de todas as maneiras, mas estou começando a achar que nunca conseguirei. E eu quero, pois ele é um garotinho muito fofo, apesar de ser um Pye; eu poderia gostar dele, se me permitisse.

– É provável que isso seja o mero resultado do que ele ouve em casa.

– De forma alguma. Anthony é um rapazinho muito independente e toma suas próprias decisões. Ele sempre teve professores homens e diz que mulheres não são boas professoras. Bem, vamos ver o que a paciência e a bondade podem fazer. Eu gosto de superar dificuldades, e lecionar é um trabalho realmente interessante. Paul Irving compensa tudo o que falta nos outros. Aquele menino é um perfeito encanto, Gilbert, e um gênio, ainda por cima! Tenho certeza de que o mundo ouvirá falar nele algum dia – concluiu Anne, em um tom de convicção.

– Eu também gosto de lecionar. Primeiro, porque é um bom treinamento. Ora, Anne, eu aprendi mais nessas semanas em que estou lecionando para as jovens mentes de White Sands do que aprendi em todos os meus anos de escola! Parece que todos estamos nos saindo muito bem. As pessoas de Newbridge gostam de Jane, eu ouvi dizer; e acho que White Sands está bem satisfeita com seu humilde servo... Todos, exceto o senhor Andrew Spencer. Encontrei a senhora Peter Blewett enquanto voltava para casa ontem à noite, e ela me disse que considerava ser seu dever informar-me de que o senhor Spencer não aprovava meus métodos.

– Já percebeu que, quando alguém diz que é seu dever contar-lhe alguma coisa, o melhor é se preparar para ouvir algo desagradável? – perguntou Anne, reflexiva. – Por que as pessoas nunca consideram ser um dever contar as coisas boas que ouvem sobre você? A senhora H. B. Donnell foi até a escola novamente ontem e disse que era sua obrigação informar sobre a senhora Harmon Andrews não aprovar a minha leitura de contos de fadas para as crianças e o senhor Rogerson achar que Prillie não estava aprendendo aritmética rápido o bastante. Se Prillie passasse menos tempo fazendo charme para os garotos por cima da lousa, ela se sairia melhor. Tenho quase certeza de que Jack Gillis faz os trabalhos de cálculo para ela, apesar de eu nunca ter conseguido pegá-lo com a mão na massa.

– Você conseguiu reconciliar o auspicioso herdeiro da senhora Donnell com seu nome sagrado?

– Sim – riu-se Anne –, mas foi não uma tarefa fácil. A princípio, quando eu o chamava de St. Clair, ele não percebia até que eu falasse pela segunda ou terceira vez; e então, quando os outros garotos o cutucavam, ele me olhava com um ar ofendido, como se eu o tivesse chamado de John, ou Charlie, e ele não tivesse como saber a quem me referia. Então, pedi-lhe que ficasse na escola depois da aula e conversei com ele amavelmente. Falei que a mãe dele havia pedido que eu o chamasse de St. Clair e que eu não poderia me opor aos desejos dela. Ele entendeu quando tudo foi explicado... É um garotinho muito sensato... e disse que eu poderia chamá-lo de St. Clair, que daria uma coça se um dos meninos tentasse fazer o mesmo. É claro que tive que censurá-lo de novo, por usar um vocabulário tão chocante. Desde então, eu o chamo de St. Clair e os colegas o chamam de Jake, e tudo vai muito bem. Ele me contou que quer ser carpinteiro, mas a senhora Donnell diz que tenho de fazer dele um professor universitário.

A menção da palavra universitário deu uma nova direção aos pensamentos de Gilbert, e durante algum tempo eles conversaram sobre seus planos e sonhos... De forma séria, honesta e esperançosa, como os jovens adoram conversar, enquanto o futuro é um caminho ainda não trilhado e repleto de maravilhosas possibilidades.

Finalmente Gilbert tinha decidido que seria médico.

– É uma profissão magnífica! – disse ele, entusiasmado. – Um homem tem que lutar por algo durante toda a vida... Alguém já não disse que o homem é um animal lutador? E eu quero lutar contra as enfermidades, a dor e a ignorância, que são todas integrantes do mesmo grupo. Quero fazer a minha parte no mundo de forma verdadeira e honesta, Anne... acrescentar um pouquinho ao conhecimento humano que todos os bons homens do mundo têm acumulado desde que a vida começou. As pessoas que viveram antes fizeram tanto por mim que quero demonstrar minha gratidão fazendo algo por aquelas que viverão depois de mim. Creio que é o único jeito de cumprir as obrigações para com a raça humana.

– Eu gostaria de acrescentar alguma beleza à vida – disse a sonhadora Anne. – Não desejo exatamente fazer as pessoas saber mais, apesar de estar ciente de que esta é a mais nobre das ambições... Mas eu adoraria que os outros tivessem momentos mais agradáveis graças a mim... e pequenas alegrias e pensamentos felizes, que nunca existiriam se eu não tivesse nascido.

– Creio que você vem satisfazendo essa ambição todos os dias – disse Gilbert, com admiração.

E ele estava certo. Anne era uma filha da luz por natureza. Depois que a jovem tocava uma vida com um sorriso ou uma palavra, lançada como um raio de sol, o dono daquela vida enxergava o mundo belo e cheio de esperança, pelo menos naquele instante.

Finalmente, Gilbert levantou-se com pesar.

– Bem, tenho que ir até a casa dos MacPhersons. Moody Spurgeon veio hoje da Queen's Academy para passar o domingo e prometeu-me trazer um livro que o Professor Boyd me emprestou.

– E eu tenho de preparar o chá de Marilla. Ela foi visitar a senhora Keith nesta tarde e logo estará de volta.

Anne já havia preparado o chá quando Marilla chegou. A lenha crepitava alegremente, um vaso com samambaias embranquecidas pela geada e folhas vermelhas de bordo adornava a mesa, e o delicioso aroma do presunto e das torradas permeava o ambiente. Mas Marilla sentou-se na cadeira com um profundo suspiro.

– Seus olhos estão incomodando? Está com dor de cabeça? – inquiriu Anne, ansiosa.

– Não. Só estou cansada... E preocupada com Mary e aquelas crianças... Ela está piorando... Não vai viver por muito tempo. E, quanto aos gêmeos, não sei o que será deles.

– Alguma notícia do tio deles?

– Sim, Mary recebeu uma carta. Ele está trabalhando em uma madeireira e "botando para quebrar", seja lá o que isso signifique. De qualquer modo, ele disse que só poderá tomar conta dos sobrinhos na primavera. Ele planeja se casar até lá e, então, terá um lar para recebê-los; disse também para que ela peça a algum vizinho para acolhê-los durante o inverno. Mary disse que não se atreve a pedir tal favor a ninguém. Ela nunca se deu muito bem com as pessoas de East Grafton, isto é fato. Resumindo, Anne, tenho certeza de que Mary quer que eu fique com as crianças... ela não pôs em palavras, mas parecia pedir com os olhos.

– Oh! – Anne bateu palmas, palpitando de emoção. – E é claro que você vai cuidar deles, não é, Marilla?

– Ainda não estou decidida – ela respondeu, com certa rudeza. – Não costumo me precipitar e fazer as coisas de forma impetuosa como você, Anne. Ser prima em terceiro grau é um parentesco muito distante. E será uma pavorosa responsabilidade cuidar de duas crianças de seis anos... Gêmeos, além de tudo.

Marilla tinha a convicção de que gêmeos eram duas vezes mais terríveis do que as outras crianças.

– Gêmeos são muito interessantes... ao menos um par deles – disse Anne. – Só quando há dois ou três pares que se torna monótono. Penso que seria muito bom para você ter algo para diverti-la enquanto estou na escola.

– Não creio que seja tão divertido assim... mais preocupação e incômodo do que qualquer outra coisa, devo dizer. Não seria tão arriscado se, pelo menos, eles tivessem a idade que você tinha quando eu a acolhi. Não me importaria em receber Dora, pois ela parece boa e tranquila. Mas aquele Davy é um moleque muito traquinas.

Anne adorava crianças, e seu coração ansiava por cuidar dos gêmeos Keiths. A lembrança de sua própria infância negligenciada ainda era vívida. Ela sabia que o único ponto vulnerável de Marilla era a rigorosa devoção ao que acreditava ser seu dever, e Anne conduziu seus argumentos habilidosamente nessa direção.

– Se Davy é um garotinho levado, há ainda mais razão para lhe darmos uma boa educação, não é, Marilla? Se nós não os acolhermos, não teremos certeza de quem o fará nem do tipo de influência que poderá rodeá-los. Suponha que os vizinhos de porta da senhora Keith, os Sprott, fiquem com eles. A senhora Lynde contou que Henry Sprott é o homem mais profano que já viveu e que não se pode acreditar em uma palavra que seus filhos dizem. Não seria terrível se os gêmeos aprendessem algo desse tipo? Ou suponha que eles ficassem com os Wiggins. A senhora Lynde disse que o senhor Wiggins vende tudo que há na casa para ser vendido e que alimenta a família com leite desnatado. Você não vai querer que seus parentes passem fome, mesmo que sejam apenas primos em terceiro grau, vai? Parece-me, Marilla, que é seu dever adotá-los.

– Creio que seja – assentiu Marilla melancolicamente. – Acho que direi a Mary que vou ficar com eles. Não precisa se alegrar tanto, Anne. Isso acarretará uma boa quantidade de trabalho extra para você. Eu não posso costurar nem uma linha, por causa dos meus olhos, então você terá que confeccionar e remendar todas as roupas das crianças. E você não gosta de costurar.

– Eu odeio – admitiu Anne, calmamente –, mas, se você está disposta a adotar aquelas crianças por causa do seu senso de dever, é claro que eu posso costurar para elas por um senso de dever. É bom para as pessoas fazer coisas de que não gostam... com moderação.

MARILLA ADOTA OS GÊMEOS

A senhora Rachel Lynde estava sentada diante da janela da cozinha, tricotando uma colcha, tal como estivera sentada em uma certa tarde, muitos anos antes, quando Matthew Cuthbert subira o monte em sua charrete, com o que a senhora Lynde batizou de "sua órfã importada". Mas aquele tinha sido um dia de primavera, e agora era o final do outono; todos os bosques estavam sem folhas, e os campos estavam áridos e pardos. O sol estava se pondo com uma abundante pompa lilás e dourada por trás dos escuros bosques do lado oeste de Avonlea, quando a charrete puxada por um velho e satisfeito cavalo baio descia pelo monte. A senhora Lynde espreitou com avidez.

– Ali vai Marilla, voltando do funeral – ela disse ao marido, que estava recostado na espreguiçadeira da cozinha. Thomas Lynde passava agora mais tempo na espreguiçadeira do que costumava antes, mas a senhora Lynde, sempre tão atenta a qualquer coisa fora de sua casa, ainda não tinha percebido tal fato. – E trouxe os gêmeos com ela... sim, ali está o Davy, debruçando-se sobre o paralama para brincar com a cauda do cavalo, e Marilla puxando-o de volta. Dora está sentada, tão composta quanto era de se esperar. Ela sempre aparenta ter sido recém--passada e engomada. Bem, a pobre Marilla vai ter muito com o que se preocupar neste inverno, sem dúvida. Ainda assim, não a vejo fazendo menos do que isso, dadas as circunstâncias, e ela poderá contar com a ajuda de Anne. Ela está vibrando por causa disso tudo, e devo dizer que ela é realmente muito habilidosa com crianças. Meu Deus, parece que foi ontem que o pobre Matthew trouxe Anne para casa, e todos riram diante da ideia de ver Marilla cuidando de uma criança. E agora ela adotou gêmeos. Só quem não está mais vivo é que está livre de surpresas.

O velho cavalo rechonchudo cavalgou sobre a ponte de Lynde's Hollow e pela alameda de Green Gables. A expressão de Marilla era um tanto sorumbática. Eles estavam a dezesseis quilômetros de East Grafton, e Davy Keith parecia estar possuído por uma paixão por movimento perpétuo. Estava além do poder de Marilla fazê-lo ficar sentado e quieto, e durante todo o trajeto ela temeu que ele caísse da parte traseira da charrete e quebrasse o pescoço, ou tombasse do paralama para debaixo das patas do cavalo. Desesperada, ela ameaçou dar-lhe uma boa chicoteada quando chegassem em casa. Em consequência disso, Davy subiu no colo de Marilla, não se importando com as rédeas, enlaçou o pescoço dela com seus braços gorduchos e deu-lhe um abraço de urso.

– Não acho que você tenha dito isso de verdade – ele disse, beijando-lhe afetuosamente as bochechas enrugadas. – Você não parece ser uma dama que bate em um menininho só porque ele não consegue ficar parado. Você não achava muito difícil ficar quieta quando tinha a minha idade?

– Não, eu sempre ficava quieta quando ordenavam – disse ela, tentando falar com austeridade, ainda que sentisse o coração amolecer dentro do peito devido aos impulsivos carinhos de Davy.

– Bem, acho que foi porque você era uma menina – replicou Davy, deslizando de volta ao seu lugar depois de outro abraço. – Você foi uma menina um dia, eu acho, apesar de ser bem engraçado pensar nisso. Dora consegue ficar sentada... mas isso não é muito divertido, eu acho. Parece que ser menina é uma coisa muito chata. Aqui, Dora, deixe-me animar você um pouco.

O método de Davy para "animá-la" era enganchar os dedos nos cachos da irmã e puxá-los. Dora gritou e então chorou.

– Como você pode ser um menino tão mau, quando sua pobre mãe acaba de ser enterrada? – indagou Marilla, desesperadamente.

– Mas ela estava feliz por morrer – confidenciou Davy. – Eu sei disso, porque ela me contou. Ela estava muito cansada de estar doente. Nós tivemos uma longa conversa na noite antes de ela morrer. Ela me contou que você ia cuidar de Dora e de mim durante o inverno e falou que eu devia ser um bom menino. Eu vou ser bom, mas não se pode ser bom correndo por aí, da mesma forma que ficando sentado e quieto? E ela me disse para sempre ser gentil com Dora e defendê-la, e isso eu farei.

– Você acha gentil puxar o cabelo dela?

– Bem, não vou deixar que mais alguém puxe – respondeu, fechando os punhos e franzindo o cenho. – Eles que tentem. O puxão nem doeu muito... Ela só chorou porque é uma menina. Sou feliz por ser um menino, mas não gosto de ser gêmeo. Quando a irmã do Jimmy Sprott não concorda com alguma coisa, ele só diz: "sou mais 'veio' que você, então é claro que eu tenho razão", e isso cala a boca dela. Mas eu não posso falar a mesma coisa para a Dora, e ela continua pensando diferente "d'eu". Você deve me deixar guiar o pangaré um pouco, pois eu sou um homem.

Por fim, Marilla estava agradecida quando finalmente adentrou seu quintal, onde o vento da noite de outono dançava com as folhas secas. Anne estava no portão para recebê-los e segurar os gêmeos. Dora deixou tranquilamente que Anne a beijasse, mas Davy respondeu às boas-vindas de Anne com um de seus abraços apertados, anunciando alegremente "sou o senhor Davy Keith".

À mesa do jantar, Dora comportou-se como uma pequena dama, mas o comportamento de Davy deixou muito a desejar.

– Estou com tanta fome que não tenho tempo para comer com bons modos – respondeu ele quando Marilla o repreendeu. – Dora não tem a metade da fome que eu tenho. Veja todo o exercício que fiz no caminho para cá. Este bolo está com um gosto muito bom de ameixas. Faz tanto, mas tanto tempo que não comemos bolo em casa, porque a mamãe estava doente demais para cozinhar, e a senhora Sprott falou que assar o nosso pão era o máximo que podia fazer. E a senhora Wiggins nunca colocava ameixas nos bolos dela. Vou pegar uma! Posso comer outro pedaço?

Marilla teria dito que não, mas Anne cortou uma generosa fatia.

No entanto, ela lembrou ao menino que ele deveria dizer "Obrigado". Davy mal esboçou um sorriso para ela e deu uma enorme mordida. Quando terminou a fatia, ele disse:

– Se me der outro pedaço, eu direi "obrigado".

– Não, você já comeu bolo o suficiente! – exclamou Marilla, em um tom que Anne conhecia e que Davy aprenderia que era o fim da discussão.

Davy piscou para Anne e então, inclinando-se por cima da mesa, roubou a primeira fatia de bolo de Dora, da qual ela havia comido só um delicado pedacinho, das próprias mãos da irmã, e, abrindo a boca o máximo possível, enfiou a fatia inteira lá dentro. Os lábios de Dora tremeram, e Marilla ficou muda de horror. Anne prontamente exclamou, em seu melhor tom de educadora:

– Oh, Davy! Cavalheiros não fazem coisas assim!

– Eu sei que não fazem – disse Davy, assim que conseguiu falar –, mas eu não sou um "cavaleiro".

– Mas você não quer ser? – perguntou a chocada Anne.

– Claro que eu quero. Mas eu só posso ser um "cavaleiro" quando for adulto.

– Oh, mas é claro que pode ser um agora! – Anne apressou-se a dizer, pensando que era a chance de plantar uma boa semente para o futuro. – Você pode começar a ser um cavalheiro enquanto ainda é um menino. E um cavalheiro nunca rouba as coisas das damas... ou esquece de dizer "obrigado"... ou puxa o cabelo de alguém.

– Eles não se divertem muito, essa é a verdade! – disse Davy com franqueza. – Acho que vou esperar até crescer para ser um.

Marilla, com ar resignado, tinha cortado outra fatia de bolo para Dora. Ela ainda não se sentia preparada para lidar com Davy. Fora um dia difícil, com o funeral e a longa viagem. Naquele momento, ela contemplava o futuro com tamanho pessimismo que faria jus à própria Eliza Andrews.

Os gêmeos não eram notavelmente parecidos, ainda que ambos fossem loiros. Dora tinha longos cachos macios que nunca ficavam desalinhados. Davy tinha uma coroa de curtos anéis amarelos que estavam sempre bagunçados. Os olhos amendoados de Dora eram gentis e suaves. Os de Davy eram tão travessos e inquietos quanto os de um elfo. O nariz de Dora era reto, e o do irmão era arrebitado. Dora trazia um sorriso polido e obediente, enquanto Davy era todo sorridente, além de ter covinha em uma única bochecha, o que lhe conferia uma aparência querida, cômica e assimétrica quando ria. Alegria e travessura se escondiam em cada canto do seu rostinho.

– É melhor eles irem para a cama – disse Marilla, crendo ser essa a melhor maneira de livrar-se deles. – Dora dormirá comigo, e você pode colocar Davy no quartinho do lado oeste do sótão. Você não tem medo de dormir sozinho, não é, Davy?

– Não, mas ainda vou ficar acordado por muito tempo – respondeu Davy sem reservas.

– Ah, certamente que não! – Foi tudo que a exausta Marilla disse, mas algo no tom de voz dela silenciou até mesmo Davy. Ele subiu as escadas aos trotes, obedientemente, com Anne.

– Quando eu crescer, a primeira coisa que vou fazer é ficar acordado a noite inteira, só para ver como é – confidenciou a ela.

Nos anos que se seguiram, Marilla nunca mais se lembrou daquela primeira semana da estadia dos gêmeos em Green Gables sem um calafrio. Não que tenha sido tão pior do que as semanas subsequentes, mas assim pareciam em razão de ser uma novidade. Raramente havia um momento do dia em que Davy não estivesse metido em alguma confusão ou planejando uma. Mas sua primeira façanha considerável ocorreu dois dias após sua chegada, em um domingo pela manhã... um dia suave e cálido, tão enevoado e ameno como o clima de setembro. Anne vestiu o menino para irem à igreja, enquanto Marilla cuidava de Dora. Davy se recusou com firmeza a lavar o rosto.

– Marilla já me lavou ontem, e a senhora Wiggins me esfregou com sabão grosso no dia do funeral. É o suficiente para uma semana. Não vejo a vantagem de ser tão limpinho. É muito mais confortável estar sujo.

– Paul Irving lava o rosto todos os dias por conta própria – comentou Anne, astutamente.

Davy habitava Green Gables havia pouco mais de quarenta e oito horas, mas já idolatrava Anne e odiava Paul Irving, a quem tinha ouvido Anne elogiar com entusiasmo um dia após sua chegada. Se Paul Irving lavava o rosto todos os dias, estava decidido: ele, Davy Keith, faria o mesmo, ainda que isso pudesse matá-lo. A mesma consideração o induziu a submeter-se obedientemente a outros detalhes de sua higiene pessoal e, quando estava de banho tomado, ele era um rapazinho muito bonito. Anne sentiu um orgulho quase maternal ao acompanhá-lo ao antigo banco dos Cuthberts.

Davy comportou-se muito bem a princípio, estando mais ocupado em lançar olhares suspeitos a todos os garotos que estivessem por perto, perguntando-se qual deles era Paul Irving. Os dois primeiros hinos e a leitura das Escrituras passaram sem nenhum incidente. O senhor Allan estava orando quando ocorreu a confusão.

Lauretta White estava sentada no banco em frente ao de Davy, com a cabeça ligeiramente curvada e o cabelo claro atado em duas longas tranças, por entre as quais se via uma convidativa parte de seu pescoço branco, rodeado por uma gola frouxa de rendas. Lauretta era uma menina gordinha de oito anos, de aspecto plácido, que se comportava de maneira impecável na igreja desde o primeiro dia em que a mãe a trouxera, com apenas seis meses de vida.

Davy colocou a mão no bolso e tirou... uma lagarta peluda que se retorcia. Marilla flagrou seu movimento e agarrou-o para tentar detê-lo, mas era tarde demais. Davy pôs a lagarta dentro da gola do vestido de Lauretta.

Bem no meio da oração do senhor Allan, explodiu uma série de gritos agudos. O ministro parou, horrorizado, e abriu os olhos. Todas as cabeças da congregação se voltaram. Lauretta White estava dançando por sobre o banco, agarrando freneticamente as costas do vestido.

– Ai, mamãe! Mamãe! Ai... Tire... Ai... Tire isso de mim! Ai... Aquele garoto mau jogou dentro do meu vestido! Ai, mamãe, está descendo mais! Ai... ai... ai...

A senhora White levantou-se com uma expressão amarrada e carregou a garota histérica, que ainda se contorcia, para fora da igreja. Seus gritos foram distanciando-se até cessar, e então o senhor Allan prosseguiu com o sermão. Mas todos sentiram que o dia havia sido arruinado. Pela primeira vez em sua vida, Marilla não acompanhou as palavras do ministro, e Anne permaneceu sentada até o fim com as bochechas cor de escarlate pela mortificação.

Quando voltaram para casa, Marilla pôs Davy na cama e o obrigou a ficar lá pelo resto do dia. Ela decidiu deixá-lo sem jantar e deu-lhe apenas um pouco de pão e leite. Anne levou a bandeja e sentou-se tristemente ao lado do menino, que comeu com um apetite inabalado pelo arrependimento. Mas o olhar pesaroso de Anne o preocupou.

– Acho que Paul Irving não teria colocado uma lagarta dentro do vestido de uma menina na igreja, teria? – refletiu ele.

– Certamente não teria – respondeu Anne com tristeza.

– Bom, eu meio que lamento por ter feito isso, então. Mas era uma lagarta linda e enorme... Peguei-a nos degraus da igreja, quando estávamos entrando. Pareceu uma pena desperdiçá-la. E, confesse, não foi divertido ouvir os gritos daquela menina?

Na terça-feira à noite, a Sociedade Assistencial da Igreja se reuniu em Green Gables. Anne correu para casa depois da escola, pois sabia que Marilla precisaria de toda a ajuda que ela pudesse oferecer. Dora, asseada e respeitável, usando seu vestido branco perfeitamente engomado, com uma faixa preta na cintura, estava sentada na sala de visitas com os membros da Sociedade, respondendo com bons modos quando lhe dirigiam a palavra, mantendo silêncio quando não, comportando-se em todos os momentos como uma criança modelo. Davy, prazerosamente sujo, estava fazendo tortinhas de lama no quintal ao lado do celeiro.

– Eu disse a ele que podia ir brincar – disse Marilla, cansada. – Achei que isso o manteria longe de maiores confusões. Ele não vai fazer mais nada além de se sujar. Nós tomaremos o chá primeiro, e depois nós o chamaremos. Dora pode comer conosco, mas eu jamais me atreveria a deixar Davy sentar-se à mesa na presença de todos os membros da Sociedade Assistencial.

Quando Anne foi chamar os convidados para o chá, ela descobriu que Dora não estava na sala. A senhora Jasper Bell informou que Davy viera chamá-la para sair pela porta da frente. Uma rápida consulta com Marilla na despensa resultou na decisão de servir o chá para as duas crianças juntas, mais tarde.

O chá estava quase terminado quando a sala de jantar foi invadida por uma figura miserável. Todos a encararam, Marilla e Anne com angústia, e os integrantes da Sociedade Assistencial com espanto. Aquela indescritível criaturinha que soluçava, com o vestido encharcado e o cabelo pingando água no tapete novo de Marilla... poderia ser Dora?

– Dora, o que aconteceu com você? – gritou Anne, dando uma olhadela culpada para a senhora Jasper Bell, cuja família era conhecida por ser a única no mundo com a qual acidentes nunca aconteciam.

– Davy me fez caminhar pela cerca do chiqueiro – choramingou Dora. – Eu não queria, mas ele me chamou de medrosa! E eu caí no chiqueiro, e meu vestido ficou todo sujo, e os porcos passaram por cima de mim. Meu vestido estava terrível, mas Davy disse que, se eu ficasse embaixo da bomba d'água, ele poderia lavá-lo, e ele bombeou água em cima de mim, mas meu vestido não ficou nem um pouco mais limpo, e minha linda faixa e meus sapatos estão arruinados!

Anne fez as honras da casa sozinha até o final da refeição, enquanto Marilla, no andar de cima, colocava em Dora suas roupas antigas. Davy foi mandado para a cama sem jantar. Anne foi ao quarto dele ao entardecer, para uma conversa séria, método no qual tinha grande fé, não inteiramente injustificado pelos resultados. Disse que estava muito envergonhada pelo comportamento dele.

— Também sinto muito agora — admitiu Davy —, mas o problema é que nunca lamento por fazer as coisas até que já tenha feito. Dora não queria me ajudar a fazer as tortas porque estava com medo de sujar as roupas, e isso me deixou louco! Acho que Paul Irving não teria feito a irmã dele caminhar pela cerca do chiqueiro, sabendo que ela poderia cair, não é?

— Não, ele nunca sonharia com uma coisa dessas. Paul é um perfeito cavalheiro.

Davy fechou os olhos com força e pareceu meditar sobre o assunto por um instante. Então, engatinhou para o colo de Anne e colocou os braços ao redor do pescoço dela, aconchegando o rostinho corado em seu ombro.

— Anne, você gosta de mim pelo menos um pouquinho, mesmo eu não sendo um bom menino como Paul Irving?

— É claro que sim — respondeu Anne com sinceridade. Por algum motivo, era impossível não gostar de Davy. — Mas eu gostaria ainda mais se você não fosse tão arteiro.

— Eu... fiz outra coisa hoje — continuou Davy, com a voz abafada. — Eu sinto muito agora, mas estou com um medo terrível de contar o que foi. Não vai ficar muito zangada comigo, vai? E não vai contar a Marilla, vai?

— Eu não sei, Davy. Talvez eu precise contar a ela. Mas acho que posso prometer que não contarei se me garantir que nunca mais fará isso de novo, seja lá o que for.

— Não, nunca mais farei isso. De qualquer forma, é impossível encontrar mais um deles este ano. Encontrei-o nos degraus do porão.

— Davy, o que você fez?

— Coloquei um sapo na cama da Marilla. Você pode tirá-lo de lá se quiser. Mas, Anne, você não acha que seria divertido deixá-lo por lá?

– Davy Keith! – Anne desvencilhou-se dos braços apertados de Davy e correu pelo corredor até o quarto de Marilla. A cama estava levemente desarrumada. Ela apressou-se para levantar as cobertas e deparou-se com o sapo, piscando para ela debaixo do travesseiro.

– Como levarei esta coisa horrorosa para fora? – murmurou, sentindo um arrepio. A pá da lareira surgiu em sua mente, e ela foi pegá-la de mansinho enquanto Marilla estava ocupada na despensa. Anne teve vários problemas ao carregar o sapo para o andar térreo, pois ele pulou três vezes da pá, e ela achou que o tivesse perdido no corredor em uma dessas. Quando finalmente depositou o anfíbio no pomar de cerejeiras, ela exalou um longo suspiro de alívio.

– Se Marilla soubesse, ela nunca mais em sua vida ficaria tranquila ao deitar-se na cama. Estou tão feliz por aquele pequeno pecador ter se arrependido a tempo. Lá está Diana, sinalizando para mim da janela. Que bom... estou mesmo precisando de um pouco de distração, pois, com Anthony Pye na escola e Davy Keith em casa, meus nervos já sofreram tudo que conseguiriam suportar em um dia.

UMA QUESTÃO DE COR

– Aquela velha indesejável da Rachel Lynde veio aqui hoje novamente, importunando-me para que contribuísse com a compra de um novo carpete para a sacristia – disse o senhor Harrison, irritado. – Eu detesto aquela mulher, mais do que qualquer pessoa que conheço. Ela consegue condensar um sermão completo, com texto, comentário e aplicação, em meia dúzia de palavras e arremessá-los em você como um tijolo.

Anne, que estava sentada na beirada da varanda naquele cinzento entardecer de novembro, desfrutando do suave encanto do vento oeste que soprava pelo campo recém-arado e assobiava uma singela melodia por entre os pinheiros retorcidos atrás do jardim, virou o rosto sonhador por cima do ombro.

– O problema é que a senhora Lynde e o senhor não se entendem – ela explicou. – Esse é sempre o problema quando as pessoas não gostam umas das outras. Eu também não gostava da senhora Lynde de início, mas aprendi a gostar dela assim que comecei a entendê-la.

– Talvez algumas pessoas possam gostar da senhora Lynde com o passar do tempo, mas eu não continuaria comendo bananas só porque me disseram que aprenderia a gostar delas se o fizesse! – rosnou o senhor Harrison. – E, quanto a entendê-la, eu entendo que ela é uma intrometida incorrigível, e eu disse isso a ela.

– Ah, ela deve ter ficado profundamente magoada – disse Anne, em tom de repreensão. – Como o senhor pôde dizer isso? Eu disse coisas terríveis à senhora Lynde, muito tempo atrás, mas só porque tinha perdido a paciência. Não conseguiria falar algo assim de forma deliberada.

– Eu disse a verdade, e eu acredito que devemos dizer a verdade para todo mundo.

– Mas o senhor não disse toda a verdade – contestou Anne. – Somente a parte desagradável da verdade. Ora, o senhor já me disse uma dúzia de vezes que meu cabelo é ruivo, mas nunca disse que tenho um nariz bonito.

– Atrevo-me a dizer que a senhorita não precisa que digam isso – riu-se o senhor Harrison.

– Também sei que tenho o cabelo ruivo... embora ele esteja bem mais escuro do que costumava ser... Então, não é necessário me dizer isso também.

– Muito bem, muito bem. Vou tentar não mencioná-lo de novo, já que você é muito sensível. Perdoe-me, senhorita Anne. Tenho o hábito de ser franco, e as pessoas devem levar esse costume a sério.

– Mas é impossível ignorá-lo. E não creio que seja de alguma serventia dizer que é um hábito. O que o senhor iria pensar de alguém que andasse por aí espetando os outros com agulhas e alfinetes, dizendo "Oh, perdoe-me, não dê importância a isso... é só um hábito que eu tenho"? O senhor pensaria que era um louco, não é? E, quanto à senhora Lynde ser intrometida, talvez ela seja. Entretanto, o senhor também disse que ela é uma senhora que tem um coração muito generoso e que sempre ajuda os pobres? E que ela jamais proferiu uma palavra sequer quando Timothy Cotton furtou um pote de manteiga de sua leitaria e disse para a esposa que havia comprado? A senhora Cotton reclamou que a manteiga tinha gosto de nabo na outra vez em que se encontraram; mas a senhora Lynde apenas respondeu que lamentava pelo ocorrido.

– Presumo que tenha algumas qualidades – reconheceu o senhor Harrison, de má vontade. – A maioria das pessoas tem. Eu mesmo tenho algumas que a senhorita nunca suspeitaria. Mas, de qualquer maneira, não colocarei isto em discussão. Tenho a impressão de que as pessoas daqui estão sempre implorando por dinheiro. Como está indo o seu projeto da pintura do Salão de Avonlea?

– Esplendidamente! Tivemos uma reunião da SMA na noite da última sexta-feira e descobrimos que arrecadamos dinheiro suficiente para pintar o salão e cobri-lo com telhas de madeira também. A maioria das pessoas doou generosamente, senhor Harrison.

Anne era uma mocinha de alma muito bondosa, mas sabia destilar um pouco do veneno da ironia quando necessário.

– Qual foi a cor escolhida para a pintura?

– Decidimos por um belíssimo tom de verde. O telhado será vermelho-escuro, é claro. O senhor Roger Pye comprará a tinta na cidade hoje.

– Quem fará o trabalho?

– O senhor Joshua Pye, de Carmody. Ele está quase terminando o telhado. Tivemos que contratá-lo, pois cada um dos Pyes, e o senhor sabe que são quatro famílias, falou que não doaria um centavo se Joshua não ficasse com o trabalho. Doaram doze dólares entre si, e achamos que era muito a perder, apesar de algumas pessoas pensarem que não deveríamos ter cedido para os Pyes. A senhora Lynde costuma comentar que eles tentam dominar tudo.

– A principal questão é se esse Joshua fará um bom trabalho. Se fizer, o sobrenome dele não fará diferença.

– Ele tem a reputação de ser um bom trabalhador, mas dizem que é um homem bem peculiar. Ele raramente fala.

– Então ele é peculiar mesmo – ironizou o senhor Harrison. – Ou, pelo menos, esta é a opinião do pessoal daqui. Eu nunca fui muito falante, até chegar a Avonlea e ter que começar a tagarelar para defender-me, ou a senhora Lynde diria que eu era surdo e começaria a arrecadar doações para que eu aprendesse a língua de sinais. Já vai embora, senhorita Anne?

– Preciso ir. Tenho que remendar algumas roupas de Dora nesta noite. Além disso, Davy provavelmente já deve ter partido o coração de Marilla com alguma nova travessura. A primeira coisa que ele disse hoje pela manhã foi: "Para onde vai a escuridão, Anne? Quero saber". Respondi-lhe que a escuridão ia para o outro lado do mundo, mas após o café da manhã ele afirmou que não... Que ela se escondia dentro do poço. Marilla contou que o flagrou quatro vezes pendurado na beirada do poço hoje, tentando alcançar a escuridão.

— Ele é endiabrado! — declarou o senhor Harrison. — Ontem ele veio aqui e puxou seis penas da cauda de Ginger, antes que eu tivesse voltado do celeiro. O pobre pássaro está abatido desde então. Aquelas crianças devem dar um enorme trabalho para vocês.

— Tudo o que é válido na vida dá algum trabalho — disse Anne, secretamente determinada a perdoar a próxima traquinagem de Davy, não importando o que fosse, pois ele havia se vingado do papagaio por ela.

Naquela noite, o senhor Roger Pye trouxe a tinta para casa, e o senhor Joshua Pye, um homem ranzinza e taciturno, deu início à pintura do salão no dia seguinte. O homem trabalhou sem ser interrompido. O salão situava-se no que chamavam "a estrada de baixo". Essa estrada sempre ficava úmida e enlameada no final de outono, e as pessoas que iam para Carmody usavam a "estrada de cima". O salão embrenhava-se tão intimamente no bosque de abetos que era praticamente invisível, a menos para quem se aproximasse. O senhor Joshua Pye trabalhou à vontade em meio à solidão e independência, tão necessárias ao seu coração reservado.

Na sexta-feira à tarde, o senhor Pye terminou a tarefa e voltou para casa em Carmody. Pouco depois de sua partida, a senhora Rachel Lynde foi até lá, enfrentando a lama da estrada de baixo, pela curiosidade de ver como o salão tinha ficado com a nova pintura. Quando passou pela curva dos abetos, ela viu.

A visão afetou a senhora Lynde de maneira estranha. Ela largou as rédeas, ergueu as mãos e exclamou "Bendita Providência!" com o olhar vidrado de quem não consegue acreditar nos próprios olhos. Então, desatou a rir quase histericamente.

– Deve ser algum engano... Só pode ser! Eu sabia que aqueles Pyes iam fazer uma bagunça!

A senhora Lynde parou várias pessoas na estrada, a caminho de casa, para contar o que ocorrera com o salão. A notícia se espalhou como um incêndio. Gilbert Blythe, que estava em casa debruçado sobre os livros, ouviu a notícia por um empregado de seu pai ao entardecer e correu ofegantemente até Green Gables, encontrando-se com Fred Wright no caminho. No portão do quintal, sob o grande salgueiro desfolhado, os rapazes encontraram Diana Barry, Jane Andrews e Anne Shirley, a verdadeira personificação do desespero.

– Não deve ser verdade, Anne! – exclamou Gilbert.

– É verdade – ela respondeu, parecendo a musa da tragédia. – A senhora Lynde veio me contar quando chegou de Carmody. Oh, é simplesmente pavoroso! Qual o objetivo de tentar melhorar qualquer coisa?

– O que é tão pavoroso? – perguntou Oliver Sloane, que chegava naquele momento carregando a chapeleira que trouxera da cidade para Marilla.

– Você não soube? – disse Jane, colérica. – Bem, foi simplesmente isto: Joshua Pye pintou o salão de azul, em vez de verde... Um azul-escuro brilhante, a mesma tonalidade que usam para pintar carroças e carrinhos de mão! E a senhora Lynde falou que é a cor mais medonha que já se viu em um edifício, especialmente combinada com o telhado vermelho. Fiquei completamente chocada quando fiquei sabendo. É desolador, depois de todo o trabalho que tivemos!

– Como um erro desses é possível? – lamentou Diana.

Por fim, a culpa pelo desastre imperdoável recaiu sobre os Pyes. Os Melhoradores decidiram usar as tintas da marca Morton-Harris, cujas latas eram numeradas conforme um mostruário de cores. O comprador escolhia a tonalidade desejada e fazia o pedido de acordo com a numeração correspondente. O número 147 era o tom de verde escolhido, e quando o senhor Roger Pye avisou aos Melhoradores por intermédio de seu filho, John Andrew, que estava indo para a cidade e que compraria a tinta para eles, os jovens pediram ao rapaz que informasse ao pai para trazer o número 147. John Andrew sempre afirmou que tinha dito isso, mas o pai declarou, tão veementemente quanto o filho, que este lhe havia dito 157, e o assunto permanece em discussão até hoje.

Naquela noite, o mais profundo desânimo reinou em cada lar de Avonlea onde vivia algum Melhorador. Em Green Gables, o pessimismo era tão intenso que até mesmo Davy se aquietou. Anne chorava inconsolavelmente.

– Devo chorar, mesmo que já tenha quase dezessete anos, Marilla – ela soluçou. – É tão mortificante! É a marcha fúnebre do enterro da nossa sociedade de melhorias. Nós seremos a piada da cidade.

Entretanto, na vida, assim como nos sonhos, as coisas frequentemente acabam acontecendo ao contrário. Os habitantes de Avonlea não riram; todos estavam muito irados. O dinheiro deles fora destinado à pintura do salão e, consequentemente, eles se sentiram amargamente ofendidos pelo engano. A indignação popular centrou-se nos Pyes. Roger Pye e John Andrew haviam confundido tudo entre eles; e, quanto a Joshua Pye, ele deveria ser um tonto de nascença para não suspeitar de algo errado quando abriu as latas e viu a cor da tinta. Quando criticado, Joshua Pye replicou que a preferência das pessoas de Avonlea com relação às cores não era problema dele, independentemente da própria opinião. Ele tinha sido contratado para pintar o salão, e não para discutir a cor, e estava decidido a receber pelo trabalho.

Os Melhoradores pagaram com o espírito amargurado, após consultarem o senhor Peter Sloane, que era o magistrado.

– Vocês terão de pagar – ele disse. – Não podem responsabilizá-lo pelo erro, uma vez que ele afirma que nunca lhe disseram qual cor deveria usar, que só lhe entregaram as latas e lhe deram o aval. Mas é um tremendo infortúnio, pois aquele salão está realmente horrível!

Os azarados Melhoradores esperavam que os habitantes de Avonlea demonstrassem mais preconceito do que nunca contra eles agora; porém, em vez disso, a simpatia pública voltou-se em favor da Sociedade. A população achava que o pequeno grupo veemente e entusiasta, que tinha trabalhado tão duro por seu objetivo, tinha sido ludibriado. A senhora Lynde aconselhou-os a continuarem e mostrarem aos Pyes que realmente existem pessoas no mundo que conseguem fazer as coisas sem causar uma confusão. O senhor Major Spencer mandou avisá-los de que iria retirar todos os troncos ao longo da estrada em frente à sua fazenda e semear grama por conta própria. E a senhora Hiram Sloane foi até a escola um dia e chamou Anne misteriosamente no alpendre, para dizer-lhe que, se a "suciedade" quisesse fazer uma plantação de gerânios nos cruzamentos das estradas na primavera, eles não precisariam preocupar-se com sua vaca, pois ela mesma cuidaria para que o esfomeado animal fosse mantido longe dali. Até mesmo o senhor Harrison riu da situação em particular, se é que ele é dado a essas coisas, e passou a demonstrar simpatia por eles.

– Esqueça isso, senhorita Anne. A maioria das pinturas vai ficando mais feia a cada ano, mas aquele azul é tão feio já de início que pode até ficar melhor com o desgaste do tempo. E o telhado está muito bem arrumado e pintado. As pessoas poderão sentar-se no salão em dias de chuva sem ter medo das goteiras. De qualquer forma, vocês conseguiram fazer muitas coisas.

– Mas o Salão Azul de Avonlea será motivo de piada em todos os povoados vizinhos de agora em diante – retrucou Anne com amargura.

E, verdade seja dita, foi o que aconteceu.

DAVY EM BUSCA DE EMOÇÕES

Enquanto voltava da escola pela Rota das Bétulas em uma tarde de novembro, Anne sentiu-se convencida, mais uma vez, de que a vida era algo maravilhoso. Aquele tinha sido um bom dia e tudo correra bem em seu pequeno reino. St. Clair Donnell não havia brigado com nenhum colega por causa do seu nome. O rosto de Prillie Rogerson estava tão inchado em consequência de uma dor de dentes que ela nem tentou flertar com os meninos ao seu redor. Barbara Shaw tinha se envolvido em apenas um acidente, ao derramar uma concha d'água no chão, e Anthony Pye não comparecera à escola.

– Este novembro está sendo um ótimo mês! – exclamou Anne, que nunca havia superado o hábito infantil de falar consigo mesma. – Novembro geralmente é um mês tão desagradável... é como se o ano repentinamente descobrisse que estava ficando velho e que não poderia fazer mais nada, exceto chorar e desesperar-se por isso. Este ano está envelhecendo graciosamente... Assim como uma altiva dama idosa que sabe ser encantadora mesmo com o cabelo grisalho e as rugas. Os dias têm sido adoráveis, e os entardeceres, prazerosos. Esta última quinzena está sendo muito pacífica, e até mesmo Davy tem se comportado bem. Creio que ele realmente está melhorando muito. Os bosques estão tão tranquilos hoje... Nem um murmúrio, exceto o suave sussurro do vento na copa das árvores! Soa como a rebentação em uma praia longínqua. Como são queridas as árvores! Que belas árvores vocês são! Amo cada uma de vocês como uma amiga.

Anne se deteve para abraçar uma jovem bétula e beijar seu tronco branco-creme. Diana, que apontou na curva do caminho, viu-a e riu.

– Anne Shirley, você só finge ser adulta! Acho que, quando está sozinha, você continua a mesma menininha que sempre foi.

– Bem, não dá para superar o hábito de ser uma garotinha de uma vez só – respondeu, alegremente. – Veja bem, fui criança durante catorze anos, e somente há míseros três anos é que virei adulta. Tenho certeza de que sempre me sentirei como uma criança quando estiver nos bosques. Estas caminhadas da escola para casa são praticamente os únicos momentos que tenho para sonhar... exceto aquela meia hora antes de dormir. Estou tão ocupada em lecionar, estudar e ajudar Marilla com os gêmeos que não tenho tempo para imaginar coisas. Você não imagina as esplêndidas aventuras que tenho todas as noites, alguns instantes antes de ir para a cama, no meu quartinho do lado leste. Sempre imagino que sou uma pessoa muito brilhante, triunfante e esplêndida... uma grande *prima donna*, uma enfermeira da Cruz Vermelha ou, ainda, uma rainha. Na noite passada eu era uma rainha. É verdadeiramente formidável imaginar-se uma rainha. Você se diverte ao máximo, sem nenhum inconveniente, e pode deixar de ser uma rainha quando quiser, o que não acontece na vida real. Mas, aqui nos bosques, eu gosto mesmo é de imaginar que sou pessoas completamente diferentes... sou uma dríade morando em um velho pinheiro ou um pequeno duende marrom que se esconde embaixo de uma folha amassada. Aquela bétula que você me viu beijar é uma das minhas irmãs. A única diferença é que ela é uma árvore, e eu, uma moça; mas na verdade não há diferença. Aonde você está indo, Diana?

– À casa dos Dicksons. Prometi ajudar Alberta a costurar o vestido novo dela. Você não pode me encontrar ao crepúsculo, Anne, e acompanhar-me até em casa?

– Talvez... já que Fred Wright não está na cidade – disse Anne com uma expressão inocente calculada.

Diana enrubesceu, atirou a cabeça para trás e continuou caminhando. Entretanto, não parecia estar ofendida.

Anne tinha intenção de ir à casa dos Dicksons naquela noite, mas não foi. Ao chegar em Green Gables, ela encontrou uma situação que baniu qualquer outro pensamento de seu cérebro. Marilla a encontrou no quintal... com os olhos arregalados de pavor.

– Anne, Dora está desaparecida!

– Dora! Desaparecida? – Anne olhou para Davy, que se balançava no portão, e detectou uma certa satisfação em seu olhar. – Davy, você sabe onde sua irmã está?

– Não, não sei. – respondeu ele sem hesitação. – Não a vejo desde a hora do almoço, juro por Deus.

– Estive fora desde uma hora da tarde – disse Marilla. – Thomas Lynde adoeceu de repente, e Rachel me chamou com urgência. Quando saí daqui, Dora estava brincando com a boneca na cozinha, e Davy estava fazendo tortinhas de barro atrás do celeiro. Eu cheguei em casa meia hora atrás... E não consigo encontrar Dora. Davy afirma que não a viu desde que eu saí.

– Não vi mesmo – declarou Davy, solenemente.

– Ela deve estar em algum lugar aqui por perto – disse Anne. – Dora jamais iria longe sozinha... Você sabe como ela é tímida. Talvez ela tenha caído no sono em um dos quartos.

Marilla balançou a cabeça.

– Eu já a procurei pela casa inteira. Mas ela pode estar no celeiro ou no estábulo.

Uma busca completa foi realizada. Cada canto da casa, do quintal e das construções externas foi esquadrinhado pelas duas mulheres preocupadas. Anne vasculhou os pomares e a Floresta Assombrada, chamando por Dora. Marilla acendeu uma vela e explorou o porão. Davy acompanhou uma de cada vez e foi muito criativo ao sugerir os lugares em que Dora poderia estar escondida. Por fim, os três se reencontraram no quintal.

– É um grande mistério – murmurou Marilla.

– Onde ela pode estar? – disse Anne, miseravelmente.

– Talvez ela tenha tropeçado e caído dentro do poço – sugeriu Davy, com animação.

Anne e Marilla entreolharam-se, temerosas. A hipótese estivera com as duas durante toda a busca, mas nenhuma delas ousara colocá-la em palavras.

– Ela... Ela pode ter caído – sussurrou Marilla.

Anne, sentindo-se frágil e nauseada, foi até a beirada do poço e olhou. O balde estava pendurado pelo lado de dentro. Lá embaixo, bem no fundo, era possível enxergar o brilho da água. O poço dos Cuthberts era o mais profundo de Avonlea. Se Dora... Mas Anne não conseguia suportar a ideia. Ela estremeceu e voltou-se para longe.

– Vá correndo chamar o senhor Harrison – pediu Marilla, retorcendo as mãos.

– O senhor Harrison e John Henry não estão em casa... Ele foram até a cidade. Vou chamar o senhor Barry.

O senhor Barry acompanhou Anne, trazendo consigo um rolo de corda em cuja extremidade tinha atado um instrumento parecido com uma garra, que um dia fora um garfo de jardinagem. Marilla e Anne ficaram ali por perto, trêmulas de horror e medo, enquanto o senhor Barry vasculhava o poço; e Davy, montado no portão, observava o grupo com uma expressão que indicava grande contentamento.

Por fim, o senhor Barry balançou a cabeça com um ar aliviado.

– Ela não pode estar lá embaixo. No entanto, é muito curiosa a questão do paradeiro dela. Olhe aqui, rapazinho, tem certeza de que não faz ideia de onde está sua irmã?

– Já disse uma dúzia de vezes que não sei – disse Davy, com ar ofendido. – Talvez um mendigo tenha roubado Dora.

– Quanta bobagem – disse Marilla com severidade, aliviada do terrível medo do poço. – Anne, você acha que Dora pode ter ido até a fazenda do senhor Harrison? Desde o dia em que você a levou até lá, ela só fala do tal papagaio.

– Não creio que Dora teria se aventurado tão longe sozinha, mas irei até lá para conferir.

Ninguém estava olhando para Davy naquele momento ou teriam percebido uma decidida mudança em seu semblante. Em silêncio, o menino desceu do portão e correu para o celeiro, o mais rápido que suas perninhas rechonchudas conseguiam.

Anne cruzou os campos até a fazenda do senhor Harrison com muita pressa e sem grandes esperanças. A casa estava trancada, as persianas estavam fechadas e não havia nenhum sinal de vida no local. Ela foi até a varanda e gritou por Dora.

Ginger, que estava na cozinha, guinchou alto e xingou com repentina ferocidade; porém, em meio aos acessos do pássaro, Anne ouviu um choro lamurioso vindo da edícula do jardim, a qual o senhor Harrison usava como depósito de ferramentas. Anne correu para a porta, puxou o ferrolho e encontrou a pequena mortal, com o rosto molhado de lágrimas, desamparadamente sentada sobre um barril de pregos virado de cabeça para baixo.

– Oh, Dora, Dora, que susto você nos deu! Como veio parar aqui?

– Davy e eu viemos aqui para ver Ginger – soluçou a menina –, mas não conseguimos vê-lo. Davy só fez com que ele xingasse quando chutou a porta. E, então, Davy me trouxe até aqui, correu para fora e trancou a porta, e eu não consegui sair. Eu chorei, e chorei, e fiquei assustada e, oh, estou com tanta fome e tanto frio! Pensei que você nunca iria me encontrar, Anne.

– Davy? – mas Anne não conseguiu dizer mais nada. Ela carregou Dora para casa com o coração pesado. A alegria por ter encontrado a criança sã e salva submergiu em meio à dor causada pelo comportamento de Davy. A audácia de ter trancado Dora poderia ter sido perdoada com facilidade. Mas Davy havia mentido... Ele havia claramente mentido a sangue frio. Esta era a triste realidade, e Anne não podia fechar seus olhos diante disso. Ela quis sentar-se e chorar, por puro desapontamento. Ela havia passado a amá-lo com muita ternura e só naquele momento é que percebera o quanto, e descobrir que ele era culpado por uma mentira deliberada era uma dor insuportável.

Marilla ouviu a história de Anne em um silêncio que não pressagiava nada de bom para Davy. O senhor Barry deu uma risada e aconselhou que Davy deveria ser sumariamente punido. Depois que o vizinho saiu, Anne consolou e acalentou a chorosa e trêmula Dora, serviu-lhe o jantar e colocou-a para dormir. Então retornou à cozinha, no instante em que Marilla entrava com austeridade, conduzindo, ou melhor, puxando o relutante Davy coberto de teias de aranha, que ela havia encontrado escondido no canto mais escuro do estábulo.

Marilla o trouxe até o capacho no centro do assoalho e sentou-se ao lado da janela leste. Anne estava sentada, sem energia, à janela oeste. Entre elas estava o réu, em pé. Ele estava de costas para Marilla e parecia obediente, assustado, sem forças; mas seu rosto estava virado para Anne e, apesar de estar um pouco envergonhado, havia um lampejo de camaradagem em seus olhos, como se soubesse que tinha feito algo errado e que seria punido por isso, mas que podia contar com Anne para dar umas boas gargalhadas sobre o assunto, mais tarde.

Porém, não foi um sorriso escondido que ele encontrou em resposta nos olhos cinzentos da jovem, como ocorreria se tivesse sido apenas uma travessura. Havia algo diferente... algo feio e repulsivo.

– Como pôde comportar-se dessa maneira, Davy? – ela perguntou, pesarosamente.

Davy contorceu-se com desconforto.

– Só fiz isso para me divertir. Faz muito tempo que as coisas estão terrivelmente quietas por aqui, e eu achei que seria divertido dar um grande susto em vocês duas. E foi mesmo!

Apesar do medo e de uma pitada de remorso, Davy deu um sorrisinho diante da lembrança.

– Mas você contou uma mentira, Davy! – disse Anne, mais triste do que nunca.

Davy pareceu confuso.

– O que é uma mentira? Você quer dizer uma lorota?
– Mentira é uma história que não é verdadeira.
– Claro que eu contei! – respondeu, honestamente. – Se não tivesse contado, vocês não teriam ficado assustadas. Eu tive que contar.

Anne começou a sentir a resposta de seus nervos ao medo e aos esforços na busca por Dora. A atitude impertinente de Davy foi o toque final. Duas grandes lágrimas brotaram em seus olhos.

– Oh, Davy, como pôde? – perguntou ela, trêmula. – Você não sabe o quanto isso é errado?

Davy ficou espantado. Anne estava chorando... Ele tinha feito Anne chorar! Uma onda de verdadeiro remorso inundou seu afetuoso coraçãozinho. Ele correu para Anne, atirou-se em seu colo, colocou os braços ao redor do pescoço dela e irrompeu em lágrimas.

– Eu não sabia que era errado contar lorotas – soluçou o menino. – Como você esperava que eu soubesse? Todos os filhos do senhor Sprott contavam lorotas todos os dias e ainda faziam o sinal da cruz. Acho que o Paul Irving nunca conta lorotas, e eu estou tentando muitíssimo ser tão bom quanto ele, mas agora acho que você nunca mais vai me amar. Você deveria ter me dito que isso era errado. Lamento terrivelmente ter feito você chorar, Anne, e eu nunca mais contarei outra lorota.

Davy enterrou o rosto no ombro de Anne e chorou torrencialmente. Ela, em um repentino relâmpago de compreensão, abraçou-o com força e olhou para Marilla por cima da cabeça cheia de cachos.

– Ele não sabia que era errado contar mentiras, Marilla. Creio que podemos perdoá-lo desta vez, se ele prometer nunca mais dizer coisas que não são verdadeiras.

– Nunca mais, agora que eu sei que é ruim – declarou Davy, entre soluços. – Se você me pegar contando uma lorota de novo, você pode... – Ele buscou mentalmente por uma penitência adequada – pode me esfolar vivo, Anne.

– Não diga "lorota", Davy... é melhor usar a palavra mentira – ensinou a professora.

– Por quê? – questionou ele, descendo do colo e encarando-a com o inquisitivo rosto molhado pelas lágrimas. – Por que lorota não é tão bom quanto mentira? Quero saber. É uma palavra tão grande quanto a outra.

– É um termo vulgar, e garotinhos não devem usar esse tipo de linguajar.

– Tem um montão de coisas que é errado fazer – disse Davy, com um suspiro. – Nunca imaginei que existiam tantas! Sinto muito que seja errado contar lorot... mentiras, porque isso é bastante útil; mas, como é errado, nunca mais contarei nenhuma. O que vocês vão fazer comigo desta vez? Quero saber.

Anne olhou para Marilla de modo suplicante.

– Não quero ser dura demais com o menino – disse Marilla. – Ouso dizer que nunca alguém o ensinou que era errado dizer falsidades, e aqueles filhos dos Sprotts não eram boas companhias para ele. A pobre Mary estava muito doente para educá-lo de forma adequada, e suponho que não podemos esperar que uma criança de seis anos de idade saiba esse tipo de coisa por instinto. Acho que precisamos simplesmente considerar que ele não sabe nada do que é certo e começar a educá-lo do princípio. Mas ele terá que ser punido por ter prendido Dora, e não consigo pensar em nada além de mandá-lo para cama sem o jantar, como já fizemos tantas vezes antes. Você não tem outra sugestão, Anne? Acho que você é capaz de inventar alguma coisa com essa imaginação que você está sempre mencionando.

– Mas punições são tão horríveis, e eu só gosto de imaginar coisas prazerosas – disse ela, abraçando Davy. – Já existem tantas coisas desagradáveis no mundo que é inútil inventar mais uma.

Finalmente, Davy foi mandado para a cama, como de costume, onde deveria permanecer até o meio-dia do dia seguinte. Evidentemente, ele pensou sobre o assunto, pois, mais tarde, quando Anne subiu para o quarto, ouviu-o chamar seu nome com doçura. Ela o encontrou sentado na cama, com os cotovelos sobre os joelhos e o queixo apoiado nas mãos.

– Anne – começou ele, solenemente –, é errado para todo mundo dizer lorot... mentiras? Quero saber.

– Certamente que sim.

– É errado para um adulto?

– Sim.

– Então Marilla é má, pois ela conta mentiras – ele disse, decididamente. – E ela é pior do que eu, porque eu nem sabia que era errado, mas ela sabe.

– Davy Keith, Marilla nunca contou uma mentira em toda a vida – disse Anne, indignada.

– Contou, sim. Na terça-feira passada ela disse que algo terrível iria acontecer comigo se eu não fizesse minhas orações todas as noites. E eu não tenho rezado há mais de uma semana, só para ver o que acontece... E nada aconteceu – concluiu Davy, com seriedade.

Anne sufocou uma louca vontade de rir com a convicção de que isso seria fatal, e então empenhou-se seriamente em salvar a reputação de Marilla.

– Ora, Davy Keith, algo terrível aconteceu com você hoje mesmo – disse ela solenemente.

Davy parecia cético.

– Acho que você quer dizer ser mandado para cama sem jantar – respondeu com desdém –, mas isso não é terrível. É claro que eu não gosto, mas já fiquei tantas vezes sem jantar desde que cheguei aqui que estou começando a me acostumar. E vocês não economizam comida quando me mandam dormir sem jantar, porque eu sempre como o dobro no café da manhã.

– Não me refiro ao fato de ser mandado dormir sem jantar, e sim ao fato de ter contado uma mentira. E, Davy... – Anne inclinou-se sobre o pé da cama e apontou de maneira expressiva para o culpado –, quando um menino fala o que não é verdade, isso é praticamente a pior coisa que pode acontecer... Quase a pior de todas as coisas. Então, perceba que Marilla disse a verdade.

– Mas eu pensei que algo ruim seria emocionante! – protestou ele, injuriado.

– Marilla não pode ser culpada por algo que você pensou. Coisas ruins não são sempre emocionantes. São, frequentemente, só desagradáveis e estúpidas.

– Mas foi extremamente engraçado ver você e Marilla olhando para o fundo do poço – disse ele, abraçando os joelhos.

Anne manteve a seriedade até descer as escadas. Então, ela sentou-se no sofá da sala de visitas e riu até a barriga doer.

– Gostaria que você me contasse a piada – disse Marilla, um pouco sisuda. – Não tive muitos motivos para rir hoje.

– Você vai rir quando ouvir isso – garantiu Anne. E Marilla de fato riu, o que demonstrava o quanto seu aprendizado havia avançado desde que adotara Anne. Mas, depois, imediatamente suspirou.

– Acho que não deveria ter dito isso a ele, embora eu tenha ouvido um ministro dizer o mesmo a uma criança, uma vez. Mas Davy me irritou profundamente. Foi na noite em que você estava no concerto em Carmody, e eu o coloquei para dormir. Ele falou que não via motivos para rezar até que estivesse crescido o bastante para ter alguma importância para Deus. Anne, não sei o que faremos com aquela criança. Eu nunca vi nenhuma igual a ele. Sinto-me completamente desencorajada.

– Oh, não diga isso, Marilla. Lembre-se do quanto eu era má quando cheguei aqui.

– Anne, você nunca foi má... nunca. Percebo isso agora que estou aprendendo o que é maldade de verdade. Devo admitir que você estava sempre se metendo em tremendas confusões, mas sua motivação sempre era boa. Davy é maldoso pelo mero prazer de sê-lo.

– Oh, não, não acredito existir nenhuma maldade verdadeira nele – alegou Anne. – É só travessura. E aqui é sossegado demais para ele, você sabe. Não há outros garotos para brincar, e a mente dele precisa se ocupar com alguma coisa. Dora é tão recatada e educada que não serve como companheira de brincadeiras de um garoto. Eu realmente acho que seria melhor colocá-los na escola, Marilla.

– Não – respondeu, resoluta –, meu pai sempre dizia que nenhuma criança deveria ser encerrada entre as quatro paredes de uma sala de aula até os sete anos de idade, e o senhor Allan diz o mesmo. Os gêmeos podem receber algumas lições em casa, mas não irão para a escola até que tenham completado sete anos.

– Bem, então devemos tentar corrigir Davy em casa – disse Anne, animada. – Mesmo com todos os defeitos, ele é realmente um garotinho muito querido. Não consigo evitar amá-lo. Marilla, isto pode ser uma coisa horrível de se dizer, mas, honestamente, gosto mais de Davy do que de Dora, mesmo ela sendo tão boazinha.

– Eu não sei por quê, mas sinto o mesmo – confessou Marilla –, e isso não é justo, pois Dora não dá nenhum trabalho. Não existe criança melhor do que ela, cuja presença mal se nota em casa.

– Dora é muito boazinha. Ela se comportaria bem, mesmo que não houvesse uma única alma para dizer-lhe o que fazer. Já nasceu educada, de modo que não precisa de nós. E eu acho – concluiu Anne, tocando em uma questão vital – que sempre amamos mais aqueles que precisam de nós. E Davy precisa muitíssimo.

– Ele certamente precisa de algo – concordou Marilla. – Rachel Lynde diria que esse algo é uma boa surra.

FATOS E FANTASIAS

"Lecionar é realmente um trabalho muito interessante" – escreveu Anne a Stella Maynard, sua ex-colega da Queen's Academy. "Jane costuma dizer que é monótono, mas eu não acho. Algo divertido acontece praticamente todos os dias, e as crianças falam coisas tão engraçadas! Jane diz que repreende os alunos quando fazem discursos do tipo, e é bem provável que seja por isso que ela considere o trabalho monótono. Nesta tarde, o pequeno Jimmy Andrews queria soletrar a palavra 'salpicado', mas não conseguia. 'Bem – disse ele, por fim –, não consigo soletrar esta palavra, mas sei o que significa'.

'E o que é?' – eu perguntei.

'O rosto do St. Clair Donnell, senhorita.'

"St. Clair certamente tem muitas sardas, e eu tento impedir que os outros comentem a respeito... Pois eu era sardenta e me lembro bem como era. Mas não acho que St. Clair se importe com isso. Ele esmurrou Jimmy no caminho para casa, mas foi por tê-lo chamado de 'St. Clair'. Eu soube da briga, mas não oficialmente; então, creio que não precise tomar nenhuma providência."

"Ontem eu estava tentando ensinar adição a Lottie Wright. Perguntei-lhe: 'Se você tem três doces em uma das mãos e dois na outra, quantos terá ao todo?' 'Um bocado', disse Lottie. E, na aula de ciências naturais, quando pedi que me dessem uma boa razão pela qual os sapos não deveriam ser mortos, Benjie Sloane respondeu seriamente: 'Porque iria chover no dia seguinte'."

"É tão difícil não desatar a rir, Stella! Tenho que me segurar até chegar em casa, e Marilla disse que fica nervosa ao ouvir gargalhadas frenéticas vindas do quartinho do lado leste, sem nenhuma razão aparente. Ela contou que um homem em Grafton começou assim e acabou ficando louco."

"Sabia que Tomás Becket foi canonizado como uma 'cobra'? Foi o que disse Rose Bell... E disse também que William Tyndale[8] 'escreveu' o Novo Testamento. Claude White afirmou que 'glacial' é um homem que vende sorvetes!"

"Penso que o mais difícil em lecionar, assim como o mais interessante, é fazer com que as crianças digam o que verdadeiramente pensam sobre as coisas. Em um dia de tempestade, na semana passada, eu reuni os alunos na hora da merenda e tentei fazer com que conversassem comigo como se eu fosse um deles. Pedi que me contassem seus maiores desejos. Algumas respostas foram bem normais... Bonecas, pôneis e patins. Outras foram decididamente originais. Hester Boulter queria 'usar seu vestido de domingo todos os dias e fazer as refeições na sala'. Hannah Bell queria 'ser boa sem ter que se esforçar tanto'. Marjory White, de dez anos, contou-me que queria 'ser uma viúva'. Quando perguntei o porquê, ela respondeu com muita seriedade que, se você é solteira, as pessoas a chamam de solteirona e, se é casada, seu marido controla sua vida; porém, se for viúva, você não corre risco nem de uma coisa nem de outra. O desejo mais singular foi o de Sally Bell. Ela queria uma 'lua de mel'. Perguntei se ela sabia o que isso significava, e ela respondeu que achava que era um tipo extraordinário de bicicleta, pois um primo de Montreal saiu de lua de mel quando se casou, e ele sempre tivera o último lançamento em bicicletas!"

---

8 William Tyndale (1494-1536) foi um pastor protestante e acadêmico inglês. Traduziu a Bíblia para uma versão inicial do inglês moderno. (N. T.)

"Outro dia, eu pedi que me contassem qual era a pior travessura que já tinham feito. Não consegui fazer com que os mais velhos se abrissem, mas o terceiro ano respondeu livremente. Eliza Bell 'ateou fogo ao novelo de linha de sua tia'. Quando perguntei se ela realmente teve a intenção de fazer isso, respondeu-me que 'não inteiramente'. Ela acendera só a pontinha para ver se iria pegar fogo, mas todo o pacote se queimou em um piscar de olhos. Emerson Gillis havia gastado dez centavos comprando balas, quando deveria ter doado o dinheiro aos missionários. O pior crime de Annetta Bell foi 'comer amoras que cresciam no cemitério'. Willie White tinha 'escorregado do telhado do estábulo um monte de vezes usando as calças de domingo. Fui punido por isso, pois tive que usar calças remendadas na Escola Dominical durante todo o verão, e, quando se é punido por ter feito algo, não é preciso se arrepender', declarara Willie."

"Gostaria que você pudesse ver algumas das redações deles... Quero tanto que vou enviar a cópia de algumas que foram escritas recentemente. Na semana passada, eu pedi aos alunos do quarto ano que escrevessem cartas para mim sobre o que quisessem e sugeri que eles poderiam escrever sobre algum lugar que visitaram, alguma pessoa ou coisa interessante que tivessem visto. Eles deveriam usar papéis de carta de verdade, selá-los em um envelope e endereçá-los para mim, sem a ajuda de ninguém. Na sexta-feira passada, eu encontrei uma pilha de cartas em minha mesa pela manhã, e naquela noite constatei que lecionar tem seus deleites, assim como seus pesares. Aquelas redações compensaram muitas coisas. Aqui está a de Ned Clay, com endereço, ortografia e gramática conforme foram originalmente escritos:

Senhorita professora ShiRley
Green gabels.
p.e. Ilha
pássaros
 '*Querida professora acho que vou escrever uma redação sobre pássaros. Pássaros é animais muito úteis. meu gato pega pássaros. O nome dele é William mas papai chama ele de tom. ele é todo listado e ficou com uma orelha congelada inverno passado. se não fosse isso ele ia ser um gato bonito. Meu tiu adotou um gato. o gato apareceu na casa dele um dia e não foi embora mais e o tiu diz que o bicho sabe mais coisas do que a maioria das pessoas jamais saberá. ele deixa o gato dormir na sua cadeira de balanço e a minha tia diz que ele pensa mais no animal do que nos filhos. isso não está certo. temos que ser gentis com os gatos e dar leite fresco para eles mas não devemos tratar eles melhor do que os nossos filhos. isso é tudo que consigo pensar sobre o assunto por agora então sem mais de edward blake ClaY.*

"A carta de St. Clair Donnell é, como de costume, curta e objetiva. Ele nunca desperdiça palavras. Não creio que ele tenha escolhido o assunto ou acrescentado a observação por malícia premeditada. Ele só não tem muito tato ou imaginação:"

Querida senhorita Shirley
 A senhorita pediu que descrevêssemos algo estranho que tenhamos visto. Vou descrever o Salão de Avonlea. Ele tem duas portas, uma interna e outra externa. Tem seis janelas e uma chaminé. Tem duas extremidades e dois lados. Está pintado de azul. É isso que o torna estranho. Está situado na estrada de baixo para Carmody. É a terceira construção mais importante de Avonlea. As outras são a igreja e a loja do ferreiro. As pessoas se reúnem lá para clubes de debate e palestras e concertos.
Atenciosamente,
Jacob Donnel.
P.S. O salão é de um azul muito brilhante.

"A carta de Annetta Bell foi bem extensa, o que me surpreendeu, pois escrever redações não é o forte dela e, quando as escreve, geralmente são tão breves quanto as de St. Clair. Annetta é uma garotinha muito tranquila e um modelo de bom comportamento, mas ela não tem nem um pouquinho de originalidade. Aqui está a carta dela:"

Queridíssima professora,
Acho que vou escrever para a senhorita uma carta falando sobre o quanto eu a amo. Eu a amo com todo o meu coração, alma e mente... Com tudo que há em mim para amar... E quero servi-la para sempre. Será meu maior privilégio. É por isso que eu me esforço tanto para ser boa na escola e aprender as lições.

A senhorita é tão linda, minha professora. Sua voz é como música e seus olhos como amores-perfeitos regados pelo orvalho. A senhorita é como uma grande e majestosa rainha. Seu cabelo é como ouro ondulado. Anthony Pye diz que é ruivo, mas a senhorita não deve dar atenção a ele.

Só conheço a senhorita há alguns meses, mas não consigo imaginar que já houve um tempo em que não a conhecia... Quando a senhorita ainda não tinha entrado na minha vida para abençoá-la e santificá-la. Sempre recordarei deste ano como o mais maravilhoso da minha vida, pois foi o ano que me trouxe a senhorita. Além disso, foi o ano em que nos mudamos de Newbridge para Avonlea. Meu amor pela senhorita enriqueceu minha vida, e me manteve longe do perigo e da perversidade. Devo tudo isso à senhorita, minha querida professora.

Jamais esquecerei do quão linda a senhorita estava na última vez em que a vi, com o vestido preto e as flores no cabelo. Sempre me lembrarei de você assim, mesmo quando estivermos velhas e grisalhas. Sempre será jovem e bonita para mim, querida professora. Penso na senhorita o tempo todo... De manhã, ao meio-dia e ao anoitecer. Amo quando sorri e quando suspira... Mesmo quando parece desdenhosa. Nunca vi a senhorita ficar irritada, ainda que Anthony Pye diga que está sempre irritada, mas sei que demonstra estar brava com ele porque ele merece. Amo a senhorita vestida de qualquer maneira... Parece mais adorável em cada vestido novo do que no anterior.

Querida professora, boa noite. O sol já se pôs e as estrelas estão brilhando... Estrelas tão brilhantes e belas quanto os seus olhos. Um beijo em suas mãos e rosto, minha amada. Que Deus a proteja e guarde de todo o mal.
Sua afetuosa aluna,
Annetta Bell.

"Esta carta extraordinária me deixou intrigada, e não foi pouco. Eu sabia que Annetta não poderia ter escrito algo assim, da mesma forma que ela não conseguiria voar! Quando fui para a escola no dia seguinte, eu levei-a para um passeio até o riacho no horário do recreio e pedi-lhe que me contasse a verdade sobre a carta. Annetta chorou e confessou de livre e espontânea vontade. Contou que nunca havia escrito uma carta e que não sabia por onde começar, ou o que dizer, mas que encontrou um pacote de cartas de amor na primeira gaveta da cômoda da mãe, escritas por um antigo namorado."

'Não eram do meu pai' – soluçou Annetta – 'eram de um rapaz que estava estudando para se tornar ministro e que sabia escrever lindas cartas, mas mamãe acabou não se casando com ele. Ela disse que não conseguia entender bulhufas do que ele dizia na maior parte do tempo. Mas achei que as cartas eram adoráveis, e então copiei algumas coisinhas aqui e ali para escrever à senhorita. Substituí "dama" por "professora" e escrevi algumas coisas que me vieram à mente, e mudei algumas palavras. Coloquei "vestido" no lugar de "humor". Não sei o significado de humor, mas suponho que seja algo de vestir. Não achei que a senhorita perceberia a diferença. Não sei como descobriu que eu não escrevi a carta toda. A senhorita deve ser impressionantemente sábia, professora.'

"Eu disse a Annetta que foi muito errado copiar a carta de outra pessoa e fingir que era sua. Mas receio que o único arrependimento dela foi ter sido descoberta."

'E eu te amo, professora' – soluçou ela. 'Era tudo verdade, mesmo que o autor tenha sido o ministro. Amo a senhorita com todo o meu coração.'

"É muito difícil repreender alguém apropriadamente em tais circunstâncias. Aqui está a carta de Barbara Shaw. Não consigo reproduzir os borrões de tinta da original."

Querida professora,
A senhorita disse que poderíamos escrever sobre alguma viagem. Só viajei uma vez. Fui para a casa da minha tia Mary, no inverno passado. Minha tia Mary é uma mulher muito peculiar, e uma grande dona de casa. Na primeira noite, nós tomamos chá. Eu derrubei um jarro de água e o quebrei. Tia Mary disse que tinha o jarro desde que se casara, e ninguém o havia quebrado antes. Quando levantamos, eu pisei na barra de seu vestido e todos os babados da saia se rasgaram. Na manhã seguinte, quando me levantei, bati a jarra contra a bacia e quebrei as duas, e entornei uma xícara de chá na toalha de mesa durante o café da manhã. Quando estava ajudando a tia Mary com a louça do jantar, deixei cair um prato de porcelana, que se quebrou. Naquela noite, eu caí na escada e torci o tornozelo e fiquei de cama por uma semana. Ouvi titia dizer ao tio Joseph que tinha sido uma bênção, do contrário eu teria quebrado a casa inteira. Quando melhorei, já era hora de voltar. Não gosto muito de viajar. Gosto mais de vir para a escola, especialmente desde que vim para Avonlea.
Atenciosamente,
Barbara Shaw.

"A de Willie White começou assim:"

Respeitável senhorita,
Quero contar sobre a minha tia Muito Valente. Ela mora em Ontário e, certo dia, ela foi até o celeiro e viu um cachorro no quintal. O cachorro não tinha por que estar ali, então a tia pegou um

pau e bateu forte nele, e depois o levou para o celeiro e o prendeu. Logo em seguida, chegou um homem procurando um leão falso (Dúvida: será que Willie quis dizer um leão 'manso'?) que tinha fugido de um circo. E, no fim das contas, o tal cachorro era um leão, e minha tia Muito Valente o tinha tocado para o celeiro com um pau. Foi incrível ela não ter sido comida, mas ela foi muito valente. Emerson Gillis diz que se ela achou que era um cachorro, então ela não foi mais corajosa do que se fosse um cachorro de verdade. Mas Emerson tem inveja porque não tem uma tia Muito Valente, só tios.

"Guardei a melhor para o final. Você achou engraçado eu achar que Paul é um gênio, mas estou certa de que esta carta irá convencê-la de que ele é uma criança muito incomum. Paul mora com sua avó perto da praia e não tem amigos para brincar... Nenhum amigo verdadeiro. Você deve se recordar do nosso professor de Gerenciamento Escolar dizendo que não devemos ter alunos 'favoritos', mas não posso evitar amar Paul Irving mais do que amo os outros! E não creio que seja algo ruim, pois todos amam Paul, até mesmo a senhora Lynde, que diz que não acreditava que poderia se afeiçoar tanto por um americano. Os outros garotos da escola também gostam dele. Não há nada fraco ou afetado nele, apesar de seus sonhos e fantasias. Ele é muito másculo e se destaca em todos os jogos. Ele recentemente brigou com St. Clair Donnell, pois este disse que a Bandeira da União[9] era muito melhor do que a Bandeira das Estrelas e Listras[10]. O resultado foi um empate e um acordo mútuo de respeitar o patriotismo um do outro dali em diante. St. Clair diz que pode bater com mais força, mas Paul pode bater mais rápido."

"Eis a carta de Paul:"

---

9 A bandeira nacional do Reino Unido, da Grã-Bretanha e da Irlanda do Norte, também conhecida por Bandeira da União. (N. T.)
10 Referência à bandeira nacional dos Estados Unidos da América. (N. T.)

Minha querida professora,

A senhorita disse que poderíamos escrever sobre pessoas interessantes que conhecemos. Acho que as pessoas mais interessantes que conheço são as minhas pessoas de pedra, e quero falar sobre elas. Nunca falei sobre elas a ninguém, só para a vovó e o papai, mas gostaria que a senhorita soubesse, porque a senhorita compreende as coisas. Há muitas pessoas que não entendem as coisas, então não vejo razão para contar a elas.

Minhas pessoinhas de pedra moram na praia. Eu costumava visitá-las quase todos os dias ao entardecer antes de começar o inverno. Agora só poderei vê-las quando a primavera começar, mas elas estarão lá, pois pessoas desse tipo nunca mudam... É o mais esplêndido sobre elas. Nora foi a primeira que conheci, e por isso acho que a amo mais. Ela vive na Enseada dos Andrew, e tem os cabelos e os olhos negros, e sabe tudo sobre sereias e ondinas[11]. A senhorita precisa ouvir as histórias que ela conta. Há, também, os Marinheiros Gêmeos. Eles não têm casa, navegam o tempo todo, mas frequentemente vêm até a praia para conversar comigo. São um par de alegres marujos, e já viram de tudo neste mundo... E até mais do que existe neste mundo. Sabe o que aconteceu uma vez com o mais jovem dos Marinheiros Gêmeos? Ele estava navegando e entrou bem no reflexo da luz do luar. Sabe, professora, a lua cheia deixa uma trilha na água quando se ergue sobre o mar. Bem, o caçula dos Marinheiros Gêmeos navegou sobre a luz do luar até que chegou ao topo da lua, e lá ele encontrou uma portinha dourada que abriu, e através dela ele navegou. Viveu extraordinárias aventuras na lua, mas esta carta ficaria muito extensa se eu as contasse.

Existe também a Dama Dourada da caverna. Um dia eu encontrei uma grande caverna na praia e entrei, e depois de um tempo me deparei com a Dama Dourada. Ela tem o cabelo dourado que chega até os pés, e seu vestido é todo cintilante e resplandecente

---

11 Em inglês, *water kelpies* são espíritos habitantes das águas, que mudam de forma. Geralmente são descritos como cavalos, podendo também assumir a forma humana. (N. T.)

como se fosse ouro vivo. E ela possui uma harpa de ouro, que toca o dia inteiro... é possível ouvir sua música ao longo da costa, se escutar com cuidado, mas a maioria das pessoas pensaria que é só o vento entre as rochas. Nunca contei a Nora sobre a Dama Dourada. Tenho medo de que isso possa magoá-la. Ela fica chateada até mesmo se eu converso por muito tempo com os Marinheiros Gêmeos.

Sempre encontro os dois marujos nas Rochas Listradas. O mais jovem deles é muito bem-humorado, mas o mais velho parece assustadoramente bravo às vezes. Tenho minhas suspeitas sobre ele. Creio que poderia ser um pirata, se quisesse. Existe algo muito misterioso nele. Ele xingou uma vez, e eu lhe disse que não precisaria mais vir à praia para falar comigo se fizesse isso novamente, pois prometi à vovó que nunca teria amizade com alguém que diz palavrões. Ele ficou bem assustado, é verdade, e falou que, se eu o perdoasse, me levaria ao pôr do sol. Então, no entardecer do dia seguinte, enquanto estava sentado nas Rochas Listradas, o gêmeo mais velho veio navegando em um barco encantado, e eu embarquei. O barco era perolado e refletia o arco-íris, como a parte interna de uma concha de mexilhão, e sua vela era como a luz do luar. Bem, nós navegamos diretamente para o ocaso. Imagine isto, professora, eu estive no pôr do sol! E como a senhorita acha que ele é? O ocaso é uma terra cheia de flores. Navegamos por um imenso jardim, e as nuvens eram como canteiros. Estivemos em um grande porto todo dourado, e eu desembarquei em um grande prado, todo coberto por narcisos tão grandes quanto rosas. Fiquei lá por muito, muito tempo. Pareceu-me quase um ano, mas o Gêmeo mais velho disse que haviam se passado apenas alguns minutos. Sabe, na terra do pôr do sol, o tempo é muito mais longo do que aqui.
Seu amoroso aluno, Paul Irving.'
'P. S. é claro que nada nesta carta é verdade, professora. P.I. '

UM DIA DE CÃO

Tudo começou na noite anterior, com uma interminável e inquieta vigília por causa de uma dor de dente. Ao levantar-se naquela amarga e enfadonha manhã de inverno, Anne sentiu como se a vida fosse monótona, insípida e inútil.

Ela foi para a escola em um estado de espírito nada angelical. Sua bochecha estava inchada e seu rosto doía. A sala de aula estava gélida e fumacenta, pois o fogo se recusava a aquecer o ambiente, e as crianças se amontoavam em grupos ao redor do aquecedor, tremendo de frio. Anne ordenou que fossem para seus lugares com o tom de voz mais ríspido que já havia utilizado com eles. Anthony Pye desfilou até a carteira com seu costumeiro ar impertinente; Anne o viu sussurrar algo para o colega sentado ao lado, e em seguida ambos olharam-na de relance, com um sorriso irônico.

Anne tinha a impressão de que nunca houve tantos lápis barulhentos como naquela manhã, e, quando Barbara Shaw aproximou-se de sua mesa com um cálculo, ela tropeçou no balde de carvão com resultados catastróficos. O carvão se espalhou por toda a sala, a lousa da menina se quebrou em incontáveis pedaços, e, quando Barbara se levantou, seu rosto manchado da poeira do carvão fez com que os meninos gargalhassem.

Anne, que estava ouvindo a turma da segunda série, virou-se.

– Francamente, Barbara – disse ela, com frieza –, se você não consegue andar sem cair por cima de alguma coisa, é melhor permanecer sentada. É uma verdadeira desgraça uma menina da sua idade ser tão desastrada!

A pobre Barbara cambaleou de volta para a carteira, e as lágrimas combinadas com a poeira do carvão produziram um efeito realmente grotesco. Nunca, até então, a querida e compreensiva professora havia falado naquele tom, e a menina ficou desolada. A própria Anne sentiu uma pontada de remorso, que serviu somente para aumentar sua irritação, e a turma do segundo ano ainda hoje se lembra daquela aula, assim como da inclemente lição de aritmética que veio a seguir. No momento em que Anne estava finalizando as somas, St. Clair Donnell chegou, ofegante.

– Você está meia hora atrasado, St. Clair – salientou a professora friamente. – O que aconteceu?

– Por favor, senhorita, tive que ajudar mamãe a fazer pudim para o jantar, porque estamos esperando visitas, e Clarice Almira está doente – foi a resposta de St. Clair, proferida em um tom perfeitamente respeitoso, mas que, ainda assim, provocou grande alvoroço entre os colegas.

– Sente-se. E, como punição, resolva os seis problemas da página oitenta e quatro do seu livro de aritmética – disse Anne.

St. Clair pareceu um pouco surpreso pela entonação da professora, mas encaminhou-se para a carteira, obedientemente, e pegou a lousa. Então, furtivamente, ele passou um pequeno pacote para Joe Sloane, do outro lado do corredor. Anne o flagrou no ato, chegando a uma conclusão fatal sobre o pacote.

Nos últimos tempos, a velha senhora Hiram Sloane vinha preparando bolinhos de nozes para vender e aumentar um pouco os seus parcos rendimentos. Os doces eram especialmente tentadores para os menininhos e, durante várias semanas, Anne tinha se incomodado um bocado por causa disso. No caminho para a escola, as crianças gastavam o dinheirinho na casa da senhora Hiram, traziam consigo os bolinhos para a sala e, quando possível, comiam e compartilhavam com os colegas durante o período da aula. Anne os advertira que, se continuassem trazendo os bolos para a escola, estes seriam confiscados. E, ainda assim, ali estava St. Clair Donnell, tranquilamente entregando um pedaço embrulhado no papel listrado de azul e branco usado pela senhora Hiram, debaixo dos olhos da professora.

– Joseph, traga esse pacote aqui – disse Anne calmamente.

Joe, assustado e envergonhado, obedeceu. Era um garoto gordinho, que sempre corava e gaguejava quando amedrontado. Nunca antes alguém pareceu mais culpado do que o pobre Joe naquele instante.

– Jogue-o no fogo – disse Anne.

Joe empalideceu.

– Po... po... po... por favor, se... se... senhorita – começou disse.

– Faça o que eu disse, Joseph, sem discussão.

– Ma... ma... mas se... se... senhorita..., e... e... eles são... – balbuciou Joe, desesperado.

– Joseph, vai me obedecer ou não?

Um garoto mais ousado e autoconfiante do que Joe Sloane também teria titubeado ante o tom de voz e o perigoso brilho nos olhos da professora. Aquela era uma nova Anne, que nenhum dos alunos tinha visto antes. Joe, com um olhar agonizante a St. Clair, dirigiu-se ao aquecedor, abriu a tampa frontal grande e quadrada e atirou o pacote listrado lá dentro, antes que St. Clair, que tinha se posto em pé, pudesse dizer qualquer coisa. Então, ele recuou bem a tempo.

Por alguns momentos, os aterrorizados ocupantes da escola de Avonlea não souberam se ocorrera um terremoto ou uma erupção vulcânica. O pacote de aspecto inocente, que Anne precipitadamente supôs que continha os bolinhos da senhora Hiram, na verdade escondia uma variedade de bombinhas e cata-ventos. Warren Sloane encomendara-os na cidade por intermédio do pai de St. Clair Donnell no dia anterior, com a intenção de celebrar seu aniversário naquela noite. As bombinhas explodiram em súbitos estampidos, e os cata-ventos saíram voando pela porta da frente, girando loucamente por toda a sala, chiando e crepitando. Anne desmoronou na cadeira, pálida de desespero, e todas as meninas gritaram e subiram nas carteiras.

Joe Sloane permaneceu imóvel em meio à confusão como se estivesse hipnotizado, e St. Clair, rindo incontrolavelmente, andava de um lado para o outro no corredor. Prillie Rogerson desmaiou, e Annetta Bell ficou histérica.

Apesar de ter parecido muito tempo, apenas alguns minutos se passaram antes que o último cata-vento se extinguisse. Sentindo-se recuperada, Anne levantou-se e abriu janelas e portas para deixar sair o odor de gás e fumaça que enchia a sala. Então ajudou as meninas a carregar a desmaiada Prillie até o alpendre, onde Barbara Shaw, em sua ânsia desesperada em ser útil, derramou um balde de água gelada no rosto e nos ombros da colega antes que alguém pudesse detê-la.

Havia transcorrido uma hora inteira quando a tranquilidade foi restabelecida, um silêncio que se podia palpar. Todos notaram que nem mesmo a explosão tinha clareado a mente da professora. Ninguém, exceto Anthony Pye, se atreveu a sussurrar uma palavra sequer. Ned Clay rangeu o lápis acidentalmente enquanto trabalhava nas somas e, ao captar o olhar de Anne, desejou que a terra se abrisse e o tragasse. A aula de geografia fez os alunos viajar pelo continente em tal velocidade que os deixou tontos. A aula de gramática foi uma análise minuciosa, como se a vida deles dependesse disso. Chester Sloane, ao soletrar "odorífero" errado, foi levado a pensar que jamais conseguiria sobreviver àquela desgraça, nem neste mundo nem naquele que estava por vir.

Anne sabia que havia feito papel de tola e que o incidente seria motivo de piada em inúmeras mesas de chá naquele entardecer, mas isso apenas a deixou ainda mais furiosa. Se estivesse com um ânimo melhor, ela teria conduzido a situação com boas risadas, mas agora isso era impossível, e então ela ignorou tudo com frio desdém.

Ao retornar para a escola após a hora da merenda, todas as crianças estavam em seus lugares, concentradas de cabeça baixa, exceto Anthony Pye. Ele espiava Anne por cima do livro, com seus olhos negros brilhando de curiosidade e escárnio. Anne abriu a gaveta de sua mesa em busca do giz e, embaixo de sua mão, um rato cheio de vida saltou para fora, correu depressa pela mesa e pulou no chão.

Anne deu um berro e pulou para trás, como se tivesse sido uma cobra, e Anthony Pye gargalhou alto.

Então, todos ficaram em silêncio... um silêncio pavoroso e desconfortável. Annetta Bell não conseguia se decidir se teria outro ataque histérico ou não, especialmente porque não sabia exatamente onde o rato tinha ido parar. Mas optou por se controlar. Quem se entregaria à histeria diante de uma professora tão pálida e com olhos tão furiosos?

– Quem pôs aquele rato na minha mesa? – disse Anne. Seu tom de voz era baixo, mas fez correr um arrepio pelas costas de Paul Irving. Joe Sloane olhou para ela, sentiu-se responsável desde a raiz dos cabelos até a ponta dos pés e gaguejou com bravura:

– N... n... não e...eu, p... pro... professora, n... não e... eu...

Anne não prestou atenção no infeliz Joseph. Ela olhou para Anthony Pye, e Anthony Pye devolveu o olhar com descaramento e sem nenhum pingo de vergonha.

– Anthony, foi você?

– Sim, fui eu mesmo – disse ele, insolente.

Anne pegou sua régua da mesa. Era um instrumento longo, de madeira de lei, utilizado para apontar.

– Venha aqui, Anthony.

Aquela estava longe de ser a punição mais severa que Anthony Pye já havia recebido. Anne, mesmo a abalada Anne presente ali no momento, não conseguiria castigar uma criança com crueldade. Mas a régua acertou em cheio, fazendo com que Anthony finalmente perdesse a atitude. O garoto fez uma careta e seus olhos ficaram marejados de lágrimas.

Anne, com a consciência pesada, largou a régua e mandou que Anthony voltasse para o seu lugar. Ela voltou para a mesa sentindo-se envergonhada, arrependida e amargamente mortificada. Sua repentina irritação havia desvanecido, e ela daria qualquer coisa para poder encontrar alívio nas lágrimas. Então, toda a sua moral havia resultado nisso... no castigo corporal de um de seus alunos. Como Jane iria se vangloriar! E como o senhor Harrison iria rir! Mas, pior do que tudo isso, o que mais lhe causava amargura era o fato de ter perdido sua última chance de ganhar a afeição de Anthony Pye. Ele nunca mais iria gostar dela.

Anne, mediante o que alguém chamou de esforço hercúleo, conseguiu segurar as lágrimas até chegar em casa naquela noite. Então, trancou-se no quartinho do lado leste do sótão e chorou toda a sua vergonha, o remorso e o desapontamento no travesseiro. Chorou durante tanto tempo que Marilla ficou preocupada, invadiu o quarto e insistiu em saber qual era o problema.

– O problema é que há coisas pesando na minha consciência – soluçou Anne. – Oh, este foi literalmente um dia de cão, Marilla. Estou tão envergonhada! Perdi a paciência e açoitei Anthony Pye!

– Estou contente em saber disso – aprovou Marilla, decidida. – É o que você deveria ter feito há muito tempo!

– Ah, não, não, Marilla. Eu não sei como vou conseguir encarar aquelas crianças de novo. Creio que me humilhei completamente. Você não imagina o quão irritada, odiosa e horrível eu fui. Não consigo esquecer a expressão nos olhos de Paul Irving... ele estava tão surpreso e desapontado! Ah, Marilla, eu tentei tanto ser paciente e ganhar a aprovação de Anthony... E agora foi tudo por água abaixo.

Marilla passou a mão calejada pelos anos de trabalho nos cabelos brilhantes e desalinhados da moça, com profunda ternura. Quando os soluços de Anne foram diminuindo, Marilla falou com muita gentileza:

– Você leva as coisas muito a sério, Anne. Todos nós cometemos erros... Mas as pessoas os esquecem. E todo mundo tem dias de cão. E, quanto a Anthony Pye, por que se importar se ele não gosta de você? Ele é o único.

– Não consigo evitar. Quero que todos me amem, e me sinto tão magoada quando alguém não gosta de mim! E Anthony nunca gostará de mim. Ah, fiz papel de idiota hoje, Marilla! Vou lhe contar toda a história.

Marilla ouviu a história completa, e, se ela riu de algumas partes, Anne nunca soube. Ao fim do relato, Marilla disse de súbito:

– Ora, não importa! Este dia acabou e amanhã será um novo dia, ainda sem erros cometidos, como você mesma dizia! Desça para jantar.

Vamos ver se uma boa xícara de chá e aqueles docinhos de ameixa que fiz hoje não vão animá-la.

– Docinhos de ameixa não são remédio para um espírito enfermo – disse a desconsolada Anne. Mas Marilla pensou que era um bom sinal a jovem ter se recuperado o bastante para adaptar uma citação[12].

A animada mesa do jantar, com as carinhas iluminadas dos gêmeos e os docinhos incomparáveis de Marilla, dos quais Davy comeu quatro, por fim realmente "a animaram". Anne teve uma boa noite de sono e despertou pela manhã com a certeza de que ela e o mundo estavam transformados. Durante as horas escuras caíra uma profunda camada de neve suave, e a lindíssima brancura que cintilava no gélido brilho do sol parecia um manto de caridade lançado sobre todos os erros e as humilhações do passado.

– Cada manhã é um novo começo, a cada manhã o mundo é recriado... – cantava Anne, enquanto se vestia.

Por causa da neve, ela precisou seguir pela estrada para a escola, e certamente era uma grande coincidência o fato de Anthony Pye estar limpando a neve do caminho por ali, justo quando ela saía da alameda de Green Gables. Anne sentiu-se imensamente culpada, como se seus papéis tivessem se invertido. Entretanto, para sua indescritível surpresa, Anthony não só ergueu seu gorro, coisa que nunca tinha feito antes, mas também disse:

– Está meio ruim para caminhar, não é mesmo? Posso levar estes livros para a senhorita, professora?

Anne entregou-lhe os livros, perguntando a si mesma se estava realmente acordada. Anthony caminhou até a escola em silêncio, e, quando Anne pegou os livros de volta, sorriu para ele, não o "sorriso amável" estereotipado que ela colocava no rosto ao abordá-lo, mas um repentino lampejo de camaradagem. Anthony sorriu... Não, verdade seja dita: Anthony abriu um sorriso *de orelha a orelha*. Isso não é normalmente

---

[12] Referência a um trecho da peça *Macbeth*, de William Shakespeare: "Não podeis ministrar algum remédio a um espírito enfermo". (N. T.)

considerado um gesto respeitoso; ainda assim, Anne percebeu que, se ainda não tinha conquistado a afeição de Anthony, de um modo ou de outro ganhara seu respeito.

A senhora Rachel Lynde foi vê-la no sábado e confirmou isso.

– Bem, Anne, creio que você conseguiu dobrar Anthony Pye, é isso o que é! Ele falou que acha que você tem algo de bom, afinal de contas, mesmo sendo uma moça. E que aquela reguada que você deu foi "tão boa quanto a de um homem".

– Nunca imaginei que iria conquistá-lo com um castigo – respondeu Anne, um pouco pesarosa, sentindo que seus ideais haviam confundido a sua mente. – Não me parece certo. Tenho certeza de que minha teoria sobre a bondade não pode estar errada.

– Não, mas os Pyes são uma exceção para cada regra conhecida, é isso o que é – declarou a senhora Lynde com convicção.

O senhor Harrison, quando soube de tudo, disse:

– Sempre achei que a senhorita chegaria a esse ponto.

E Jane zombou dela sem misericórdia.

UM PASSEIO DOURADO

No caminho para Orchard Slope, Anne encontrou Diana dirigindo-se para Green Gables, justo onde a antiga ponte de troncos coberta de musgo cruzava o riacho mais abaixo da Floresta Assombrada. Elas se sentaram à margem da Bolha da Dríade, onde minúsculas folhas de samambaia se desenrolavam como fadinhas com cachinhos verdes despertando de uma soneca.

– Estava indo à sua casa convidá-la para a minha festa de aniversário no sábado – disse Anne.

– Seu aniversário? Mas seu aniversário foi em março!

– Não foi minha culpa! – respondeu Anne, rindo. – Se meus pais tivessem me consultado, isso não teria acontecido. Eu teria escolhido nascer na primavera, é claro. Deve ser delicioso vir ao mundo com as flores de maio e as violetas. Eu sentiria sempre que era a irmã adotiva delas. Mas, como não nasci, a segunda melhor coisa é celebrar meu aniversário na primavera. Priscilla está chegando no sábado, e Jane estará em casa. Nós quatro iremos ao bosque e passaremos um dia dourado conhecendo a primavera! Nenhuma de nós a conhece de verdade ainda, mas lá a encontraremos melhor do que em qualquer outro lugar. De qualquer maneira, quero explorar todos aqueles campos e locais solitários. Tenho a convicção de que há ali uma variedade de belíssimos recantos que jamais foram realmente vistos até agora, ainda que tenham sido notados. Faremos amizade com o vento, o céu e o sol, e traremos a primavera em nossos corações para casa.

– Parece tremendamente magnífico – comentou Diana, com certa desconfiança secreta sobre as palavras mágicas de Anne. – Mas não vai estar muito úmido em alguns lugares ainda?

– Ah, nós calçaremos galochas! – foi a concessão de Anne para as praticidades. – E eu gostaria de que você viesse cedo no sábado pela manhã para me ajudar a preparar o almoço. Vou fazer as iguarias mais deliciosas... Pratos que combinem com a primavera, sabe... Tortinhas cobertas com geleia, biscoitos champanhe, biscoitos com gotas de chocolate cobertos de glacê rosa e amarelo e pão de ló. E temos que fazer sanduíches também, apesar de não serem muito poéticos.

O sábado provou ser o dia perfeito para um piquenique: um dia ensolarado de céu azul, com cálida brisa e um vento brincalhão que soprava pela campina e pelo pomar. Sobre cada planalto e campo iluminado pelo sol estendia-se uma delicada vastidão verde, salpicada de flores como uma noite estrelada.

O senhor Harrison, que estava capinando na parte de trás de sua fazenda e sentindo, mesmo em seu sóbrio e maduro espírito, um pouco da magia da primavera, viu quatro meninas carregar cestas e saltitar no limite de suas terras, por um caminho guarnecido por um frondoso bosque de bétulas e pinheiros. O eco de suas risadas e vozes alegres chegaram até ele.

– É tão fácil ser feliz em um dia como este, não é mesmo? – dizia Anne, no melhor estilo de sua filosofia "anneística". – Vamos tentar fazer de hoje um verdadeiro dia de ouro, meninas, um dia do qual sempre poderemos nos lembrar com deleite! Viemos em busca de beleza e nos recusamos a ver outra coisa! "Vá-se embora, preocupação enfadonha!" Jane, você está pensando em algo que deu errado na escola ontem.

– Como você sabe? – perguntou Jane, impressionada.

– Ah, conheço essa expressão! Já a senti diversas vezes no meu próprio rosto. Mas tire isso da cabeça, querida. O problema ainda estará lá na segunda-feira... ou, se não estiver, melhor ainda. Ah, meninas, meninas, vejam aquele tapete de violetas! Aquilo é algo para ir para a galeria dos quadros da memória! Quando eu tiver oitenta anos... se estiver viva até lá... vou fechar os olhos e enxergar essas violetas exatamente como as vejo agora. É o primeiro presente maravilhoso que este dia nos deu.

– Se um beijo pudesse ser visto, creio que seria parecido com uma violeta – disse Priscilla.

Os olhos de Anne se acenderam.

– Fico tão feliz por você ter expressado esse pensamento, Priscilla, em vez de ter apenas pensado e guardado para você! Este mundo seria um lugar tão mais interessante... ainda que seja muito interessante de qualquer modo... se as pessoas expressassem seus verdadeiros pensamentos.

– Seria extremamente difícil conter algumas pessoas – citou Jane, com sabedoria.

– Suponho que sim, mas a culpa seria delas por pensarem coisas maldosas. De qualquer forma, podemos expressar todas as nossas ideias hoje, porque nós teremos somente belos pensamentos! Todas podem dizer exatamente o que lhes vêm à mente. Isso é uma conversa. Eis aqui uma pequena trilha que nunca vi antes. Vamos explorá-la!

A trilha era sinuosa, tão estreita que as meninas caminharam em fila indiana, e mesmo assim os galhos dos pinheiros roçavam no rosto delas. Sob os pinheiros havia aveludadas almofadas de musgos, e mais adiante, onde as árvores eram menores e mais escassas, o solo apresentava uma grande variação de plantas verdes.

– Que quantidade de orelhas-de-elefante! – exclamou Diana. – Vou colher um bocado. São tão lindas!

– Como é possível que essas plantas tão graciosas e aveludadas tenham um nome tão horrível? – questionou Priscilla.

– Porque a pessoa que as nomeou primeiro tinha muito pouca ou nenhuma imaginação – respondeu Anne. – Oh, meninas, vejam aquilo!

"Aquilo" era um charco raso no centro de uma pequena clareira no bosque, onde a trilha terminava. Se estivesse mais adiantada a estação, o lugar estaria seco e repleto de uma exuberante quantidade de folhas verdes e longas. Mas no momento era um bruxuleante e plácido lençol, arredondado como um pires e claro como o cristal. Um conjunto de jovens bétulas de tronco fino circundava o charco, e pequenas samambaias cresciam na margem.

– Que adorável! – disse Jane.

– Vamos dançar ao redor dele como ninfas da floresta! – gritou Anne, soltando a cesta e erguendo as mãos.

Mas a dança não foi um sucesso, pois o terreno estava pantanoso e as galochas de Jane acabaram saindo dos pés.

– Você não pode ser uma ninfa dos bosques se precisa usar galochas – concluiu ela.

– Bem, devemos batizar este lugar antes de ir embora – disse Anne, cedendo à incontestável lógica dos fatos. – Cada uma sugere um nome, e então votaremos. Diana?

– Charco das Bétulas – sugeriu Diana prontamente.

– Lago de Cristal – sugeriu Jane.

Anne, em pé atrás delas, implorou com os olhos para que Priscilla não sugerisse outro nome como esses, e a jovem veio com "Vislumbre Hialino". A escolha de Anne foi "O Espelho das Fadas".

Os nomes foram escritos em tiras de casca de bétula com um lápis que a professora Jane tirou de seu bolso e colocados no chapéu de Anne. Então, Priscilla fechou os olhos e escolheu um.

– Lago de Cristal! – leu Jane, triunfante. Lago de Cristal se chamou, e, se Anne achou que a sorte tinha feito uma brincadeira de mau gosto, ela guardou esse pensamento para si.

Atravessando a vegetação rasteira, as jovens chegaram aos pastos verdes novos e isolados na parte de trás das terras do senhor Silas Sloane. Ao cruzarem o pasto, elas encontraram a entrada de uma senda que levava para dentro do bosque e decidiram explorá-la também. A expedição foi recompensada com uma sucessão de lindas surpresas. Primeiro, contornando o pasto do senhor Sloane, havia um túnel de cerejeiras silvestres em flor. As moças penduraram os chapéus nos braços e enfeitaram os cabelos com as flores sedosas e macias. Então a senda dobrou em um ângulo reto e adentrou um bosque de abetos tão denso e escuro que elas caminharam em meio a uma penumbra semelhante ao anoitecer, sem nenhum vislumbre do céu ou dos raios de sol.

– É aqui que vivem os malignos elfos do bosque – sussurrou Anne. – Eles são endiabrados e maliciosos, mas não podem nos machucar, porque não lhes é permitido fazer maldades na primavera. Havia um deles nos espiando, por trás daquele velho pinheiro retorcido; e vocês não viram um grupo deles naquele grande chapéu-de-cobra sarapintado pelo qual acabamos de passar? As boas fadas sempre habitam os lugares ensolarados.

– Queria que as fadas existissem de verdade – comentou Jane. – Não seria ótimo se elas nos concedessem três desejos... ou apenas um? O que vocês pediriam, meninas, se tivessem um único desejo? Eu desejaria ser rica, bonita e inteligente.

– Eu queria ser alta e esguia – disse Diana.

– Eu pediria para ser famosa – disse Priscilla.

Anne pensou em seu cabelo, mas então descartou a ideia, por não a considerar digna.

– Eu desejaria que fosse sempre primavera, em todos os corações e em nossa vida – ela disse.

– Mas isso seria a mesma coisa que desejar que este mundo fosse igual ao céu – respondeu Priscilla.

– Só uma parte do céu. Nas outras partes haveria verão e outono... Sim, e um pouco de inverno também. Acho que eu também iria querer campos cobertos pela neve brilhante e embranquecidos pela geada no céu, às vezes. Você não gostaria, Jane?

– Eu... Eu não sei – disse Jane, desconfortável. Jane era uma boa moça, membro da igreja, que tentava viver conscienciosamente de acordo com sua fé e acreditava em tudo o que lhe haviam ensinado. Mas ela nunca havia parado para pensar como era o céu, de fato.

– Minnie May me perguntou, outro dia, se no céu todas nós poderemos usar diariamente os nossos melhores vestidos – riu Diana.

– E você não disse a ela que sim? – perguntou Anne.

– Misericórdia, não! Respondi-lhe que lá nós não pensaríamos em vestidos.

– Ah, acho que pensaremos... um pouco – replicou Anne, com franqueza. – Haverá tempo suficiente para isso ao longo de toda a eternidade, sem negligenciar coisas mais importantes. Creio que todas nós usaremos belíssimos vestidos... ou suponho que "vestes" seria a palavra mais adequada. Vou querer usar rosa por alguns séculos, a princípio... Tenho certeza de que levaria todo esse tempo para me cansar da cor. Eu amo rosa, mas nunca poderei usar essa cor neste mundo.

Ao passar pelos abetos vermelhos, a senda desembocava em uma pequena clareira banhada pelo sol, onde uma ponte de troncos estendia-se sobre um riacho. Logo adiante chegou a glória de um ensolarado bosque de faias, onde o ar era como vinho dourado translúcido; as folhas eram frescas e verdes, e o solo, um mosaico de trêmulos raios de sol. Então elas se depararam com mais cerejeiras silvestres, um pequeno vale de pinheiros flexíveis e uma colina tão íngreme que as meninas ficaram sem fôlego ao escalá-la. No entanto, quando chegaram à vastidão do topo, a surpresa mais encantadora de todas as esperava.

Ao longe elas viram os campos dos fundos das fazendas que terminavam na beira da estrada de cima para Carmody. Pouco antes desses campos, cercado por faias e pinheiros, mas aberto para o lado sul, havia um jardim em um pequeno recanto abrigado, ou o que um dia fora um jardim. Era rodeado por um muro de pedras em ruínas, coberto de musgo e ervas daninhas. Ao longo da parte oriental, crescia uma fileira de cerejeiras, brancas como uma nevasca. Ainda havia traços de antigas trilhas, e uma dupla fileira de roseiras crescia pelo meio. O restante do terreno era um tapete de narcisos brancos e amarelos em sua floração mais etérea e exuberante, balançando ao vento sobre o vistoso gramado verde.

– Ah, é perfeitamente adorável! – exclamaram as três jovens. Anne apenas contemplava a cena com eloquente silêncio.

– Como é possível que algum dia tenha existido um jardim aqui? – indagou Priscilla, admirada.

– Deve ser o jardim de Hester Gray – disse Diana. – Eu ouvi a minha mãe falar sobre ele, mas nunca o tinha visto e jamais poderia imaginar que ainda existisse. Já ouviu a história, Anne?

– Não, mas o nome me soa familiar.

– Ah, você deve ter visto no cemitério. Ela está enterrada lá, no canto sob o álamo. Sabe aquela pequena lápide marrom, com dois portões entreabertos esculpidos e o epitáfio "Dedicado à sagrada memória de Hester Gray, de vinte e dois anos de idade"? Jordan Gray está enterrado bem ao lado dela, mas não há nenhuma lápide para ele. É incrível Marilla não ter lhe contado essa história, Anne! Claro, o fato ocorreu há trinta anos, e todos já esqueceram.

– Bem, se existe uma história, devemos ouvi-la – disse Anne. – Vamos nos sentar aqui entre os narcisos, e Diana nos contará. Ora, meninas, há centenas deles... Estão espalhados por toda a parte. Parece que o jardim foi atapetado com uma combinação de raios da lua e do sol. Foi uma descoberta que valeu a pena! E pensar que vivi a uma milha deste lugar durante seis anos e nunca o tinha visto! Pode começar, Diana.

– Muito tempo atrás – começou Diana –, esta fazenda pertencia ao velho senhor David Gray. Ele não morava aqui... Vivia onde Silas Sloane mora agora. Ele tinha um filho, Jordan, que foi trabalhar em Boston em um inverno e se apaixonou por uma moça chamada Hester Murray. Ela trabalhava em uma loja, mas odiava o trabalho. Ela havia sido criada no campo e tinha muita vontade de voltar para lá. Quando Jordan a pediu em casamento, ela disse que aceitaria se ele a levasse para morar em algum lugar tranquilo onde só visse árvores e campos. Então, ele a trouxe para Avonlea. A senhora Lynde conta que o rapaz estava correndo um grande risco ao se casar com uma ianque, pois era certo que Hester era muito delicada e uma dona de casa pouco habilidosa. Mas minha mãe diz que ela era muito bonita e gentil, e Jordan simplesmente venerava o chão por onde ela passava. Bem, o senhor Gray deu esta fazenda ao filho, e o rapaz construiu uma casinha aqui, onde Jordan e a esposa viveram por quatro anos. Ela não saía muito, e raramente alguém a visitava, exceto minha mãe e a senhora Lynde. Jordan presenteou-lhe com este jardim, e ela era louca por ele e passava a maior parte de seu tempo aqui. Hester não era muito boa dona de casa, mas tinha jeito com as flores. E então ela adoeceu. Mamãe acredita que ela já tinha tuberculose antes de vir para cá. Ela nunca repousou de verdade e foi ficando cada vez mais fraca com o passar do tempo. Jordan nunca quis que alguém viesse cuidar da esposa. Ele cuidava de tudo sozinho, e mamãe diz que ele era tão carinhoso e gentil quanto uma mulher. Todos os dias ele a envolvia em um xale e a carregava para o jardim, onde ela ficava recostada em um banco, feliz. Dizem que ela costumava fazer Jordan ajoelhar-se ao seu lado todas as noites e manhãs para orar com ela, pedindo que ela pudesse morrer no jardim quando sua hora chegasse. E a oração foi atendida. Um dia, Jordan levou-a até o banco e começou a colher todas as rosas desabrochadas, colocando-as sobre Hester... Ela apenas sorriu para ele... E fechou os olhos... E este foi o seu fim – concluiu Diana, placidamente.

– Uau, que história tocante – suspirou Anne, enxugando as lágrimas.

– O que aconteceu com Jordan? – perguntou Priscilla.

– Ele vendeu a fazenda após a morte da esposa e voltou para Boston. O senhor Jabez Sloane comprou as terras e transportou a casinha para perto da estrada. Jordan morreu mais ou menos dez anos depois e foi trazido para cá e enterrado ao lado de Hester.

– Não consigo entender como ela pôde querer viver aqui, tão longe de tudo – comentou Jane.

– Ah, consigo entender facilmente – respondeu Anne, reflexiva. – Eu não viveria aqui permanentemente, pois, apesar de amar os campos e os bosques, amo também as pessoas. Mas posso compreender Hester. Ela estava mortalmente cansada do barulho da cidade grande, das multidões de pessoas que sempre iam e vinham, indiferentes. Ela só queria escapar de tudo isso para um lugar calmo, verde e amigável, onde pudesse descansar. E ela conseguiu exatamente o que queria, coisa que eu acredito que poucas pessoas conseguem. Hester viveu quatro lindos anos antes de morrer... quatro anos de perfeita felicidade; então eu acho que ela deveria ser mais invejada do que lastimada. E fechar os olhos e adormecer entre as rosas, com a pessoa que mais amava no mundo sorrindo para ela... ah, parece lindo!

– Ela plantou aquelas cerejeiras ali – disse Diana. – Contou à mamãe que não viveria para comer seus frutos, mas queria pensar que algo plantado por ela permaneceria vivendo e ajudando a embelezar o mundo após a sua morte.

– Estou tão contente por termos vindo por este caminho – disse Anne, com os olhos brilhantes. – Este é meu dia de aniversário adotado, vocês sabem, e este jardim e sua história são os meus presentes. Sua mãe já lhe disse como era Hester Gray, Diana?

– Não... Ela só disse que era bonita.

– Fico contente, pois assim posso imaginar como ela era, sem ser importunada pelos fatos. Creio que ela era muito franzina e pequena, com cabelos escuros, levemente encaracolados, grandes e tímidos olhos castanhos e um rosto pálido e um tanto melancólico.

As meninas deixaram as cestas no jardim de Hester e passaram o restante da tarde perambulando pelos bosques e campos que o rodeavam, descobrindo lindos recantos e veredas. Quando sentiram fome, elas almoçaram no local mais bonito de todos: na margem íngreme de um córrego borbulhante, onde as bétulas brancas cresciam sobre a relva sedosa. As jovens sentaram-se nas raízes e fizeram justiça às guloseimas de Anne, e até mesmo os sanduíches nem um pouco poéticos foram imensamente apreciados pelos apetites vorazes, estimulados pelo ar fresco e pelos exercícios. Anne trouxera copos e limonada para as convidadas, mas a própria bebeu a água fresca do riacho em um copo feito com casca de bétula. O copo gotejava, e a água tinha sabor de terra, como a água do riacho costuma ser na primavera; mas Anne a considerou mais apropriada do que limonada para a ocasião.

– Estão vendo aquele poema? – ela perguntou de repente, apontando.

– Onde? – Jane e Diana olhavam, como se esperassem ver rimas rúnicas nas bétulas.

– Lá... no riacho... aquele velho tronco verde coberto de musgo, com a água correndo por cima em suaves ondulações que parecem ter sido penteadas, e aquele único raio de sol precisamente sobre ele, mergulhando no charco. Ah, é o poema mais lindo que já vi!

– Eu o chamaria de quadro – disse Jane. – Um poema tem linhas e versos.

– Ah, minha nossa! Não! – Anne balançou enfaticamente a cabeça enfeitada com a macia coroa de flores de cerejeira silvestre. – As linhas e os versos são somente as vestimentas do poema, assim como suas franjas e seus babados não são você, Jane. O verdadeiro poema está na alma que há dentro dele... E aquela linda cena é a alma de um poema não escrito. Não é todo dia que se vê uma alma... mesmo a de um poema.

– Eu gostaria de saber como é uma alma... a alma de uma pessoa – comentou a sonhadora Priscilla.

– Assim, eu imagino – respondeu Anne, apontando para um radiante raio de sol despontando por entre os galhos de uma bétula. – Só que com traços e formas, é claro. Gosto de imaginar que as almas são seres feitos de luz. Algumas apresentam manchas rosadas e tremores... Outras têm um brilho suave, como o luar refletido no mar... E outras são pálidas e transparentes como a névoa ao amanhecer.

– Li em algum lugar que as almas são como as flores – replicou Priscilla.

– Então a sua é como um narciso dourado, e a de Diana é como uma rosa muito vermelha. A de Jane é uma flor de macieira, rosada, viçosa e doce.

– E a sua é uma violeta branca, com riscos roxos dentro das pétalas – completou Priscilla.

Jane cochichou para Diana que realmente não conseguia entender do que as outras duas estavam falando. Poderia ela entender?

As moças voltaram para suas casas sob a luz de um sossegado crepúsculo dourado, com as cestas cheias de narcisos do jardim de Hester, alguns dos quais Anne levou no dia seguinte até o túmulo daquela que os havia plantado. Tordos trovadores assobiavam nos pinheiros, e sapos coaxavam nos brejos. Todos os vales entre as colinas estavam orlados por uma luz das cores de topázio e esmeralda.

– Bem, tivemos um dia adorável, no fim das contas – disse Diana, como se fosse uma surpresa diferente do que esperava inicialmente.

– Foi realmente um dia dourado – disse Priscilla.

– Eu gosto tremendamente dos bosques – disse Jane.

Anne não disse nada. Ela estava olhando ao longe, em direção ao céu do ocaso, pensando na pequena Hester Gray.

UM PERIGO EVITADO

Em uma sexta-feira ao entardecer, Anne regressava dos correios para casa quando foi interceptada pela senhora Lynde, que, como de costume, estava sobrecarregada com os problemas da igreja e da nação.

– Acabo de passar na casa de Timothy Cotton, para ver se ele pode mandar a Alice Louise para me ajudar por uns dias – disse ela. – Ela me ajudou na semana passada. Apesar de ser muito lerda, é melhor do que nada. Mas a menina está doente e não pode vir. Timothy também está lá, tossindo e resmungando. O homem está morrendo há dez anos e vai continuar assim por mais dez. Ele não seria capaz nem de acabar logo com isso... Ele é do tipo que não consegue focar em nada o suficiente para terminar, nem mesmo em estar doente. Eles são uma família extremamente preguiçosa e não sei o que será deles... talvez só Deus saiba.

A senhora Lynde suspirou como se duvidasse do conhecimento celestial sobre tais pessoas.

– Marilla foi ao médico novamente na terça-feira, não foi? O que disse o oftalmologista?

– Ele está bastante satisfeito – informou Anne, animada. – Disse que houve uma grande melhora e acha que já passou o perigo da perda completa da visão. Mas ele disse também que ela nunca mais vai conseguir ler muito ou fazer trabalhos manuais detalhados. Como estão seus preparativos para o bazar?

As damas da Sociedade Assistencial estavam preparando uma feira e um jantar, e a senhora Lynde era a líder da iniciativa.

– Estão indo muito bem... E, a propósito, a senhora Allan acha que seria bom montar uma barraca decorada como uma cozinha dos tempos antigos e servir feijão cozido, sonhos, tortas e coisas do estilo. Estamos coletando acessórios antigos por toda parte. A senhora Simon Fletcher vai emprestar os tapetes trançados da mãe dela, e a senhora Levi Boulter, algumas cadeiras antigas, e a Tia Mary Shaw nos emprestará sua cristaleira com portas de vidro. Presumo que Marilla nos deixará usar seu castiçal de bronze. E queremos todos os pratos antigos que conseguirmos. A senhora Allan deseja em especial um prato da verdadeira porcelana azul, se pudermos encontrar. Mas parece que ninguém tem um. Você sabe onde podemos encontrar um desses?

– A senhorita Josephine Barry tem um. Escreverei a ela pedindo que empreste para a ocasião – disse Anne.

– Bem, eu gostaria que você fizesse isso. Creio que o jantar será daqui a uns quinze dias. Tio Abe Andrews está profetizando chuvas e tempestades para a época, e isso é sinal certeiro de que teremos bom tempo.

Deve-se mencionar que o tal "Tio Abe" não era diferente dos outros profetas, no sentido de não receber muitas honras em sua própria terra natal. Ele era, na verdade, considerado uma piada ambulante, pois poucas de suas previsões meteorológicas haviam se concretizado. O senhor Elisha Wright, que se esforçava para passar a impressão de ser o sabichão local, costumava dizer que ninguém em Avonlea jamais pensou em consultar os jornais de Charlottetown para saber a previsão do tempo. Não. Eles só perguntavam ao Tio Abe como estaria o tempo amanhã e esperavam o contrário. Sem se deixar abalar, ele continuava profetizando.

– Queremos que a feira aconteça antes das eleições – continuou a senhora Lynde –, pois os candidatos certamente virão e gastarão muito dinheiro. Os Tories estão comprando votos a torto e a direito, então daremos a eles a chance de gastar seu dinheiro de forma honesta, pelo menos uma vez.

Anne era uma conservadora ferrenha em sua lealdade à memória de Matthew, mas não quis dizer nada. Sabia que era melhor não tocar no assunto de política com a senhora Lynde. Anne levava uma carta para Marilla, cujo selo era da cidade de British Columbia.

– Provavelmente é do tio das crianças – disse ela com animação quando chegou em casa. – Oh, Marilla, o que será que ele disse sobre os dois?

– O melhor seria abrir a carta e descobrir – foi a resposta seca de Marilla. Um observador mais cuidadoso teria percebido que ela também estava entusiasmada, mas Marilla preferia morrer a demonstrar suas emoções.

Anne rasgou o envelope e deu uma olhada no conteúdo mal escrito e desalinhado da carta.

– Ele diz que não pode ficar com os sobrinhos nesta primavera... Que passou a maior parte do inverno doente e que o casamento foi adiado. Ele quer saber se podemos ficar com os dois até o outono, e então ele tentará tomar conta deles. Claro que iremos, não é mesmo, Marilla?

– Não vejo nenhuma alternativa – disse Marilla, um tanto austera, apesar de sentir um alívio secreto. – De qualquer modo, agora eles já não são tão inconvenientes quanto eram antes... ou fomos nós que nos acostumamos a eles. Davy melhorou um bocado.

– Os modos dele estão, certamente, bem melhores – respondeu Anne, com cautela, como se não estivesse preparada para afirmar o mesmo sobre a moral do menino.

Na noite anterior, Marilla estava na reunião da Sociedade Assistencial quando Anne chegou da escola. Dora havia adormecido no sofá da cozinha, e Davy estava no armário da sala, engolindo prazerosamente o conteúdo de um vidro da famosa conserva de ameixa amarela de Marilla. A "compota das visitas", como Davy a chamava, que ele fora proibido de tocar. O garoto parecia muito culpado quando Anne o surpreendeu e o arrancou de dentro do armário.

– Davy Keith, não sabe que isso que está fazendo é um erro muito grave, sendo que você foi avisado para não tocar em nada naquele armário?

– Sim, eu sabia que era errado – admitiu ele, incomodado –, mas doce de ameixa é terrivelmente delicioso, Anne. Eu só dei uma espiadinha, e parecia tão gostoso que eu resolvi provar só um pouquinho. Enfiei meu dedo no pote... – Anne soltou um gemido – ... E o lambi. E o doce estava tão mais gostoso do que eu tinha imaginado que peguei uma colher e simplesmente me fartei!

Anne deu um sermão tão sério sobre o pecado de roubar compota de ameixas que Davy ficou com a consciência pesada. Com beijos de arrependimento, ele prometeu nunca mais fazer isso.

– De qualquer forma, vai ter muita compota no céu, e isso é um conforto – comentou ele, satisfeito.

Anne refreou um sorriso a tempo.

– Talvez... Se assim desejarmos – disse ela. – Mas o que o faz pensar assim?

– Ora, está no catecismo.

– Oh, não, não há nada assim no catecismo, Davy.

– Pois eu digo que há – persistiu ele. – Estava naquela questão que Marilla me explicou no domingo passado: "Por que devemos amar a Deus?", e a resposta era: "Porque Ele conserva, e nos liberta." E "conserva" é só uma forma sagrada de dizer compota.

– Preciso de um copo d'água – disse Anne de súbito. Quando voltou, levou certo tempo e trabalho para explicar a Davy que algumas palavras têm mais de uma forma de interpretação e que aquela tinha um significado bem diferente do que ele imaginara.

– Bom, eu pensei mesmo que era bom demais para ser verdade – concluiu, por fim, com um convicto suspiro de decepção. – Além disso, não creio que Ele tenha tempo de fazer compota, mesmo que em um sábado infinito, como diz o hino. Eu não sei se quero ir para o céu. Não vai ter sábados comuns no céu, Anne?

– Sim, sábados e todos os tipos de dias belos. E cada dia no céu será mais belo do que o anterior, Davy – assegurou Anne, contente por Marilla não estar ali para ficar chocada. Nem é preciso dizer que Marilla estava educando os gêmeos segundo o bom e velho sistema teológico e desencorajava toda e qualquer especulação fantasiosa sobre o assunto. Ela ensinava a Dora e Davy um hino, uma lição de catecismo e dois versos da Bíblia todos os domingos. A menina aprendia docilmente e recitava como uma maquininha, talvez até com a mesma compreensão e interesse de uma verdadeira máquina. Davy, em contrapartida, tinha uma viva curiosidade e frequentemente questionava coisas que faziam Marilla temer por seu futuro.

– Chester Sloane disse que não faremos outra coisa no Céu além de andar em longas vestimentas brancas e tocar harpas e que ele espera não ter que ir para lá até que esteja velho, pois, assim, pode ser que ele até goste. E ele acha que vai ser horrível ter que usar vestidos, e eu também acho. Por que os anjos homens não podem usar calças, Anne? Chester Sloane tem interesse nestas coisas porque querem que ele seja ministro. Ele tem que se tornar um ministro, porque a avó dele deixou dinheiro para mandá-lo para a universidade, e ele não receberá nada se não se tornar um ministro. Ela acha que é muito respeitável ter um ministro na família. Chester falou que não se importa muito... que preferia ser um ferreiro... Mas que está determinado a se divertir o máximo que puder antes de começar a estudar, pois ele acha que não será possível se divertir depois. Eu não vou ser um ministro. Quero ser dono de loja, como o senhor Blair, que tem um montão de balas e bananas! Mas gostaria de ir para o seu tipo de céu se me deixassem tocar uma gaita de boca em vez de uma harpa. Você acha que deixarão?

– Sim, creio que deixariam, se você quiser. – Foi tudo que Anne pôde dizer sem rir.

Os membros da Sociedade de Melhorias de Avonlea se reuniram na casa de Harmon Andrews naquela noite, e a presença de todos foi exigida, visto que tinham assuntos importantes a tratar. A SMA estava indo de vento em popa e já havia realizado maravilhas. No início da primavera, o senhor Major Spencer havia cumprido sua promessa e retirado os troncos, nivelado o solo e plantado grama por toda a estrada em frente à sua fazenda. Dez outros senhores, alguns impulsionados pela determinação de não deixar Spencer ficar à frente deles, outros estimulados por Melhoradores que eram da família, seguiram seu exemplo. Os resultados foram longas faixas de relva aveludada onde um dia existira somente um mato feio. As fachadas das fazendas que não tinham sido arrumadas pareciam tão mal cuidadas, em comparação, que seus proprietários ficaram secretamente envergonhados e foram impulsionados a pensar no que poderiam fazer na próxima primavera. O terreno triangular no cruzamento das três estradas também havia sido limpo e semeado, e o canteiro de gerânios de Anne, que não fora danificado por nenhuma vaca invasora, já estava pronto no centro.

De maneira geral, os Melhoradores achavam que tudo estava indo bem, mesmo depois que o senhor Levi Boulter, que fora abordado taticamente por um seleto comitê sobre a velha casa na parte elevada de sua fazenda, deixou claro que não iria demolir a construção.

Nessa reunião especial, a sociedade pretendia elaborar uma petição aos administradores da escola, pedindo humildemente que uma cerca fosse colocada ao redor do terreno da escola; eles também precisavam discutir a ideia de plantar algumas árvores ornamentais ao lado da igreja se os recursos da sociedade permitissem... pois, como disse Anne, de nada adiantava angariar novos donativos se o Salão de Avonlea fosse continuar azul. Os membros estavam reunidos na sala de visitas dos Andrews, e Jane já estava de pé, preparando-se para nomear um comitê, com o intuito de descobrir onde encontrar as ditas árvores e o preço das mudas, quando Gertie Pye fez sua entrada, com um penteado *pompadour* e elegantemente vestida. Gertie tinha o hábito de se atrasar para "fazer uma entrada mais impressionante", diziam as más-línguas. A entrada da moça certamente teve o efeito desejado, pois ela se deteve dramaticamente no meio do cômodo, ergueu as mãos, revirou os olhos e exclamou:

– Acabei de ouvir algo extremamente ruim. O que vocês ACHAM que é? O senhor Judson Parker VAI ALUGAR TODA A CERCA DE SUA FAZENDA QUE FAZ LIMITE COM A ESTRADA DE NEWBRIDGE PARA UMA COMPANHIA FARMACÊUTICA FAZER ANÚNCIOS!

Pela primeira vez na vida, Gertie Pye causou a comoção que tanto desejava. Ela não teria tido uma reação melhor nem se tivesse lançado uma bomba entre os complacentes Melhoradores.

– Não pode ser verdade! – exclamou Anne, atônita.

– Foi exatamente o que eu disse! – concordou Gertie, desfrutando imensamente do momento. – Eu disse que não podia ser verdade... que Judson Parker não teria coragem de fazer isso. Mas meu pai o encontrou nesta tarde e perguntou se era verdade, e ele confirmou. Imaginem só! A fazenda dele fica justamente na estrada que vai para Newbridge, e vai ser horrível ver propagandas de comprimidos e emplastros ao longo dela, não concordam?

Os Melhoradores concordavam, e muito. Até mesmo os menos imaginativos conseguiram imaginar o efeito grotesco de meia milha de cerca de tábuas adornada com tais anúncios. Todos os pensamentos sobre a igreja e a escola desapareceram diante desse novo perigo. Regras parlamentares e regulamentos foram esquecidos, e Anne, em desespero, desistiu de tomar notas em sua ata. Todos falavam ao mesmo tempo, e o medo dava tom ao burburinho.

– Oh, vamos manter a calma e tentar pensar em algum jeito de impedir que isso aconteça! – implorou Anne, que era a mais emocionada de todos.

– Não sei como vamos impedi-lo! – exclamou Jane com amargura.

– Todos sabem como Judson Parker é. Ele faria qualquer coisa por dinheiro. Ele não tem nenhuma centelha de espírito comunitário e nenhum senso de beleza.

A perspectiva parecia pouco promissora. Judson Parker e sua irmã eram os únicos Parkers em Avonlea, de modo que não teriam a vantagem das conexões familiares. Martha Parker era uma dama de certa idade, que desaprovava os jovens em geral, e os Melhoradores em específico. Judson era um homem jovial e de fala mansa, de tão bom caráter e gentileza que era surpreendente que tivesse tão poucos amigos. Talvez ele tivesse se dado bem em vários negócios, o que raramente torna uma pessoa popular. Tinha a reputação de ser muito astuto, e a opinião popular era de que "não tinha muitos princípios".

– Se Judson Parker tiver uma chance de "ganhar um dinheiro honesto", como ele mesmo diz, nunca a deixará escapar – declarou Fred Wright.

– Não tem ninguém que tenha influência sobre ele? – perguntou Anne, desesperadamente.

– Ele vai até White Sands para ver Louisa Spencer – sugeriu Carrie Sloane. – Talvez ela possa persuadi-lo a não alugar as cercas.

– Não ela – respondeu Gilbert enfaticamente. – Conheço bem Louisa Spencer. Ela não acredita em sociedades de melhorias dos vilarejos, mas em dólares e centavos. É mais provável que ela o encoraje a alugar.

– A única coisa a fazer é eleger uma comissão para prestar-lhe uma visita e tentar persuadi-lo – propôs Julia Bell. – E devemos enviar moças, porque ele dificilmente será educado com os rapazes... Mas eu não irei, então não é necessário que me nomeiem.

– Melhor enviar Anne sozinha – disse Oliver Sloane. – Se existe alguém capaz de lidar com Judson, essa pessoa é ela.

Anne protestou. Estava disposta a ir e conversar, mas queria os outros consigo para "apoio moral". Assim, Diana e Jane foram nomeadas para isso, e os Melhoradores se dispersaram, zumbindo como abelhas indignadas. Anne estava tão preocupada que só conseguiu pregar os olhos quando já era quase de manhã, e então sonhou que os administradores haviam colocado uma cerca ao redor da escola e pintado "Experimente as pílulas roxas" em toda a sua extensão.

O comitê visitou Judson Parker na tarde do dia seguinte. Anne advogou eloquentemente contra seu nefasto desígnio, e Jane e Diana a apoiaram moral e bravamente. Judson foi polido, agradável, lisonjeiro; fez-lhes alguns elogios sobre a delicadeza dos girassóis e afirmou sentir-se realmente mal por dizer não a moças tão encantadoras... que negócios eram negócios, e ele não podia deixar que o sentimentalismo ficasse em seu caminho em tempos tão difíceis.

– Mas vou dizer o que farei – ele disse, com um brilho nos grandes olhos claros. – Direi ao agente que use apenas cores bonitas e de bom gosto... Vermelho e amarelo, entre outras. E o instruirei a nunca pintar os anúncios em *azul*.

O derrotado comitê se retirou, pensando coisas impróprias para serem proferidas.

– Nós fizemos tudo o que era possível e devemos simplesmente confiar o restante à Providência – disse Jane, imitando inconscientemente o tom e os gestos da senhora Lynde.

– Talvez o senhor Allan possa fazer alguma coisa – refletiu Diana.

Anne balançou a cabeça, negativamente.

– Não, não vale a pena incomodar o senhor Allan, ainda mais agora que o bebê está tão doente. Judson iria deslizar por entre os argumentos dele com a mesma eloquência que usou conosco, se bem que ele começou a frequentar a igreja com certa regularidade nos últimos tempos. Mas só porque o pai de Louisa Spencer é idoso e muito específico sobre estes assuntos.

– Judson Parker é o único homem em Avonlea que sonharia em alugar suas cercas – disse Jane, indignada. – Nem mesmo Levi Boulter ou Lorenzo White fariam uma coisa dessas, avarentos como são. Eles pensariam primeiro na opinião pública.

A opinião pública certamente foi para cima de Judson Parker quando os fatos se tornaram conhecidos, mas isso não ajudou muito. Judson ria sozinho e desafiava a todos, e os Melhoradores estavam tentando aceitar a ideia de ver a parte mais bonita da estrada de Newbridge desfigurada por propagandas quando, na reunião seguinte da Sociedade de Melhorias, Anne levantou-se tranquilamente ao chamado do presidente para os relatórios dos comitês e anunciou que o senhor Judson Parker a havia instruído para que informasse à Sociedade que ele não ia mais alugar as cercas para a companhia farmacêutica.

Jane e Diana se entreolharam como se não acreditassem no que tinham ouvido. A etiqueta parlamentária, que era estritamente respeitada na Sociedade, impediu-as de dar voz à curiosidade naquele mesmo instante; porém, após a reunião, Anne foi assediada em busca de explicações. A jovem não tinha nenhuma explicação a dar. Na véspera, ao entardecer, Judson Parker a alcançara na estrada e dissera que havia decidido solidarizar-se com a SMA em seu ódio peculiar contra os anúncios da companhia farmacêutica. Foi tudo que Anne disse, naquele momento ou depois, e era a simples verdade. No entanto, quando Jane Andrews, no caminho para casa, confiou a Oliver Sloane sua firme convicção de que havia mais por trás da misteriosa mudança de opinião de Judson Parker do que Anne Shirley tinha revelado, ela também falou a verdade.

Na tarde anterior, Anne tinha ido até a casa da velha senhora Irving pela estrada à beira-mar e regressara por um atalho que a levou primeiro aos campos baixos da costa e depois a um bosque de faias depois da propriedade de Robert Dickson, por uma pequena trilha que seguia até a estrada principal logo acima da Lagoa das Águas Brilhantes, mais conhecida pelas pessoas sem imaginação como Barry's Pond.

Sentados em duas charretes ao lado da estrada, paradas junto à entrada do caminho, estavam dois homens. Um deles era Judson Parker; o outro era Jerry Corcoran, um homem de Newbridge contra quem, como a senhora Lynde teria dito com eloquente ênfase, nada suspeito jamais foi provado. Ele era um comerciante de implementos agrícolas e uma pessoa proeminente nos assuntos de política. Ele tinha um dedo... algumas pessoas diriam todos os dedos... em cada torta política que era assada e, visto que o Canadá estava às vésperas das eleições gerais, Jerry Corcoran estivera ocupado nas últimas semanas, percorrendo toda a região em nome do candidato de seu partido. No momento em que Anne emergia por debaixo dos ramos de faia, ouviu Corcoran dizer:

– Se for votar no Amesbury, Parker... Bem, tenho a promissória daquele par de ancinhos que você comprou na primavera. Creio que você não se importaria de tê-la de volta, hein?

– B... Bem, já que você coloca dessa maneira – respondeu Judson de maneira estudada, com sorrisinho –, acho que farei assim. Um homem deve cuidar de seus próprios interesses nestes tempos difíceis.

Foi então que ambos perceberam a presença de Anne, e a conversa cessou abruptamente. Ela inclinou a cabeça, saudando-os com frieza, e seguiu adiante, com o queixo um pouco mais empinado do que o usual. Logo, Judson Parker a alcançou.

– Quer uma carona, Anne? – ofereceu, cordialmente.

– Não, obrigada – respondeu ela educadamente, mas com um tom afiado e quase imperceptível de desdém que foi percebido até mesmo pela consciência não tão sensível de Judson Parker. Seu rosto se avermelhou e ele puxou as rédeas com irritação; no instante seguinte, porém, certas considerações prudentes o alcançaram. Incomodado, Judson observou Anne, que caminhava sem olhar para a direita nem para a esquerda. Teria ela ouvido a oferta inequívoca de Corcoran e sua clara e evidente aceitação? Maldito Corcoran! Se ele não conseguisse falar o que pretendia com frases menos perigosas, iria acabar tendo problemas mais cedo ou mais tarde. E a maldita professorinha ruiva, com o hábito de surgir de repente dos bosques de faias onde não era chamada! Se Anne tivesse ouvido, Judson Parker, julgando os outros por si, como diziam as pessoas do campo, e enganando-se ao julgá-las, como as pessoas geralmente faziam, acreditava que a moça contaria tudo aos quatro ventos. Ora, Judson Parker, como já se havia percebido, não dava ouvidos à opinião pública; mas ser conhecido como alguém que aceitara suborno seria terrível, e, se isso chegasse aos ouvidos de Isaac Spencer, ele poderia dar adeus para sempre à esperança de conquistar Louisa Jane, com seu confortável futuro como herdeira de um próspero fazendeiro. Judson Parker sabia que o senhor Spencer o encarava com certa desconfiança, de modo que não poderia correr nenhum risco.

– Aham... Anne, eu esperava encontrá-la para tratarmos daquele probleminha sobre o qual nós conversamos no outro dia. Decidi não alugar minhas cercas para aquela companhia, afinal. Uma sociedade com um objetivo como a de vocês precisa ser encorajada.

Anne relaxou um pouco.

– Obrigada.

– E... e... Você não precisa mencionar aquela minha conversinha com Jerry.

– Eu não tinha nenhuma intenção de fazer isso, de qualquer maneira – respondeu ela com frieza, pois teria preferido ver todas as cercas de Avonlea pintadas com anúncios a ter de negociar com um homem capaz de vender seu voto.

– Muito bem... Muito bem – concordou Judson, imaginando que se entendiam maravilhosamente bem. – Não pensei que iria. É claro que eu só estava levando Jerry na conversa fiada... Ele se acha tão malandro e esperto! Não tenho nenhuma intenção de votar no Amesbury. Votarei no Grant, como sempre fiz... Você verá, quando vierem as eleições. Só concordei com Jerry para ver se ele se compromete. E está tudo decidido sobre a cerca... pode dizer isso aos Melhoradores.

– São necessários todos os tipos de pessoas para formar o mundo, como ouço com frequência, mas acho que poderíamos dispensar alguns deles – disse Anne ao seu reflexo naquela noite, no espelho do quartinho do lado leste. – Eu não conseguiria mencionar esta desgraça a alma alguma, de jeito nenhum; assim, minha consciência está limpa a respeito disso. Realmente não sei a quem ou a que agradecer por isso... Eu não fiz nada para consegui-lo, e é difícil acreditar que a Providência empregue medidas políticas iguais às que usam homens como Judson Parker e Jerry Corcoran.

O INÍCIO DAS FÉRIAS

Anne trancou a porta da escola em um entardecer tranquilo e dourado. Os ventos murmuravam entre os abetos vermelhos ao redor do pátio, e as sombras alongavam-se, preguiçosas, nos limites dos bosques. Ela guardou a chave no bolso com um suspiro de satisfação. O ano escolar havia terminado, e ela fora nomeada novamente para o ano seguinte, com muitas expressões de satisfação... Apenas o senhor Harmon Andrews disse-lhe que deveria usar o açoite com mais frequência... E dois meses de férias bem merecidas lhe acenavam convidativamente. Anne sentia-se em paz com o mundo e consigo mesma, ao descer a colina com uma cesta de flores na mão. Desde que começaram a brotar as flores de maio, Anne não deixara de fazer sua visita semanal ao túmulo de Matthew nem uma vez. Todos os habitantes de Avonlea, exceto Marilla, já haviam esquecido o quieto, tímido e pouco importante Matthew Cuthbert; mas sua memória permanecia viva no coração de Anne e assim sempre seria. Ela jamais se esqueceria do senhor gentil que foi o primeiro a dar o amor e a compaixão de que sua infância negligenciada tanto precisava.

No sopé da colina, um menino estava sentado na cerca, à sombra dos abetos... Um menino com grandes olhos sonhadores e um rosto bonito e delicado. Ele desceu e se juntou a Anne, sorrindo; mas havia sinais de lágrimas em suas bochechas.

– Achei que poderia esperar pela senhorita, professora, pois eu sabia que estava indo para o cemitério – ele disse, segurando sua mão. – Também estou indo para lá... estou levando este buquê de gerânios para colocar no túmulo do meu avô Irving, em nome da minha avó. E olhe, professora, vou colocar este buquê de rosas brancas ao lado do túmulo do vovô, em memória da minha mãezinha... Pois não posso ir até o túmulo dela. Mas a senhorita acha que ela vai saber mesmo assim?

– Sim, tenho certeza de que vai, Paul.

– Sabe, professora, hoje faz três anos que a minha mãezinha faleceu. Faz muito, muito tempo, mas dói tanto quanto antes... E sinto falta dela tanto quanto antes. Algumas vezes parece que não conseguirei suportar. Dói tanto!

A voz de Paul fraquejou, e seus lábios tremeram. Ele olhou para as rosas, na esperança de que a professora não percebesse suas lágrimas.

– E, ainda assim, você gostaria que não parasse de doer... – disse Anne, muito suavemente. – Você não gostaria de esquecer sua mãezinha, mesmo que pudesse.

– Não, certamente que não... É exatamente assim que me sinto. A senhorita é tão boa para compreender, professora. Ninguém mais entende tão bem... nem mesmo a vovó, que é tão boa comigo. Meu pai entende muito bem, mas não posso falar muito com ele sobre a mamãe, pois isso faz com que ele se sinta tão mal... Quando ele cobre o rosto com a mão, eu já sei que é hora de parar. Pobre papai, ele deve sentir-se extremamente solitário sem mim; mas, sabe, ele não tem ninguém além de uma governanta, e ele acha que as governantas não são boas para educar menininhos, especialmente agora que ele precisa ficar tanto tempo fora de casa a trabalho. As avós são as melhores, depois das mães. Um dia, quando tiver crescido, eu voltarei a morar com meu pai e nós nunca mais ficaremos distantes.

Paul havia falado tanto com Anne sobre sua mãe e seu pai que ela sentia como se já os conhecesse. Tinha a impressão de que a mãe deveria ter tido o mesmo temperamento e disposição do menino e imaginava que Stephen Irving fosse um homem meio reservado, com uma natureza profunda e terna que mantinha escrupulosamente oculta do mundo.

– Papai não é muito fácil de se conhecer – Paul havia dito uma vez. – Eu mesmo não o conhecia de verdade até pouco tempo depois da morte da minha mãezinha. Mas ele é esplêndido quando se deixa conhecer. É a pessoa que mais amo no mundo, depois a vovó Irving e, então, a senhorita, professora. Eu a amaria mais, logo depois do papai, se não fosse meu dever amar mais a vovó Irving, porque ela está fazendo tanto por mim. A senhorita entende, professora? Mas eu gostaria que ela deixasse a lamparina acesa em meu quarto até que eu dormisse. Vovó a leva consigo assim que me coloca na cama, pois diz que não posso ser um covarde. Eu não tenho medo, mas preferia ficar com a lamparina. Minha mãezinha costumava sentar-se ao meu lado e segurar a minha mão até eu cair no sono. Acho que ela me mimava. As mães fazem isso às vezes, sabe...

Não, Anne não sabia disso, embora pudesse imaginar como era. Ela pensou tristemente em sua mãezinha, a mãe que pensava que ela era "perfeitamente linda" e que tinha morrido tanto tempo atrás e estava enterrada ao lado de seu jovem esposo, naquele túmulo distante que ninguém visitava. Anne não conseguia se lembrar da mãe e, por isso, quase chegava a invejar Paul.

– Meu aniversário é na semana que vem – disse Paul conforme subiam a longa colina vermelha, banhados pelos agradáveis raios do sol de junho –, e o papai escreveu dizendo que está me enviando algo que ele acha que vou amar mais do que tudo. Creio que já tenha chegado, pois a vovó trancou a gaveta da escrivaninha, e isso é novidade. E, quando perguntei a ela o porquê, ela só me olhou misteriosamente e falou que "garotinhos não devem ser tão curiosos". É muito emocionante fazer aniversário, não é? Eu completarei onze anos. Você não diria que tenho onze, não é mesmo? Vovó diz que sou muito pequeno para a minha idade porque não como mingau de aveia o bastante. Eu como o máximo que consigo, mas a vovó me serve pratos muito cheios... Posso garantir que a minha avó não é nem um pouco malvada. Desde que tivemos aquela conversa sobre as orações, voltando da Escola Dominical, professora... quando a senhorita me disse que temos que orar por todas as nossas dificuldades... eu pedi a Deus todas as noites que me concedesse a graça de ser capaz de comer cada gota do meu mingau pela manhã. Mas ainda não consegui fazer isso e não sei se é porque recebi muito pouca graça ou muita quantidade de mingau. Vovó diz que o papai foi criado à base de mingau, e isso certamente funcionou para ele, pois a senhorita precisa ver os ombros que ele tem! No entanto, às vezes eu acho mesmo que o mingau vai ser a causa da minha morte – concluiu, suspirando, com um ar meditativo.

Anne permitiu-se um sorriso, pois Paul não estava olhando para ela. Toda Avonlea sabia que a velha senhora Irving estava criando o neto de acordo com os bons e velhos métodos de dieta e moral.

– Esperemos que não, querido – ela disse, alegre. – Como vão suas pessoas de pedra? O gêmeo mais velho continua se comportando bem?

– Ele tem que se comportar bem! – respondeu Paul enfaticamente. – Ele sabe que não serei seu amigo caso contrário. Acho que ele está mesmo cheio de perversidade.

– E Nora já descobriu sobre a Dama Dourada?

– Não, mas acho que ela suspeita. Estou quase certo de que ela me observou na última vez em que fui até a caverna. Não me importo se ela descobrir... É para o bem dela que eu não quero que descubra... Pois sei que seus sentimentos ficarão magoados. Mas, se ela está determinada a ser magoada, não posso evitar.

– Se eu fosse até a costa com você uma noite dessas, acha que eu conseguiria ver as suas pessoas de pedra?

Paul balançou a cabeça com seriedade.

– Não, acho que a senhorita não conseguiria ver as minhas pessoas de pedra. Sou o único que as pode ver. Mas a senhorita conseguiria ver as suas próprias pessoas de pedra. A senhorita é do tipo que consegue. Nós dois somos. A senhorita sabe disso, professora – acrescentou, apertando a mão de Anne como um bom amigo. – Não é esplêndido ser assim, professora?

– É esplêndido – concordou Anne, com seus brilhantes olhos acinzentados voltados para baixo, em sintonia com os radiantes olhos azuis do menino. Anne e Paul sabiam "quão belo é o reino cuja vista é aberta pela imaginação", e ambos conheciam o caminho para a terra da felicidade. Ali, a rosa da alegria florescia, imortal, pelos pequenos vales e córregos; nuvens jamais escureciam o céu ensolarado; doces sinos nunca badalavam fora do tom; e almas gêmeas era o que não faltava. A localização dessa terra – "a leste do sol, a oeste da lua" – é uma dádiva inestimável, que não pode ser comprada em nenhum lugar. Deve ser um presente das boas fadas ao nascer, que o tempo jamais conseguirá arruinar ou roubar. É preferível possuí-lo vivendo em um sótão a ser habitante de um palácio sem tê-lo.

O cemitério de Avonlea continuava sendo o campo solitário coberto de relva que sempre fora. Para falar a verdade, os Melhoradores estavam de olho nele, e Priscilla Grant tinha lido um relatório sobre os cemitérios na última reunião. Em algum momento, no futuro, os Melhoradores pretendiam substituir a velha cerca de madeira esquisita, que estava coberta de líquen, por uma boa cerca de arame, aparar a grama e endireitar os monumentos inclinados.

Anne pôs as flores que trouxera no túmulo de Matthew e, então, foi até o cantinho sob o álamo onde Hester Gray descansava. Desde o dia do piquenique, na primavera, Anne sempre colocava flores no túmulo da moça quando visitava o de Matthew. Na tarde anterior, ela voltara sozinha até o deserto jardinzinho no bosque e colhera algumas das rosas brancas de Hester.

– Achei que iria gostar mais destas do que de qualquer outra, querida – disse, suavemente.

Anne ainda estava ali, sentada, quando viu uma sombra na relva ao seu lado. Ela ergueu os olhos e viu que era a senhora Allan. As duas voltaram juntas para casa.

A senhora Allan já não era mais a jovem noiva que o ministro trouxera para Avonlea, cinco anos atrás. Ela havia perdido um pouco do frescor da beleza e das curvas juvenis, e linhas finas e pacientes podiam ser vistas ao redor dos olhos e da boca. Um túmulo pequenino naquele mesmo cemitério era responsável por algumas delas, enquanto as mais novas haviam surgido durante a recente enfermidade de seu filhinho, que felizmente já recobrara a saúde. Mas suas covinhas continuavam tão doces e peculiares como sempre foram, assim como seus olhos claros, iluminados e sinceros; e o que faltava de beleza juvenil em seu rosto era mais do que compensado por uma grande ternura e força.

– Presumo que você esteja ansiosa pelas férias, não é, Anne? – perguntou, ao deixarem o cemitério.

Anne assentiu, inclinando a cabeça.

– Sim... Posso saborear a palavra como um pedacinho de doce sob a língua. Acho que o verão será adorável! Em parte porque a senhora Morgan virá para a Ilha em julho, e Priscilla irá trazê-la aqui. Sinto um dos meus antigos "arrepios" só de pensar!

– Espero que se divirta, Anne. Você trabalhou duro no último ano e se saiu muito bem.

– Ah, não sei. Deixei a desejar em tantas coisas! Não fiz o que tinha prometido fazer no último outono, quando comecei a lecionar. Não tenho vivido de acordo com os meus ideais.

– Nenhum de nós consegue – comentou a senhora Allan, com um suspiro. – Mas você sabe o que Lowell diz, Anne: "Fracassar não é crime, mas, sim, ter pouca ambição". Devemos ter ideais e tratar de viver de acordo com eles, mesmo que nem sempre tenhamos êxito. A vida seria uma lástima sem eles. E, com eles, grande e magnífica. Mantenha-se firme em seus ideais, Anne.

– Vou tentar. Mas preciso abandonar a maioria das minhas teorias – disse Anne, rindo um pouco. – Eu tinha a mais bela coleção de teorias que se possa imaginar quando comecei a dar aulas, mas cada uma delas provou-se errada, de um jeito ou de outro.

– Até a teoria do castigo corporal – brincou a senhora Allan.

Anne enrubesceu.

– Nunca me perdoarei por ter castigado Anthony.

– Que bobagem, querida. Ele mereceu. E era o que ele precisava. Você não teve problemas com o garoto desde então e, agora, ele pensa que não existe outra como você. Sua bondade conquistou o afeto dele, depois que a ideia de que "uma moça não serve para ser professora" foi arrancada daquela cabeça dura.

– Ele pode até ter merecido, mas esta não é a questão. Se eu tivesse decidido de forma calma e deliberada açoitá-lo, por considerar que esta é uma punição justa, eu não estaria me sentindo assim. Mas a verdade, senhora Allan, é que me enfureci e foi por isso que bati no menino. Não pensei se era justo ou injusto... Mesmo se ele não merecesse, eu teria feito do mesmo jeito. É isso que me chateia.

– Bem, todos nós cometemos erros, querida... então, deixe isso para lá. Devemos nos arrepender dos erros e aprender com eles, mas nunca carregá-los conosco para o futuro. Lá vai Gilbert Blythe em sua bicicleta... Deve estar de férias também. Como estão indo os estudos?

– Muito bem. Planejamos terminar o Virgílio nesta noite... Faltam somente vinte linhas. Depois, não estudaremos mais até setembro.

– Você pensa em ir para a universidade algum dia?

– Ah, não sei – Anne olhou, sonhadora, para o horizonte pintado de opala. – Os olhos de Marilla nunca ficarão melhores do que estão, apesar de estarmos gratas por saber que não ficarão piores. E temos também os gêmeos... Na verdade, eu não acredito que o tio mandará buscá-los. Talvez a universidade esteja logo depois da curva no caminho, mas eu ainda não cheguei lá. E eu não penso muito no assunto, para não ficar descontente.

– Bem, eu adoraria que você fosse para a universidade, Anne. Mas, se você nunca for, não fique triste. Afinal, nós construímos nossa vida onde quer que estejamos... A universidade só nos ajuda a tornar as coisas mais fáceis. A vida pode ser ampla ou pequena, de acordo com o que colocamos nela, e não com o que obtemos. A vida é rica e plena aqui... e em qualquer outro lugar... se soubermos abrir nosso coração para sua riqueza e plenitude.

– Acho que entendo o que a senhora quer dizer – disse Anne, pensativa – e sei que tenho tanto a agradecer... oh, tanto... pelo meu trabalho, por Paul Irving, os queridos gêmeos e todos os meus amigos. Sabe, senhora Allan, sou muito grata às amizades. Elas embelezam tanto a vida!

– De fato, a verdadeira amizade é algo muito reconfortante, pela qual devemos ter grande consideração, sem nunca maculá-la por causa de alguma falha, seja na autenticidade, seja na sinceridade. Temo que a palavra amizade seja frequentemente degradada a um tipo de intimidade que nada tem a ver com a verdadeira amizade.

– Sim... como a de Gertie Pye e Julia Bell. Elas são muito íntimas e vão juntas a todos os lugares, mas Gertie está sempre dizendo coisas desagradáveis sobre Julia pelas costas, e todos pensam que ela sente inveja, pois fica bastante satisfeita quando alguém a critica. Creio que seja um pecado chamar isso de amizade. Se temos amigos, devemos ver somente o que há de melhor neles e dar-lhes o nosso melhor, a senhora não acha? Dessa maneira, a amizade seria a coisa mais bela do mundo.

– A amizade é muito bela – sorriu a senhora Allan –, mas algum dia...

Então ela se deteve, repentinamente. No delicado rosto pálido ao seu lado, com os olhos cândidos e traços expressivos, havia ainda muito mais de menina do que de mulher. O coração de Anne ainda abrigava apenas os sonhos da amizade e da ambição, e a senhora Allan não queria varrer as flores de sua doce inocência. Assim, deixou que sua frase fosse completada pelos anos futuros.

A ESSÊNCIA DAS COISAS ESPERADAS

– Anne! – chamou Davy, enquanto subia no lustroso sofá de couro na cozinha de Green Gables, onde Anne estava sentada, lendo uma carta. – Anne, estou com uma fome terrível. Você nem imagina!

– Vou lhe dar uma fatia de pão com manteiga em um minuto – respondeu, distraída. A carta evidentemente continha notícias empolgantes, pois as bochechas dela estavam da cor das rosas do grande arbusto lá fora, e seus olhos cintilavam de uma forma que só os olhos de Anne eram capazes.

– Mas não é uma fome de pão com manteiga – replicou ele, em tom desgostoso. – É fome de bolo de ameixa!

– Ah! – riu Anne, deixando a carta de lado para abraçar Davy com força. – Esse é um tipo de fome que pode ser suportado muito confortavelmente, menino. Você sabe que uma das regras de Marilla é não comer nada além de pão com manteiga entre as refeições.

– Bom, me dê uma fatia, então... por favor.

Davy havia, finalmente, aprendido a dizer "por favor", ainda que o acrescentasse como uma reflexão tardia, na maioria das vezes. Ele olhou com aprovação para a generosa fatia que Anne lhe trouxe.

– Você sempre coloca bastante manteiga, Anne. Marilla sempre coloca bem pouquinho. O pão escorrega muito mais fácil quando tem um montão de manteiga!

A fatia "escorregou" com razoável facilidade, a julgar por seu rápido desaparecimento. Davy desceu de cabeça do sofá, deu duas cambalhotas no tapete e então sentou-se e anunciou com propriedade:

– Anne, estou decidido sobre o céu. Não quero ir para lá.

– Por que não? – ela perguntou, séria.

– Porque o céu fica no sótão do Simon Fletcher, e eu não gosto do Simon Fletcher.

– No... sótão de Simon Fletcher? – repetiu Anne, perplexa demais até mesmo para rir. – Davy Keith, quem colocou uma ideia tão extraordinária na sua cabeça?

– Milty Boulter disse que o céu fica lá. Foi no último domingo, na Escola Dominical. A lição era sobre Elias e Eliseu, e eu me levantei e perguntei à senhorita Rogerson onde ficava o céu. Ela ficou muito ofendida! Ela já estava irritada, de qualquer forma, pois, quando nos perguntou o que Elias deixou para Eliseu quando foi para o céu, Milty Boulter respondeu "suas roupas velhas", e todos nós rimos antes de pensar. Queria ser capaz de pensar primeiro e agir depois, pois dessa forma eu nem agiria. Mas Milty não queria ser desrespeitoso. Ele só não consegue pensar no nome das coisas. A senhorita Rogerson me respondeu que o céu é onde Deus está e que eu não devia fazer esse tipo de pergunta. Milty me cutucou e sussurrou: "O céu fica no sótão do meu tio Simon, e eu vou explicar tudo no caminho de casa". Então, quando estávamos voltando, ele me explicou. Milty tem jeito para explicar as coisas. Mesmo quando não sabe nada sobre um assunto, ele inventa um monte de coisas, e daí você recebe a explicação de qualquer maneira. A mãe dele é irmã da senhora Simon, e ele a acompanhou ao funeral de sua prima Jane Ellen. O ministro falou que a menina tinha ido para o céu, mas Milty disse que ela estava deitada no caixão, bem na frente deles. Mas ele acha que carregaram o caixão para o sótão depois. Bom, quando Milty e a mãe dele subiram as escadas para pegar o chapéu dela, depois que tudo terminou, ele perguntou onde fica o Céu para onde Jane Ellen tinha ido, e a mãe dele apontou exatamente para o teto e disse: "Lá em cima". Milty sabia que não existia nada além do sótão em cima do teto, então foi assim que ele descobriu. E, desde aquele dia, ele está com um medo danado de ir à casa do tio Simon.

Anne pôs Davy sentado em seu colo e fez o melhor que pôde para desembaraçar aquele nó teológico. Ela tinha muito mais preparo para essa tarefa do que Marilla, pois recordava sua própria infância e tinha uma instintiva compreensão das ideias curiosas que uma criança de sete anos tem sobre assuntos que são, obviamente, muito claros e simples para os adultos. Ela havia acabado de ter êxito ao convencer Davy de que o céu não ficava no sótão de Simon Fletcher quando Marilla voltou do jardim, onde ela e Dora estiveram colhendo ervilhas. Dora era uma alminha laboriosa e que sempre ficava contente ao "ajudar" em pequenas tarefas diversas, apropriadas para seus dedinhos gorduchos. Ela alimentava as galinhas, colhia batatas, secava louças e levava recados. Era asseada, fiel e obediente; não era preciso lhe dizer duas vezes como fazer alguma coisa e nunca se esquecia de nenhum dos seus pequenos deveres. Davy, ao contrário, era descuidado e desatento, mas nascera com a inata virtude de se fazer amar, e Anne e Marilla o amavam mais.

Enquanto Dora descascava as ervilhas orgulhosamente e Davy fazia barquinhos com as cascas, com mastros feitos de fósforos e velas de papel, Anne informou Marilla sobre o maravilhoso conteúdo de sua carta.

– Oh, Marilla, o que você acha? Recebi uma carta da Priscilla, dizendo que a senhora Morgan está na Ilha e que, se fizer bom tempo na quinta-feira, elas virão até Avonlea, chegando aqui por volta do meio-dia. Elas passarão a tarde conosco e irão para o hotel em White Sands ao anoitecer, pois alguns amigos americanos da senhora Morgan estão hospedados lá. Ah, Marilla, não é maravilhoso? Mal posso acreditar que não estou sonhando!

– Atrevo-me a dizer que a senhora Morgan é igual a qualquer outra pessoa – respondeu Marilla, com secura, apesar de também sentir-se um pouco empolgada. A senhora Morgan era uma mulher famosa, e sua visita não seria uma ocorrência comum. – Virão para almoçar, então?

– Sim. Marilla, posso preparar todo o almoço sozinha? Quero sentir que posso fazer alguma coisa pela autora de *O Jardim dos Botões de Rosa*, mesmo que seja só preparar uma refeição. Você não vai se importar, não é?

– Por Deus, eu não gosto tanto assim de ficar diante do calor do fogão em julho a ponto de ofender-me se outra pessoa o fizer! Você é mais do que bem-vinda para assumir o trabalho.

– Ah, obrigada! – disse Anne, como se Marilla tivesse feito um tremendo favor. – Decidirei o cardápio nesta noite!

– É melhor não tentar fazer receitas muito refinadas – advertiu Marilla, um pouco alarmada pelo som pomposo da palavra "cardápio" –, pois é provável que se arrependa depois.

– Ah, não farei nenhuma receita "refinada", se isso significa preparar pratos que geralmente só fazemos em ocasiões festivas – garantiu Anne. – Isso seria presunção, e, apesar de saber que não tenho o bom senso e a constância que uma garota de dezessete anos e professora deve ter, não sou tão tola assim. Mas quero que tudo esteja tão bonito e saboroso quanto possível. Davy, não deixe essas cascas de ervilha nas escadas... Alguém pode escorregar nelas. Farei uma sopa leve, para entrada... Você sabe que eu consigo fazer uma adorável sopa cremosa de cebola... E, depois, dois frangos assados. Serão os dois galos brancos. Tenho muita afeição por aqueles animais, são de estimação desde que a galinha cinza os chocou... Duas bolinhas de penugem amarelinha. Mas sei que terão de ser sacrificados algum dia, e certamente não poderia haver uma ocasião melhor do que esta. Mas, oh, Marilla, eu não posso matá-los... Nem mesmo em honra à senhora Morgan. Terei que pedir a John Henry Carter que venha e faça isso por mim.

– Eu farei – voluntariou-se Davy. – Se Marilla os segurar pelas pernas, porque acho que vou precisar das duas mãos para segurar o machado. É terrivelmente engraçado ver esses bichos saltitar depois que a cabeça é cortada!

– Depois servirei ervilhas e feijões, purê de batata e salada de alface, – continuou Anne – e, para sobremesa, tortas de limão com merengue, café, queijo e biscoitos champanhe. Amanhã farei as tortas e os biscoitos e ajustarei meu vestido de musselina branca. É preciso avisar Diana nesta noite, pois ela vai querer arrumar o dela. As heroínas da senhora Morgan estão quase sempre usando roupas de musselina branca, e Diana e eu decidimos que seria assim que nos vestiríamos se algum dia a conhecêssemos. Será uma delicada homenagem, não acha? Davy, querido, você não pode enfiar cascas de ervilha nos vãos do assoalho! Vou convidar o senhor e a senhora Allan para o almoço e também a senhorita Stacy, pois eles estavam muito ansiosos para conhecer a senhora Morgan. É uma sorte ela vir nos visitar enquanto a senhorita Stacy está aqui. Davy, querido, não ponha as cascas para navegar no balde d'água... vá brincar no cocho dos cavalos. Ah, espero que o tempo esteja bom na quinta-feira; acho que estará, pois, quando Tio Abe foi ver o senhor Harrison, ontem à noite, falou que iria chover praticamente a semana inteira.

– Este é um bom sinal – concordou Marilla.

Ao cair da noite, Anne foi até Orchard Slope para contar as novidades a Diana, que também ficou muito empolgada. Elas discutiram o assunto sentadas no balanço debaixo do grande salgueiro no jardim dos Barrys.

– Oh, Anne, posso ajudá-la a preparar o almoço? – implorou Diana. – Você sabe que eu faço uma esplêndida salada de alface.

– É claro que pode – assentiu Anne, com altruísmo. – E quero que me ajude a fazer a decoração. Quero que a sala de visitas fique simplesmente como um caramanchão florido... E a mesa do jantar será decorada com rosas silvestres. Oh, espero que tudo corra bem! As heroínas da senhora Morgan nunca se envolvem em confusão nem são pegas em desvantagem e são sempre tão autoconfiantes e tão boas donas de casa! Elas parecem ter nascido com o dom de ser boas donas de casa. Você se lembra de que, em *Dias em Edgewood*, Gertrude cuidava da casa do pai quando tinha apenas oito anos de idade? Quando eu tinha oito anos, mal sabia fazer alguma coisa, exceto cuidar de crianças. A senhora Morgan deve ser uma sumidade em se tratando de meninas, tendo escrito tanto sobre o assunto, e eu quero muito que ela tenha uma boa impressão de nós. Já imaginei tudo de diferentes maneiras... como ela é, o que dirá e o que eu direi. E estou tão nervosa sobre o meu nariz! Existem sete sardas, como você pode ver. Elas apareceram no piquenique da SMA, quando saí para o sol sem o meu chapéu. Creio que seja muita ingratidão me preocupar com elas, em vez de ser grata por não estarem espalhadas por todo o meu rosto, como um dia já estiveram. Mas eu queria muito que não tivessem aparecido... Todas as heroínas da senhora Morgan têm uma tez perfeita. Não me lembro de nenhuma com sardas.

– As suas sardas não são muito notáveis – confortou Diana. – Tente aplicar um pouco de suco de limão nelas hoje à noite.

No dia seguinte, Anne preparou as tortas e os biscoitos, ajustou o vestido, varreu e tirou o pó de todos os cômodos da casa... Um procedimento completamente desnecessário, pois, como de costume, Green Gables estava impecável, do jeito que agradava tanto o coração de Marilla. Mas Anne sentia que um único grão de poeira seria uma profanação na casa que teria a honra de receber a visita de Charlotte E. Morgan. Limpou até mesmo o armário de tranqueiras debaixo da escadaria, embora não houvesse a mais remota possibilidade de a senhora Morgan ver seu interior.

– Quero sentir que tudo está em perfeita ordem, mesmo que não seja para ela ver – Anne explicou a Marilla. – Sabe, em seu livro *Chaves Douradas*, as heroínas, Alice e Louisa, tomaram como lema aquele verso de Longfellow:

"In the elder days of art
Builders wrought with greatest care
Each minute and unseen part,
For the gods see everywhere"[13]

– Por isso, elas sempre esfregavam as escadas do porão e nunca se esqueciam de varrer debaixo das camas. Eu ficaria com a consciência

---

13 Em tradução livre: "Nos grandes dias da arte/ Construtores forjavam com sumo cuidado/ Cada diminuta e invisível parte/ Pois os deuses tudo veem". (N. T.)

pesada se soubesse que o armário estava desordenado quando a senhora Morgan esteve aqui em casa. Desde que lemos *Chaves Douradas*, no mês de abril, Diana e eu também adotamos este verso como nosso lema.

Naquela noite, John Henry Carter e Davy conseguiram, juntos, executar os dois galos brancos, e Anne os preparou, sendo a tarefa geralmente desagradável glorificada perante seus olhos pelo destino das aves roliças.

– Não gosto de depenar frangos – disse Anne a Marilla –, mas não é quando não gostamos de algo que temos de nos concentrar no que as nossas mãos estão fazendo? Eu estava depenando os frangos com as mãos, mas minha imaginação estava vagando pela Via Láctea.

– Achei mesmo que você tinha espalhado mais penas pelo chão do que de costume – comentou Marilla.

Então, Anne colocou Davy na cama e o fez prometer que se comportaria perfeitamente no dia seguinte.

– Se o meu comportamento for o melhor possível durante todo o dia de amanhã, você vai me deixar ser tão traquinas quanto eu quiser depois de amanhã? – questionou Davy.

– Não posso fazer essa promessa – respondeu Anne, discreta –, mas eu farei um passeio de barco com você e Dora e os levarei até a campina na outra margem da lagoa, e então desceremos as dunas de areia e faremos um piquenique.

– Trato feito! Pode apostar que eu vou ser bonzinho. Eu queria ir até a casa do senhor Harrison e atirar ervilhas em Ginger com minha nova espingarda de brinquedo, mas posso esperar até o outro dia. Acho que amanhã vai ser igual aos domingos, mas um piquenique na praia vai compensar por isso.

UM CAPÍTULO SOBRE ACIDENTES

Anne acordou três vezes durante a noite e peregrinou até a janela para certificar-se de que a previsão do Tio Abe não estava se confirmando. Finalmente raiou a alvorada, perolada e acetinada, em um céu cheio, prateado e esplendoroso. O magnífico dia havia chegado.

Diana apareceu logo depois do café da manhã, com uma cesta de flores em um braço e o próprio vestido de musselina sobre o outro, pois ela não o usaria até que estivessem terminados os preparativos do almoço. Enquanto isso, ela usou um vestido rosa estampado e um avental de linho maravilhosamente cheio de babados e franjas. Ela estava muito bem arrumada, bonita e rosada.

— Você está simplesmente linda! — elogiou Anne, com admiração.

Diana suspirou.

— Tive que alargar todos os meus vestidos outra vez. Estou pesando quase dois quilos a mais do que pesava em julho! Anne, onde isso vai parar? As heroínas da senhora Morgan são todas altas e esbeltas.

— Bem, vamos esquecer nossas preocupações e pensar nas alegrias — disse Anne, alegremente. — A senhora Allan diz sempre que, se pensarmos em algo que nos preocupa, devemos pensar também em algo agradável que possa nos compensar. Se, por um lado, você está um pouco gordinha, por outro tem as covinhas mais encantadoras; e, se eu tenho sardas no nariz, o formato dele é perfeito! Acha que o suco de limão fez alguma diferença?

– Sim, realmente acho que fez – respondeu Diana, com ar crítico. Muito satisfeita, Anne dirigiu-se ao jardim, que estava repleto de sombras tênues e oscilantes raios de sol dourados.

– Vamos decorar a sala primeiro. Temos bastante tempo, pois Priscilla disse que chegarão aqui em torno do meio-dia e meia, então o almoço será à uma da tarde.

Talvez existissem duas moças mais felizes e empolgadas em algum lugar do Canadá ou dos Estados Unidos naquele momento, mas isso seria duvidoso. Quando caía alguma rosa, peônia ou jacinto, a cada movimento da tesoura, pareciam cantar "a senhora Morgan está vindo aqui hoje". Anne se perguntava como o senhor Harrison conseguia continuar ceifando feno placidamente no campo do outro lado da estrada de terra, como se nada estivesse prestes a acontecer.

A sala de visitas de Green Gables era um cômodo sombrio e de aparência um pouco severa, com rígido mobiliário marrom, cortinas rendadas e engomadas e mantas brancas que cobriam os móveis em ângulos sempre perfeitamente corretos, exceto nos momentos em que se enganchavam nos botões de alguma pessoa sem sorte. Nem mesmo Anne fora capaz de infundir alguma graça ao ambiente, pois Marilla não permitia nenhuma alteração. Mas é maravilhoso o que as flores podem fazer quando lhes é dada uma boa oportunidade. Quando Anne e Diana terminaram a decoração, a sala estava irreconhecível.

Havia uma grande jarra azul repleta de rosas-de-gueldres sobre a mesa polida. A reluzente cornija negra da chaminé estava adornada com rosas e samambaias. Em cada prateleira da cantoneira havia um buquê de jacintos. Os cantos escuros de cada lado da grade da lareira foram iluminados com vasos cheios de peônias carmesins vibrantes, e a própria lareira parecia estar acesa com papoulas amarelas. Todo esse esplendor de cores, mesclado com os raios do sol que adentravam através da trepadeira de madressilvas nas janelas, criando uma frondosa confusão de sombras dançantes sobre o piso e as paredes, transformou o comumente triste aposento no autêntico "caramanchão" da imaginação de Anne, conseguindo até mesmo uma amostra da admiração de Marilla, que entrou para criticar, mas ficou para elogiar.

– Agora, devemos pôr a mesa – disse Anne, falando como uma sacerdotisa prestes a realizar um rito sagrado em honra a uma divindade. – Colocaremos um grande vaso de rosas silvestres no centro, uma única rosa na frente do prato de cada um e um buquê de botões de rosa especialmente para a senhora Morgan, em homenagem a *O Jardim dos Botões de Rosa*, você sabe.

A mesa foi posta na sala de estar, com a toalha de linho mais refinada de Marilla e o que havia de melhor em porcelana, cristais e prataria. Com a mais absoluta certeza, cada artigo colocado na mesa foi polido e limpo até a mais absoluta perfeição possível, para obter o máximo de brilho e resplendor.

Então as jovens foram para a cozinha, que estava tomada pelos apetitosos aromas emanados do forno, onde os frangos já assavam esplendidamente. Anne preparou as batatas, e Diana, as ervilhas e os feijões. Depois, enquanto Diana se trancou na copa para temperar a salada de alface, Anne, cujas bochechas começavam a ficar vermelhas, tanto por causa da empolgação quanto pelo calor do fogo, preparou o molho de pão para os frangos, picou as cebolas para a sopa e finalmente bateu o merengue para as tortas de limão.

E o que Davy estava fazendo durante todo esse tempo? Estava cumprindo a promessa de ser bonzinho? De fato, estava. Verdade seja dita, o garotinho insistiu em permanecer na cozinha, pois sua curiosidade queria ver tudo que acontecia. Mas, como ele estava sentado quietinho em um canto, entretido em desfazer os nós em uma rede de pesca que trouxera de seu último passeio à praia, ninguém se opôs.

Às onze e meia, a salada de alface estava pronta, os círculos dourados das tortas já estavam enfeitados com o merengue, e tudo que deveria chiar e borbulhar estava chiando e borbulhando.

– É melhor nos trocarmos agora, pois elas devem chegar ao meio-dia – disse Anne. – Devemos almoçar à uma da tarde em ponto, pois a sopa deve ser servida assim que estiver pronta.

Sérios foram os ritos de beleza que ocorreram no quartinho do lado leste do sótão. Anne observou o nariz, com ansiedade, e alegrou-se ao perceber que suas sardas não eram muito notáveis – graças ao suco de limão ou à vermelhidão pouco comum de suas bochechas. Quando estavam prontas, pareciam tão encantadoras, delicadas e juvenis como qualquer uma das "heroínas da senhora Morgan".

– Eu realmente espero ser capaz de falar alguma coisa de vez em quando e não ficar lá sentada como se fosse muda – disse Diana, ansiosa. – Todas as heroínas da senhora Morgan conversam tão maravilhosamente! Mas temo que minha língua trave na hora, passando a impressão de que sou estúpida. E com certeza eu direi "tá". Não digo isso com tanta frequência depois que a senhorita Stacy foi a nossa professora; mas, em momentos emotivos, essa palavra sempre ressurge. Anne, se eu disser "tá" diante da senhora Morgan, morrerei de vergonha! E isso será quase tão ruim quanto não ter nada a dizer.

– Estou nervosa por diversos motivos – disse Anne –, mas não creio que eu corra perigo de não ser capaz de falar.

E, para fazer-lhe justiça, não havia.

Anne cobriu o glorioso vestido de musselina com um grande avental e desceu para preparar a sopa. Marilla vestiu-se e arrumou os gêmeos; ela parecia mais empolgada do que jamais esteve. Ao meio--dia e meia, chegaram os Allans e a senhorita Stacy. Tudo estava indo bem, mas Anne começava a ficar nervosa. Certamente já era hora de Priscilla e a senhora Morgan chegarem. Ela fez frequentes excursões até o portão, olhando impacientemente para a alameda com a mesma impaciência com que sua xará na história do Barba Azul[14] espiava pela janela da torre.

– E se elas não vierem? – murmurou ela.

– Não pense nisso. Seria muita crueldade – respondeu Diana, que, entretanto, começava a ter desconfortáveis pressentimentos.

– Anne – disse Marilla, vindo da sala –, a senhorita Stacy quer ver o prato de porcelana azul da senhorita Barry.

Anne correu até o armário da sala de estar para pegar o prato.

Cumprindo a promessa feita à senhora Lynde, ela havia escrito à senhorita Barry, de Charlottetown, pedindo-lhe para que emprestasse o prato. A senhorita Barry era uma grande amiga de Anne e atendeu ao pedido prontamente, enviando o prato com uma carta exortando-a a ser muito cuidadosa, pois pagara vinte dólares pelo prato. O valioso objeto serviu ao seu propósito no bazar da Sociedade Assistencial e então retornou ao armário de Green Gables, pois Anne não confiaria em mais ninguém para levá-lo de volta à cidade, a não ser ela mesma.

Ela carregou o prato com cuidado até a porta da frente, onde os convidados desfrutavam da brisa fresca que soprava do riacho. O objeto foi examinado e admirado. Então, no instante em que Anne o tomou de volta nas mãos, ouviu-se um terrível estrondo de algo que se espatifava, vindo da despensa da cozinha. Marilla, Diana e Anne correram, a última detendo-se apenas para colocar apressadamente o precioso prato no segundo degrau da escada.

Quando chegaram à despensa, um espetáculo verdadeiramente devastador as recebeu: um garotinho com olhar culpado descendo da mesa, com seu limpo blusão estampado completamente lambuzado de recheio amarelo, e os destroços do que haviam sido duas valentes tortas de limão recheadas sobre a mesa.

---

14 *Barba Azul* é um antigo conto do folclore francês, publicado pela primeira vez em 1659 como parte do livro *Histórias ou Contos do Passado*. (N. T.)

Davy havia terminado de desatar os nós da rede de pesca e a enrolara como uma bola. Então, dirigiu-se à despensa com o propósito de colocá-la na prateleira acima da mesa, onde ele já tinha guardado um bom punhado de bolinhas similares, que não serviam para nada de útil, salvo o prazer de possuí-las. Para alcançar a prateleira, Davy precisava subir na mesa em um ângulo perigoso... algo que Marilla o proibira de fazer, pois ele já havia fracassado nessa mesma tentativa. O resultado dessa vez fora desastroso. Davy escorregou e se estatelou diretamente sobre as tortas de limão. Seu blusão limpo estava arruinado para aquela ocasião, e as tortas, para sempre. Todavia, poucas coisas são tão ruins ao ponto de ninguém poder se beneficiar delas, e os porcos acabaram sendo os únicos que tiraram proveito do infortúnio do garoto.

– Davy Keith! – disse Marilla, sacudindo-o pelos ombros. – Eu não o proibi de subir de novo naquela mesa? Não proibi?

– Eu esqueci – choramingou Davy. – Você me disse para não fazer um montão tão grande de coisas que não consigo me lembrar de todas.

– Bem, vá direto para o seu quarto e fique lá até depois do almoço! Talvez até lá você já tenha recobrado a memória. Não, Anne, nem pense em interceder por ele! Não o estou punindo por estragar as tortas... Isso foi um acidente. Estou punindo-o pela desobediência de subir na mesa. Vá, Davy, já mandei!

– Não vou almoçar? – lamentou Davy.

– Você poderá descer depois que o almoço estiver terminado e comer na cozinha.

– Ah, tudo bem – respondeu, um pouco mais conformado. – Sei que Anne vai guardar uns bons ossos para mim, não vai, Anne? Pois você sabe que eu não queria cair em cima das tortas. Ei, Anne, já que elas estão estragadas, posso levar uns pedaços lá para cima comigo?

– Não, nada de torta de limão para você, senhor Davy! – disse Marilla, empurrando-o para o corredor.

– O que serviremos de sobremesa? – perguntou Anne, olhando pesarosa para os destroços e a ruína.

– Pegue um pote de conserva de morango – consolou Marilla. – Tem bastante creme sobrando no pote para pôr por cima.

Uma hora da tarde veio... Mas nada de Priscilla e da senhora Morgan. Anne sentia-se agoniada. Estava tudo pronto, e a sopa estava exatamente no ponto em que uma sopa deveria estar, mas não podiam garantir que continuasse assim por muito tempo.

– Acho que não virão – concluiu Marilla, irritada.

Anne e Diana buscaram conforto nos olhos uma da outra.

Meia hora depois, Marilla tornou a vir da sala de visitas.

– Meninas, precisamos almoçar! Todos estão famintos, e não há razão para esperarmos mais. Priscilla e a senhora Morgan não vêm, isto está claro, e de nada adiantará aguardar por elas.

Anne e Diana começaram a servir o almoço, tendo desaparecido todo o deleite em sua performance.

– Acho que não conseguirei comer nada – disse Diana, deprimida.

– Nem eu. Mas espero que tudo esteja bom para o paladar da senhorita Stacy e do senhor e da senhora Allan.

Quando Diana provou as ervilhas, uma expressão muito peculiar tomou seu rosto.

– Anne, você pôs açúcar nestas ervilhas?

– Sim – ela respondeu, amassando as batatas com um ar de quem sempre cumpre com seu dever. – Coloquei uma colher de sopa. Sempre colocamos. Não gosta?

– Mas eu coloquei uma colher também quando as levei ao forno – disse Diana.

Anne largou as batatas e provou as ervilhas. E então fez uma careta.

– Que horrível! Não achei que você tivesse colocado açúcar, pois sei que sua mãe nunca põe! E aconteceu de eu me lembrar, por acaso... Sempre me esqueço... Então, coloquei uma colher cheia!

– É o que acontece quando há muitas cozinheiras na mesma cozinha, eu acho – comentou Marilla, que havia escutado o diálogo com uma expressão um tanto culpada. – Não pensei que se lembraria do açúcar,

Anne, porque estou absolutamente certa de que você nunca lembrou... Então, eu pus uma colher cheia.

Os convidados na sala ouviram gargalhada atrás de gargalhada vindas da cozinha, mas nunca souberam qual tinha sido a graça. Naquele dia, porém, não foram servidas ervilhas verdes na mesa do jantar.

– Bem – disse Anne, tranquilizando-se com um suspiro –, serviremos a salada de qualquer maneira, e não creio que tenha acontecido alguma coisa com os feijões. Vamos levar os pratos e superar isso.

Não se pode dizer que o almoço foi um notável sucesso social. Os Allans e a senhorita Stacy se esforçaram para salvar a situação, e a costumeira placidez de Marilla não foi visivelmente alterada. Contudo, Anne e Diana, entre o desapontamento e as consequências da excitação do meio-dia, não conseguiram comer nem falar. Anne tentou heroicamente tomar parte na conversação, em consideração aos convidados, mas toda a centelha que a iluminava havia se apagado; e, apesar de seu carinho pelos Allans e pela senhorita Stacy, ela não conseguia deixar de pensar em como seria agradável quando todos fossem embora e ela pudesse enterrar seu cansaço e desilusão nos travesseiros do quartinho do lado leste do sótão.

Há um antigo provérbio que, muitas vezes, parece realmente ser inspirador: "Uma desgraça nunca vem só". A cota de atribulações daquele dia ainda não havia acabado. No exato momento em que o senhor Allan terminou de abençoar a mesa, ouviram um ruído estranho e agourento vindo das escadas, como se um objeto duro e pesado tivesse rolado pelos degraus, terminando com um grande estrondo logo no térreo. Todos saíram apressados para o corredor. Anne deu um grito de espanto.

No pé da escada, havia uma grande concha rosada entre os fragmentos do que fora o prato de porcelana azul da senhorita Barry; no topo da escadaria, um aterrorizado Davy estava ajoelhado, observando o caos com os olhos arregalados.

– Davy, você atirou essa concha de propósito? – perguntou Marilla, aborrecida.

– Não, eu não joguei – choramingou Davy. – Eu só estava ajoelhado aqui, quietinho, assistindo vocês pelo corrimão, e meu pé acabou batendo e empurrando essa coisa velha... E eu estou com muita fome... E eu queria que você me desse uma surra e acabasse logo com isso, em vez de sempre me mandar subir para o quarto para perder toda a diversão.

– Não culpe Davy – disse Anne, juntando os fragmentos com dedos trêmulos. – Foi minha culpa. Eu coloquei o prato ali e me esqueci completamente. Foi um castigo apropriado para o meu descuido... Ah, o que direi à senhorita Barry?

– Bem, você sabe que ela comprou o prato, então não é como se fosse uma herança de família – disse Diana, tentando consolar.

Os convidados se foram logo depois do almoço, cientes de que era o mais educado a fazer; e Anne e Diana lavaram os pratos em um silêncio completamente destoante de suas naturezas. Então, Diana foi para casa com uma dor de cabeça, e Anne subiu para o quarto com outra, onde ficou até o entardecer, quando Marilla voltou do posto do correio com uma carta de Priscilla, escrita no dia anterior. A senhora Morgan havia torcido o tornozelo, e seu estado era tão grave que ela fora proibida de deixar o quarto.

"E, ah, Anne querida", escreveu Priscilla, "sinto muito, mas temo que não poderemos ir a Green Gables, pois, quando o tornozelo da titia estiver melhor, ela terá que retornar para Toronto. Ela precisa estar de volta antes de uma data determinada."

– Bem – suspirou Anne, deixando a carta sobre o degrau de arenito vermelho da varanda dos fundos, onde estava sentada, enquanto observava o crepúsculo dominar o céu –, sempre pensei que a visita da senhora Morgan era boa demais para ser verdade. Ora essa... Este pensamento é tão pessimista que até parece ter vindo da senhorita Eliza Andrews, e isso me deixa envergonhada. Isso não era bom demais para ser verdade... Coisas tão boas quanto e muito melhores do que essa acontecem para mim o tempo todo. E presumo que os acontecimentos de hoje tenham um lado engraçado, também. Talvez quando Diana e eu estivermos velhas e grisalhas, nós possamos rir ao recordar deles. Mas sinto que não conseguirei fazê-lo tão cedo, pois essa foi realmente uma amarga decepção.

– Você provavelmente enfrentará decepções muito maiores e piores do que essa ao longo da vida – disse Marilla, achando honestamente que estava fazendo um discurso reconfortante. – Parece-me, Anne, que você nunca vai superar a mania de criar expectativas demais em seu coração, só para cair em desespero quando as coisas não saem do jeito esperado.

– Sei que tenho propensão a agir assim – lamentou ela. – Quando penso que algo bom vai acontecer, eu prontamente alço voo nas asas da antecipação; e, então, ao primeiro sinal, eu caio de volta na terra com um baque. Mas, de verdade, Marilla, a parte do voo é gloriosa enquanto dura... É como voar até o pôr do sol. Acho que isso quase compensa o baque.

– Bem, talvez seja – admitiu Marilla. – Eu prefiro caminhar tranquilamente, sem voo nem queda. Mas cada um tem seu modo de viver. Eu costumava pensar que existia somente um jeito certo. No entanto, depois que você e os gêmeos entraram em minha vida, não tenho mais tanta certeza. O que você vai fazer em relação ao prato da senhorita Barry?

– Vou pagar os vinte dólares que ela pagou, eu acho. Estou muito grata por não se tratar de uma relíquia estimada, pois, nesse caso, nenhum dinheiro poderia reembolsá-la.

– Talvez você consiga comprar um prato semelhante em algum lugar para ela.

– Receio que não. Pratos antigos como aquele são muito raros. A senhora Lynde não conseguiu encontrar nenhum para o jantar. Quem me dera conseguir, pois a senhorita Barry não iria se importar em ter um prato diferente, se este fosse antigo e genuíno como o outro. Marilla, olhe aquela grande estrela acima do bosque de bordos do senhor Harrison, em meio à quietude sagrada do céu prateado. É como se fosse uma oração. Afinal, quando é possível ver estrelas e um céu como este, os pequenos desapontamentos e os acidentes não têm muita importância, não é?

– Onde está Davy? – perguntou Marilla, lançando um olhar indiferente para a estrela.

– Na cama. Prometi a ele e Dora que os levaria a um piquenique na praia, amanhã. Obviamente, o acordo original era de que ele deveria ser bonzinho. Ele tentou ser bonzinho... Mas eu não tive coragem de desapontá-lo.

– Você ou os gêmeos se afogarão, remando na lagoa com aquele bote – resmungou Marilla. – Vivo aqui há sessenta anos e nunca estive na lagoa.

– Bem, nunca é tarde para reparar isso! – argumentou Anne. – Imagine você vindo conosco amanhã. Fecharemos Green Gables e passaremos o dia inteiro na praia, deixando o mundo de lado.

– Não, obrigada – respondeu Marilla, com indignada ênfase. – Seria um acontecimento e tanto, não seria? Eu, navegando em um bote! Acho que já consigo ouvir Rachel fofocando a respeito. Ali vai o senhor Harrison. Você acha que é verdadeiro o rumor de que ele está indo visitar Isabella Andrews?

– Não, estou certa de que não é. Ele só foi até lá uma noite para tratar de negócios com o senhor Harmon Andrews, e a senhora Lynde o viu e comentou que sabia que ele estava indo visitar Isabella formalmente, pois ele estava usando uma camisa de colarinho branco. Não creio que o senhor Harrison se casará algum dia. Ele parece ter lá seus motivos para ser contra o casamento.

– Bem, nunca se pode dizer o que esses velhos solteirões estão aprontando. E concordo com Rachel: é muito suspeito ele estar de colarinho branco, porque nunca o vimos vestido assim antes.

– Acho que ele só usou porque queria fechar um acordo comercial com Harmon Andrews. Já o ouvi dizer que esta é a única circunstância em que um homem deve se preocupar com a própria aparência, pois, se você aparenta ser próspero, é menos provável que a outra parte tente trapaceá-lo. Eu realmente sinto pena do senhor Harrison; acho que ele não se sente satisfeito com a vida. Deve ser muito solitário não ter ninguém mais para cuidar além de um papagaio, não acha? Mas já percebi que ele não gosta que sintam pena dele. Ninguém gosta, eu imagino.

– Aí vem Gilbert, subindo a alameda. Se ele convidar você para dar uma volta na lagoa, lembre-se de colocar um casaco e as galochas. O sereno está muito forte nesta noite.

UMA AVENTURA NA ESTRADA TORY

– Anne – disse Davy, sentando-se na cama com o queixo apoiado nas mãos –, onde fica dormir? As pessoas vão dormir todas as noites, e é claro que eu sei que é o lugar onde faço as coisas que sonho, mas quero saber onde fica e como é que eu vou até lá e volto sem perceber... E eu vou com as minhas roupas de dormir, mas onde fica?

Anne estava ajoelhada diante da janela do quartinho do lado oeste observando o céu do entardecer, que parecia uma grande flor com pétalas cor de açafrão e um miolo de um amarelo em chamas. Ela virou a cabeça ao ouvir a pergunta de Davy e respondeu, sonhadora:

– "Sobre as montanhas da lua, no profundo vale das sombras."[15]

Paul Irving teria compreendido ou teria inventado um significado para a frase, mas o prático Davy, que, como Anne comentava frequentemente com certo desespero, não tinha em si nenhuma partícula de imaginação, ficou apenas confuso e irritado.

– Anne, acho que você só está falando bobagens.

– É claro que estou, meu menino. Não sabe que só as pessoas muito tolas falam sério o tempo todo?

---

15 Citação do poema *Eldorado*, do norte-americano Edgar Allan Poe (1809-1849).

– Sabe, eu acho que você tem que dar uma resposta séria quando eu faço uma pergunta séria – replicou, em um tom injuriado.

– Ah, você é muito pequeno para entender – disse Anne. Mas ela se sentiu envergonhada por ter dito isso. Afinal, por causa da viva lembrança das respostas evasivas que recebera na infância, ela não havia prometido solenemente jamais dizer a criança alguma que era muito pequena para entender as coisas? Ainda assim, ali estava ela fazendo isso... Tão vasto é, com frequência, o abismo entre a teoria e a prática!

– Bom, eu estou fazendo o possível para crescer – disse Davy –, mas é uma coisa que não se pode acelerar muito. Se Marilla não fosse tão mesquinha com suas compotas, acho que eu ia crescer bem mais rápido.

– Marilla não é mesquinha, Davy – disse Anne, com severidade. – É muita ingratidão você dizer uma coisa dessas.

– Tem outra palavra que quer dizer a mesma coisa e parece bem melhor, mas eu não consigo me lembrar – disse Davy, franzindo o cenho intensamente. – Escutei a própria Marilla dizer outro dia.

– Se você quer dizer econômica, saiba que é algo muito diferente de ser mesquinha. Ser econômica é um excelente traço de caráter. Se Marilla fosse mesquinha, ela não teria acolhido você e Dora quando a mãe de vocês morreu. Gostaria de ter ido morar com a senhora Wiggins?

– Pode apostar que não! – Davy foi enfático. – Também não quero ir para a casa do tio Richard. Prefiro viver aqui, mesmo que Marilla seja essa palavra comprida por causa dos doces, porque você está aqui, Anne. Diga, você não vai me contar uma história antes de dormir? Não quero um conto de fadas. Eles são muito bons para meninas, eu acho, mas quero uma coisa empolgante... com muitas mortes e tiros e uma casa pegando fogo, e coisas interessantes desse tipo.

Para a sorte de Anne, Marilla a chamou de seu quarto nesse momento.

– Anne, Diana está sinalizando com todas as forças. É melhor ir ver o que ela quer.

Anne correu até a janela de seu quarto e viu lampejos de luz no crepúsculo, cinco piscadas que vinham da janela do quarto de Diana, o que significava, de acordo com seu código de infância, "venha logo, pois tenho algo importante a contar". Anne enrolou o xale branco na cabeça e cruzou apressada a Floresta Assombrada e o pasto do senhor Bell, em direção a Orchard Slope.

– Tenho boas notícias para você, Anne – disse Diana. – Mamãe e eu acabamos de chegar de Carmody, e no armazém do senhor Blair eu vi Mary Sentner, de Spencervale. Ela me contou que as senhoras da família Copp, que moram na Estrada Tory, têm um prato de porcelana azul, e ela acha que é exatamente igual ao que usamos no jantar. Ela acredita que ambas vão vendê-lo, pois Martha Copp nunca guarda nada que possa vender; mas, se elas não quiserem, há outro em Spencervale, na loja de Wesley Keyson, e esse ela tem certeza de que será vendido, só não sabe se é exatamente do mesmo tipo que era o da tia Josephine.

– Eu irei a Spencervale amanhã – decidiu Anne –, e você precisa ir comigo. Vou tirar um peso da consciência, pois tenho que ir à cidade depois de amanhã, e como poderia encarar a sua tia Josephine sem o prato de porcelana? Seria ainda pior do que aquela vez em que tive de confessar sobre ter saltado na cama do quarto de hóspedes!

As duas jovens riram da antiga lembrança... a respeito da qual, se algum dos leitores a desconhecer e estiver curioso, faz referência à primeira história de Anne[16].

Na tarde do dia seguinte, as meninas partiram em uma expedição de caça ao prato. Spencervale ficava a dezesseis quilômetros dali, e o dia não estava especialmente prazeroso para viajar. Estava muito quente e sem vento, e a poeira na estrada era a de se esperar após seis semanas de tempo seco.

– Oh, espero que chova logo! – suspirou Anne. – Está tudo tão árido. Os pobres campos me dão pena, e as árvores parecem estar erguendo seus braços, implorando por chuva. Quanto ao meu jardim, fico triste sempre que o visito. Creio que não deveria estar reclamando sobre um jardim, quando os fazendeiros sofrem com suas colheitas. O senhor

---
16 Referência ao livro *Anne de Green Gables*. (N.E.)

Harrison disse que seus pastos estão tão queimados que as pobres vaquinhas mal encontram o que comer e se sente culpado pelo sofrimento dos animais a cada vez que os encara nos olhos.

Depois de uma viagem cansativa, elas chegaram a Spencervale e entraram na Estrada Tory: um caminho verde e solitário, onde as ervas nascidas entre os sulcos das rodas no solo evidenciavam a falta de trânsito. Quase toda a sua extensão era margeada por uma mata espessa de jovens abetos vermelhos rentes à estrada, com clareiras aqui e ali, onde os pastos das fazendas de Spencervale chegavam até a cerca, ou uma extensão de troncos estava em chamas com florezinhas cor-de-rosa de epilóbio e solidago.

– Por que essa vereda é chamada de Estrada Tory? – perguntou Anne.

– O senhor Allan disse que é pelo mesmo motivo que um lugar é chamado de bosque até quando não há nenhuma árvore por lá, pois ninguém vivia ao longo da estrada exceto as Copps e o velho Martin Bovyer, que é liberal, no extremo mais distante. O governo Tory abriu este caminho quando estava no poder, só para mostrar que estava fazendo alguma coisa.

O pai de Diana era um liberal, e por isso ela e Anne nunca falavam sobre política. Os habitantes de Green Gables sempre foram conservadores.

Finalmente as meninas chegaram à velha propriedade das Copps... um lugar de tamanho asseio exterior que até mesmo Green Gables teria empalidecido em contraste. A residência tinha estilo antigo, situada em uma encosta, fato este que obrigara a construção de um porão de pedras em uma das extremidades. A casa e as demais edificações externas tinham sido perfeitamente branqueadas com cal, o que resultara em um efeito ofuscante, e nem uma única erva daninha era visível no arrumado jardim da cozinha, rodeado por uma paliçada branca.

– As janelas estão fechadas – disse Diana, desanimada. – Parece que não há ninguém em casa.

E esse era mesmo o caso. As duas se entreolharam, perplexas.

– Não sei o que fazer – disse Anne. – Se eu tivesse certeza de que o prato é igual ao que buscamos, não me importaria de esperar até que eles voltassem. Mas, se não for, pode ser que fique tarde para ir até a loja de Wesley Keyson.

Diana viu uma janelinha quadrada acima do porão.

– É a janela da despensa, tenho certeza – disse ela –, porque esta casa é exatamente como a casa do tio Charles em Newbridge; lá, aquela é a janela da despensa deles. A persiana não está fechada. Então, se subirmos no telhado daquela casinha, poderemos olhar dentro da despensa, e, talvez, ver o prato. Você acha que isso é errado?

– Não, acho que não – decidiu Anne, depois de refletir –, considerando que a nossa motivação não é uma mera curiosidade.

Uma vez resolvida a questão ética, Anne se dispôs a subir na "casinha" antes mencionada, uma construção de ripas de madeira com telhado pontiagudo que, no passado, tinha servido como habitação para os patos. As mulheres da família Copp haviam desistido de criar patos, "pois são animais muito desordeiros", e a construção não era utilizada há anos, exceto como moradia de galinhas. Ainda que estivesse escrupulosamente pintada de branco, a casinha não estava muito firme, e Anne não se sentiu segura ao subir na tampa de um barril situado em cima de uma caixa.

– Acho que não vai suportar meu peso – disse ela, ao ensaiar um passo sobre o telhado.

– Apoie-se no peitoril da janela – aconselhou Diana, e Anne o fez. Para sua completa satisfação, ela viu através do vidro um prato de porcelana azul exatamente igual ao que buscava, em uma prateleira diante da janela. Foi tudo o que pôde ver antes de a catástrofe acontecer. Em sua alegria, Anne esqueceu-se da natureza precária do local onde pisava, deixou de apoiar-se na janela e, descuidadamente, deu um impulsivo pulinho de alegria... E, no momento seguinte, parte do telhado cedeu e ela afundou até as axilas, ficando assim pendurada, absolutamente incapaz de se soltar. Diana invadiu a casa dos patos e, segurando sua desafortunada amiga pela cintura, tentou puxá-la para baixo.

– Ai... não! – gritou a pobre Anne. – Existem farpas compridas fincadas em mim! Veja se consegue colocar alguma coisa debaixo dos meus pés... Talvez assim eu possa me erguer.

Diana rapidamente trouxe um barril, e Anne percebeu que era suficientemente alto para apoiar seus pés com segurança. Mas ela não conseguia se soltar.

– Será que eu conseguiria puxá-la, se eu subisse? – sugeriu Diana.

Anne sacudiu a cabeça, sem esperanças.

– Não... As farpas me machucam demais! Mas, se você conseguir encontrar um machado, poderá me soltar. Oh, Deus, estou realmente começando a acreditar que nasci com azar!

Diana procurou minuciosamente, mas não encontrou nenhum machado.

– Terei que buscar ajuda! – disse ela, ao voltar para a prisioneira.

– Não, você não vai! – disse Anne, com veemência. – Se for, a história vai correr por todos os lugares, e eu ficarei com vergonha de colocar os pés para fora de casa. Não, precisamos esperar até a chegada das Copps e pedir que guardem segredo. Elas saberão onde está o machado, e eu conseguirei sair daqui. Não estou desconfortável, desde que fique perfeitamente parada... fisicamente, quero dizer. Pergunto-me em qual preço as Copps avaliam esta casinha. Devo pagar pelo dano que causei, mas não me importaria com isso se estivesse certa de que elas compreenderiam o motivo que me fez espiar pela janela da despensa. Meu único conforto é que o prato é exatamente o que eu quero, e, se a senhorita Copp vendê-lo para mim, eu ficarei em paz com o que aconteceu.

– E se as Copps voltarem só à noite... ou só amanhã? – perguntou Diana.

– Se elas não voltarem até o pôr do sol, eu presumo que você terá que buscar outra ajuda – admitiu Anne, relutantemente –, mas não vá até que seja realmente indispensável. Oh, Deus, que situação horrível! Eu não me importaria tanto se meus infortúnios fossem românticos, como sempre são os infortúnios das heroínas da senhora Morgan, mas as situações em que me envolvo são simplesmente ridículas! Imagine o que as Copps vão pensar quando entrarem no jardim e enxergarem a cabeça e os braços de uma moça saindo do telhado de uma de suas casas! Ouça... É uma carroça? Não, Diana, acho que é um trovão!

Era um trovão, sem dúvida. Depois de fazer uma rápida peregrinação ao redor da casa, Diana regressou para anunciar que uma nuvem muito negra estava se formando rapidamente a noroeste.

– Acho que vai cair um temporal daqueles! – exclamou, aflita. – Oh, Anne, o que faremos?

– Devemos nos preparar – respondeu Anne, tranquilamente. Um temporal parecia uma ninharia em comparação ao que já tinha acontecido. – É melhor você levar o cavalo e a charrete para aquele galpão aberto. Felizmente eu trouxe minha sombrinha. Aqui... leve meu chapéu com você. Marilla disse que eu era boba por usar meu melhor chapéu para vir à Estrada Tory, e ela estava certa, como sempre.

Diana desatou o cavalo e o conduziu até o galpão conforme as primeiras gotas pesadas começavam a cair. Lá ela se sentou e contemplou o aguaceiro, que foi tão forte e intenso que mal conseguia enxergar Anne, segurando bravamente a sombrinha sobre a cabeça desnuda. Não houve muitos relâmpagos, mas a chuva caiu torrencialmente por quase uma hora. Ocasionalmente, Anne inclinava a sombrinha para trás e acenava encorajadoramente para a amiga, visto que, dadas as circunstâncias, conversar estava fora de cogitação. Finalmente, a chuva cessou, o sol saiu, e Diana aventurou-se pelas poças d'água no quintal.

– Você se molhou muito? – indagou, ansiosa.

– Oh, não – respondeu Anne, animada. – Minha cabeça e ombros estão quase secos, e minhas saias só estão um pouco úmidas onde entrou água por entre as frestas. Não sinta pena de mim, Diana, pois eu não me importei nem um pouco. Fiquei pensando no bem que a chuva faria e quão contente estaria meu jardim, imaginando o que as flores e os botões pensaram quando as gotas começaram a cair. Imaginei um diálogo interessantíssimo entre os ásteres e as ervilhas e entre os canários silvestres no arbusto de lilás e o espírito guardião do jardim. Quando chegar em casa, planejo escrevê-lo. Queria ter lápis e papel para fazer isso agora, porque ouso dizer que terei esquecido as melhores partes antes de chegarmos.

A leal Diana tinha um lápis e encontrou uma folha de papel de embrulho em uma caixa na charrete. Anne fechou a sombrinha que pingava, pôs o chapéu, desdobrou o papel sobre uma tábua que Diana lhe alcançou e escreveu seu idílio do jardim sob circunstâncias que dificilmente poderiam ser consideradas favoráveis para a literatura. Ainda assim, o resultado foi muito bom, e Diana sentiu-se "arrebatada" quando o ouviu.

– Anne, é lindo... simplesmente lindo. Você tem que enviá-lo para a revista *Mulher Canadense*.

Anne balançou a cabeça.

– Ah, não, não seria adequado. Não tem nenhum enredo, sabe? Não é mais do que uma sucessão de fantasias. Agrada-me escrever coisas assim, mas é evidente que nada desse estilo serviria para ser publicado, pois os editores insistem na existência de um enredo, como disse Priscilla. Olha, ali está a senhorita Sarah Copp! Por favor, Diana, vá lá e explique a situação.

A senhorita Sarah Copp era uma mulher pequena, que usava um vestido preto muito gasto e um chapéu escolhido mais pelo sentido de utilidade do que pela vaidade. Pareceu tão surpresa quanto era esperado ao ver aquele curioso espetáculo em seu quintal; entretanto, quando ouviu a explicação de Diana, encheu-se de piedade. Rapidamente, destrancou a porta dos fundos, encontrou um machado e, com poucos e hábeis golpes, libertou Anne. Esta, um pouco cansada e com as costas rígidas, desapareceu para dentro de sua prisão e emergiu novamente à liberdade.

– Senhorita Copp – começou ela, ansiosa. – Eu lhe asseguro que só olhei pela janela da despensa para ver se a senhorita tinha o prato de porcelana. Eu não vi mais nada... E não procurei mais nada.

– Não se preocupe, está tudo bem – respondeu a senhorita Sarah, com afabilidade. – Não precisa se preocupar, não aconteceu nada de ruim. Graças a Deus, nós, as Copps, mantemos a despensa sempre apresentável, e não importa quem a veja. E, quanto à velha casa dos patos, estou contente por estar quebrada, pois talvez Martha concorde em derrubá-la agora. Ela nunca quis, por medo de que pudesse, enventualmente, servir para alguma coisa, e eu tinha que mandar pintá-la de cal a cada primavera. Mas discutir com Martha é como discutir com um poste. Ela foi à cidade hoje... Eu a levei até a estação. E a senhorita quer comprar meu prato de porcelana. Bem, quanto está disposta a pagar por ele?

– Vinte dólares – ofereceu Anne, que se achava preparada para negociar com a senhorita Copp; do contrário ela não teria oferecido seu preço logo de início.

– Bem, vamos ver – replicou a senhorita Sarah, cautelosamente. – Por sorte, este prato é meu ou não me atreveria a vendê-lo na ausência de Martha. Ainda assim, ouso dizer que ela vai fazer uma confusão. Martha é a chefe por aqui, não tenha dúvida. Estou ficando terrivelmente cansada de viver seguindo as ordens de outra mulher. Mas entrem, entrem. Devem estar realmente exaustas e famintas. Farei o melhor que puder para oferecer-lhes chá, mas já aviso que não esperem algo mais que pão com manteiga e um pouco de pepinos em conserva. Martha trancou à chave todos os bolos, queijos e compotas antes de viajar. Ela sempre faz isso, pois diz que eu sou muito extravagante quando chegam visitas.

As meninas estavam famintas o suficiente para aceitar qualquer coisa e desfrutaram do pão com manteiga e dos pepinos. Ao fim da refeição, a senhorita Sarah disse:

– Não sei se me importaria de vender o prato. Mas ele vale vinte e cinco dólares. É uma porcelana muito antiga.

Diana cutucou de leve o pé de Anne por debaixo da mesa, significando "não aceite; se você não ceder, ela venderá por vinte". Mas Anne não estava disposta a correr riscos com relação àquela preciosa porcelana. Ela prontamente aceitou pagar os vinte e cinco dólares, e a senhorita Sarah pareceu lamentar não ter pedido trinta.

– Bem, acho que pode ficar com ele. Quero todo o dinheiro que possa conseguir agora. O fato é que – a senhorita Sarah ergueu a cabeça com propriedade, com um orgulhoso rubor em suas magras bochechas

– eu vou me casar, com Luther Wallace. Ele queria se casar comigo há vinte anos. Eu gostava muito dele na época, mas ele era pobre, e papai o botou para correr. Creio que eu não deveria tê-lo deixado ir embora tão obedientemente, mas eu era tímida e tinha medo do papai. Além disso, eu não sabia que homens eram tão escassos.

Quando as meninas estavam sãs e salvas, Diana conduzindo e Anne segurando cuidadosamente o precioso prato em seu colo, a erma Estrada Tory, verde e fresca após a chuva, pareceu ganhar vida com uma série de risadas juvenis.

– Amanhã, quando for à cidade, vou divertir sua tia Josephine com a "estranha e memorável história" da tarde de hoje. Vivemos um momento penoso, mas que já passou. Eu consegui o prato, e a chuva assentou o pó admiravelmente. Então, "tudo está bem quando acaba bem".

– Ainda não estamos em casa – comentou Diana, um pouco pessimista – e não há como dizer o que pode acontecer antes de nossa chegada. Você é uma moça única quando o assunto são aventuras, Anne.

– Ter aventuras é uma coisa natural para algumas pessoas – respondeu Anne, com serenidade. – Ou você tem o dom para vivê-las ou não tem.

APENAS UM DIA FELIZ

– Afinal – disse Anne a Marilla, certa vez –, creio que os dias melhores e mais doces não são aqueles em que acontece algo muito esplêndido, maravilhoso e empolgante, mas, sim, aqueles que trazem os pequenos e simples prazeres, um após o outro, sem pressa, como pérolas soltando-se de um colar.

A vida em Green Gables era repleta de dias assim, pois as aventuras e desventuras de Anne, como as de outras pessoas, não ocorriam todas de uma vez; elas aconteciam ao longo do ano, com grandes intervalos de dias felizes e inócuos, repletos de trabalhos, sonhos, risadas e lições. Um dia desses ocorreu no final de agosto. Pela manhã, Anne e Diana levaram os animados gêmeos para um passeio até as dunas da lagoa, para buscar ervas aromáticas frescas e remar pela maré, sobre a qual o vento cantarolava uma antiga canção aprendida quando o mundo ainda era jovem.

À tarde, Anne foi até a antiga casa dos Irvings para visitar Paul. Ela encontrou-o deitado na margem gramada, ao lado do espesso bosque de pinheiros que protegia a residência pelo lado norte, absorto em um livro de contos de fadas. Ele levantou-se radiante quando a viu.

– Ah, estou tão feliz que a senhorita tenha vindo, professora – disse ele, entusiasmado –, pois vovó não está. A senhorita vai ficar comigo para o chá, não ficará? É tão solitário tomar o chá sozinho. A senhorita entende, professora. Eu havia considerado seriamente em pedir à jovem Mary Joe para tomar chá comigo, mas achei que vovó não aprovaria. Ela diz que não devemos nos meter com os franceses. E, de qualquer modo, é difícil conversar com a jovem Mary Joe. Ela apenas ri e diz: "Bem, você ganha de todas as crianças que já conheci". Não é o tipo de conversa de que eu gosto.

– É claro que ficarei para o chá! – disse Anne, alegremente. – Eu queria muito ser convidada! Minha boca sempre saliva por causa dos deliciosos biscoitos amanteigados de sua avó, desde a última vez em que tomei o chá aqui.

Paul pareceu muito sério.

– Se depender de mim, professora – disse ele, parado com as mãos nos bolsos, seu lindo rostinho repentinamente tomado pela solicitude –, você terá biscoitos amanteigados à vontade. Mas vai depender de Mary Joe. Ouvi vovó dizer, antes de sair, que ela não deveria me dar nenhum biscoito, pois são muito fortes para o estômago dos garotinhos. Mas talvez Mary Joe possa lhe oferecer alguns se eu prometer que não comerei nenhum. Vamos torcer pelo melhor.

– Sim, vamos – concordou Anne, para quem esta filosofia positiva se ajustava como uma luva. – E, se Mary Joe provar que tem um coração de pedra e não me der nenhum biscoito, isso não tem a mínima importância. Então, não se preocupe.

– Tem certeza de que não irá se importar caso ela não der? – perguntou Paul, ansioso.

– Perfeitamente, meu querido.

– Então, não vou me preocupar – disse Paul, com um longo suspiro de alívio –, especialmente porque eu acho que Mary Joe vai dar ouvidos à razão. Ela não é uma pessoa severa por natureza, mas aprendeu por experiência a não desobedecer às ordens de vovó. A vovó é uma pessoa excelente, mas todo mundo tem que fazer o que ela diz. Ela ficou muito satisfeita comigo nesta manhã, pois eu finalmente consegui comer o prato inteiro de mingau. Foi um grande esforço, mas eu consegui. Vovó diz que ainda fará de mim um homem. Mas, professora, eu ainda quero fazer uma pergunta importante. Você vai me responder com sinceridade, não vai?

– Vou tentar – prometeu Anne.

– A senhorita acha que eu estou mal da cabeça? – perguntou Paul, como se sua própria existência dependesse dessa resposta.

– Meu Deus, Paul! Não! – exclamou Anne, espantada. – Certamente não está! Quem pôs essa ideia na sua cabeça?

– Mary Joe... Mas ela não sabe que eu a ouvi. A ajudante da senhora Peter Sloane, Veronica, veio visitar Mary Joe ontem à noite, e eu as ouvi conversar na cozinha enquanto passava pelo corredor. Eu escutei Mary Joe dizer: "Aquele Paul é um minino isquisito. Ele num fala coisa cum coisa. Acho que num anda bem da cabeça". Não consegui dormir ontem à noite de tanto pensar nisso, perguntando-me se Mary Joe tinha razão. Eu não conseguiria perguntar à vovó, mas decidi perguntar à senhorita. Estou muito contente por achar que eu estou bem da cabeça.

– É claro que está! Mary Joe é uma garota tonta e ignorante, e você jamais deveria se preocupar com o que ela diz – disse Anne, indignada, secretamente resolvida a fazer uma discreta insinuação à senhora Irving sobre a conveniência de refrear a língua de Mary Joe.

– Bem, acabo de tirar um peso da minha mente! Estou perfeitamente feliz agora, professora, graças à senhorita. Não seria bom ter algo errado com a cabeça, não acha, professora? Decerto Mary Joe pensa assim porque eu, às vezes, conto a ela o que penso sobre as coisas.

– Esta é uma prática meio perigosa – admitiu Anne, das profundezas da própria experiência.

– Bem, logo contarei à senhorita os pensamentos que revelei a Mary Joe e poderá ver por si mesma se há algo estranho neles, mas vou esperar até que comece a escurecer. É nessa hora que sinto necessidade de contar as coisas e, se não tiver ninguém mais por perto, eu simplesmente tenho de contá-las a Mary Joe. Porém, agora não contarei mais, se isso a faz pensar que tem algo de errado com a minha cabeça. Vou sofrer, mas aguentarei.

– Se o sofrimento for muito intenso, você pode ir até Green Gables para me contar seus pensamentos – sugeriu Anne, com toda a seriedade que a tornava popular com as crianças, que amam tanto quando são levadas a sério.

– Sim, eu irei. Mas espero que Davy não esteja lá quando eu for, porque ele fica fazendo caretas para mim. Não me importo muito, porque ele é só um garotinho, e eu já sou um rapaz; mas, ainda assim, não é muito agradável. E Davy faz caretas terríveis! Às vezes, tenho medo que o rosto dele nunca mais volte ao normal. Ele as faz até na igreja, quando eu deveria estar pensando em coisas sagradas. Dora gosta de mim, e eu dela, mas não tanto quanto antes, desde que ela disse a Minnie May Barry que quer se casar comigo quando eu crescer. Eu posso até me casar com alguém quando crescer, mas ainda sou muito jovem para pensar nisso agora, não acha, professora?

– Jovem demais – concordou a professora.

– Por falar em casamento, isso me fez lembrar de outra coisa que está me incomodando ultimamente – continuou Paul. – A senhora Lynde esteve aqui na semana passada, para tomar o chá com a vovó, e ela me fez mostrar a fotografia da minha mãezinha... Aquela que papai me enviou de presente de aniversário. Eu não queria exatamente mostrar a fotografia para a senhora Lynde. Ela é uma senhora boa e gentil, mas não é o tipo de pessoa a quem você quer mostrar a fotografia de sua mãe. A senhorita sabe, professora. Mas é claro que obedeci à vovó. A senhora Lynde falou que minha mãe era muito bonita, mas que tinha ares de uma atriz e que devia ter sido muitíssimo mais jovem do que o meu pai. Então ela disse: "Um dia desses, é provável que o seu pai volte a se casar. O que acha de ter uma nova mãe, Paul?". Bem, a ideia quase me deixou sem ar, professora, mas eu não ia deixar a senhora Lynde perceber. Eu apenas a encarei fixamente... assim... e disse: "Senhora Lynde, papai fez um excelente trabalho ao escolher minha primeira mãe, e eu posso confiar nele para escolher uma segunda". E eu posso confiar nele, professora. Mas, ainda assim, se algum dia ele me der uma nova mãe, espero que pergunte minha opinião sobre ela antes que seja tarde demais. Aí vem Mary Joe para nos chamar para o chá. Vou consultá-la sobre os biscoitos.

Como resultado da "consulta", Mary Joe serviu os biscoitos e acrescentou um prato de compota ao pedido. Anne serviu o chá, e Paul e ela tiveram uma refeição muito agradável na escura e antiquada sala de visitas, cujas janelas se abriam para a brisa vinda do golfo. Eles falaram tantas "baboseiras" que Mary Joe ficou absolutamente escandalizada, e na noite seguinte contou a Veronica que a "fessora" era tão esquisita quanto Paul. Após o chá, o garoto a levou até seu quarto para mostrar-lhe o retrato da mãe, que havia sido o misterioso presente de aniversário que a senhora Irving guardara na gaveta da escrivaninha. O pequeno dormitório de teto baixo de Paul era um suave redemoinho de luz avermelhada do sol que se punha sobre o mar e de sombras dos pinheiros que cresciam junto à janela quadrada e se moviam junto com o vento. Em meio a este suave brilho e encanto destacava-se um rosto doce e jovem, com ternos olhos maternais, pendurado na parede aos pés da cama.

– Aquela é minha mãezinha – disse Paul, com tenro orgulho. – Pedi para que vovó pendurasse a fotografia ali, onde posso vê-la assim que abro meus olhos pela manhã. Agora já não me importo em ficar sem a luz da lamparina quando vou para a cama, porque parece que minha mãezinha está bem aqui comigo. Papai sabia exatamente o que me dar de presente de aniversário, mesmo sem ter me perguntado. Não é maravilhoso o quanto os pais sabem?

– Sua mãe era adorável, Paul, e você se parece um pouco com ela. Mas os olhos e cabelos dela eram mais escuros do que os seus.

– Meus olhos são exatamente da mesma cor que os do papai – respondeu ele, andando de um lado para o outro para amontoar sobre o assento junto à janela todas as almofadas disponíveis –, mas os cabelos do papai estão grisalhos. Ele tem muito cabelo, mas é completamente cinza. Sabe, meu pai tem quase cinquenta anos. É uma idade bem avançada, não é? Mas ele é velho somente por fora. Por dentro, é tão jovem quanto qualquer outro. Agora, por favor, sente-se aqui, e eu sentarei aos seus pés. Posso recostar a cabeça em seus joelhos? Minha mãezinha e eu costumávamos sentar assim. Oh, isto é realmente esplêndido, eu acho...

– Agora, quero ouvir quais são os pensamentos que Mary Joe acha estranhos – disse Anne, fazendo carinho no topo da cabeça cheia de cachos. Paul nunca precisou ser persuadido a revelar seus pensamentos... Não na presença de uma alma gêmea.

– Eles me ocorreram no bosque de pinheiros, certa noite – disse, sonhador. – É óbvio que não acredito neles, mas eu os imagino. A senhorita entende, professora. E eu queria contá-los a alguém, mas não havia ninguém além de Mary Joe. Ela estava na copa sovando o pão, e eu sentei-me no banco ao lado dela e disse: "Mary Joe, sabe o que eu acho? Acho que a estrela da tarde é um farol na terra onde vivem as fadas!". E Mary Joe disse: "Bem, ocê é isquisito. Num ixiste fadas". Fiquei muito contrariado. É claro que eu sei que fadas não existem, mas nada me impede de imaginar que existem. A senhorita entende, professora. Mas tentei de novo, com mais paciência. Eu disse: "Ora, Mary Joe, sabe o que eu acho? Acho que um anjo caminha pelo mundo depois que o sol se põe... Um grande e alto anjo branco, com asas prateadas dobradas. Que canta para as flores e os pássaros dormirem. As crianças conseguem ouvi-lo, se sabem como escutá-lo". Então, Mary Joe ergueu as mãos cheias de farinha e disse: "Bem, ocê é um minininho muito isquisito! Me faz ficar com medo!". E ela realmente parecia assustada. Então eu saí e sussurrei o restante dos meus pensamentos para o jardim. Havia uma pequena bétula lá, que morreu. Vovó disse que foi a maresia que a matou, mas eu acho que a dríade que vivia ali era uma boba, que quis sair para conhecer o mundo, mas se perdeu. E a arvorezinha ficou tão sozinha que morreu de coração partido.

– E, quando a pobre dríade bobinha ficar cansada do mundo e voltar para a árvore, o coração dela é que ficará destroçado – comentou Anne.

– Sim, mas, se as dríades são bobas, elas devem sofrer as consequências, como se fossem pessoas reais – disse Paul, com seriedade. – Sabe o que penso sobre a lua nova, professora? Acho que é um barquinho dourado cheio de sonhos.

– E, quando ele toca em uma nuvem, alguns dos sonhos se desprendem e caem em nossas mentes enquanto dormimos.

– Exatamente, professora. Ah, a senhorita realmente entende! E eu acho que as violetas são pedacinhos do céu que caem quando os anjos estão cortando os buraquinhos por onde brilham as estrelas. E os ranúnculos são feitos de velhos raios de sol, e creio que as ervilhas-de-cheiro serão borboletas quando forem para o céu. Ora, professora, a senhorita vê algo tão esquisito assim nesses pensamentos?

— Não, querido menino, não são nem um pouco esquisitos. São pensamentos estranhos e lindos para um garotinho pensar, e as pessoas que não conseguem pensar por conta própria em nada parecido, mesmo se tentassem por cem anos, acham que são esquisitos. Mas continue imaginando essas coisas, Paul... Acredito que você será um poeta algum dia.

Quando Anne voltou para casa, encontrou um tipo bem diferente de menino esperando para ser colocado na cama. Davy estava amuado e, quando Anne o despiu, ele se atirou na cama e afundou o rosto no travesseiro.

— Davy, você se esqueceu de fazer a oração — repreendeu Anne.

— Não, não me esqueci — disse ele, em tom desafiador —, mas não vou mais fazer orações. Vou desistir de tentar ser bom, porque, não importa quão bom eu seja, você vai gostar mais do Paul Irving! Então é melhor eu ser mau e me divertir.

— Eu não gosto mais do Paul Irving — disse Anne, seriamente. — Gosto de você tanto quanto dele, só que de uma maneira diferente.

— Mas eu quero que você goste de mim da mesma maneira! — choramingou ele.

— Você não pode gostar de pessoas diferentes da mesma maneira. Você não gosta de Dora e de mim da mesma maneira, gosta?

Davy sentou-se e refletiu.

— Nã... não... — admitiu, por fim. — Eu gosto de Dora porque ela é a minha irmã, mas gosto de você porque você é você.

— E eu gosto do Paul porque ele é o Paul e gosto do Davy porque ele é o Davy — explicou Anne, sorridente.

— Bom... Acho que eu quero fazer minhas orações, então — disse Davy, convencido por aquela lógica. — Mas vai dar tanto trabalho levantar agora para rezar! Vou fazer duas orações amanhã de manhã, Anne. Não vai funcionar do mesmo jeito?

Não, Anne estava convicta de que não funcionaria do mesmo jeito. Assim, Davy escorregou da cama e ajoelhou-se ao lado dela. Quando terminou de rezar, o garotinho se apoiou nos pequenos calcanhares, descalços e encardidos, e olhou para ela.

– Anne, eu estou melhor do que era antes.

– Sim, você certamente está, Davy – concordou Anne, que nunca hesitava em dar os devidos créditos.

– Eu sei que estou melhor – disse ele, confiante – e vou dizer como sei disso. Hoje, Marilla me deu duas fatias de pão com geleia, uma para mim e outra para Dora. Uma delas era muito maior do que a outra, e Marilla não disse qual delas era a minha. Mas eu dei o maior pedaço para Dora. Isso foi bom da minha parte, não foi?

– Muito bom e muito cavalheiresco, Davy.

– É claro – admitiu Davy – que Dora não estava com muita fome e comeu só a metade da fatia e depois deu o resto para mim. Mas eu não sabia que ela ia fazer isso quando dei a ela, então eu fui bom, Anne.

No fim da tarde, Anne foi passear até a Bolha da Dríade e viu Gilbert Blythe, que vinha caminhando pela sombria Floresta Assombrada. Subitamente, Anne se deu conta de que Gilbert não era mais um menino colegial. E quão másculo ele parecia, alto, de rosto franco, com olhos claros e sinceros e ombros largos. Anne achava Gilbert um rapaz muito bonito, apesar de não se parecer com o seu homem ideal. Ela e Diana tinham decidido há muito tempo o tipo de homem que admiravam, e seus gostos eram exatamente iguais. Ele tinha que ser muito alto e distinto, com olhos melancólicos e inescrutáveis, e voz enternecedora e acolhedora. Não havia nada de melancólico ou inescrutável na fisionomia de Gilbert; mas é claro que isso não tinha importância na amizade!

Gilbert surgiu por entre as samambaias ao lado da Bolha e observou Anne com aprovação. Se pedissem a Gilbert para descrever sua mulher ideal, a resposta corresponderia ponto por ponto com as características de Anne, inclusive aquelas sete sardas pequeninas, cuja presença insolente ainda mortificavam a alma da moça. Gilbert era ainda pouco mais que um menino, e um menino tem seus sonhos, assim como os outros, e no futuro de Gilbert havia sempre uma jovem com grandes e límpidos olhos cinzentos e um semblante tão fino e delicado quanto uma flor. Ele também tinha decidido que seu futuro deveria ser digno de sua deusa. Mesmo na pacata Avonlea existiam tentações que deviam ser identificadas e enfrentadas. A juventude de White Sands era um grupo um pouco "avançado", e Gilbert era popular aonde quer que fosse. Mas ele queria permanecer digno da amizade de Anne e, quem sabe, em um dia distante, de seu amor também. Ele escolhia com cuidado cada palavra, pensamento e ato, como se os olhos claros de Anne fossem julgá-los. Ela exercia sobre ele a influência inconsciente que toda garota, cujos ideais são elevados e puros, exerce sobre seus amigos, influência esta que perduraria enquanto ela permanecesse fiel a esses ideais e que ela certamente perderia se um dia não fosse mais. Aos olhos de Gilbert, o maior encanto de Anne era o fato de que ela nunca se inclinara às práticas fúteis da maioria das jovens de Avonlea, as pequenas invejas e mentiras, as rivalidades, a palpável concorrência por ser a preferida. Anne mantinha-se longe de tudo isso, não de forma consciente ou planejada, mas simplesmente porque qualquer coisa do tipo era absolutamente alheia à sua natureza transparente e impulsiva, clara como um cristal em seus motivos e aspirações.

Mas Gilbert não tentava colocar em palavras seus pensamentos, pois já tinha bons motivos para saber que Anne iria cortar, cruel e friamente, qualquer tentativa de intimidade ainda no botão, ou rir dele, o que seria dez vezes pior.

— Você parece uma verdadeira dríade sob essa bétula — disse ele zombeteiramente.

— Eu amo bétulas — disse Anne, apoiando a bochecha contra o acetinado tronco fino cor de creme, em um de seus belos e carinhosos gestos que lhe eram tão naturais.

— Então você ficará contente em saber que o senhor Major Spencer decidiu plantar uma fileira de bétulas brancas ao longo de toda a estrada em frente à fazenda dele, como forma de encorajar a SMA. Ele estava me contando sobre isso hoje. Major Spencer é o homem mais progressista e cheio de espírito comunitário de Avonlea. E o senhor William

Bell vai plantar uma sebe de abetos vermelhos ao longo da estrada e na alameda que leva até a fazenda dele. Nossa Sociedade está indo esplendidamente bem, Anne! Já passou do período experimental e tornou-se realidade. Os cidadãos mais velhos estão começando a se interessar, e o povo de White Sands está pensando em começar uma também. Até mesmo Elisha Wright se entusiasmou, desde o dia em que os americanos lá do hotel fizeram um piquenique na praia. Elogiaram com grande entusiasmo as margens de nossas estradas e disseram que estão muito mais bonitas do que em qualquer outra parte da Ilha. E, futuramente, quando os outros fazendeiros seguirem o bom exemplo do senhor Spencer e plantarem árvores ornamentais e sebes ao longo de suas estradas, Avonlea será o povoado mais bonito da província.

– As mulheres da Sociedade Assistencial estão falando em arrumar o cemitério – disse Anne –, e eu espero que o façam, pois terão que organizar uma arrecadação para isso, e seria inútil para a SMA tentar alguma coisa depois do incidente do Salão. Mas a Sociedade Assistencial nunca teria pensado no assunto se a SMA não tivesse dado a ideia extraoficialmente. Aquelas árvores que plantamos ao lado da igreja estão florescendo, e os administradores me prometeram que vão colocar uma cerca ao redor do terreno da escola no ano que vem. Se o fizerem, organizarei um Dia da Árvore, para que cada aluno plante uma árvore, e assim teremos um jardim no canto próximo à estrada.

– Quase todos os nossos planos tiveram êxito, com exceção da remoção da velha casa dos Boulters – disse Gilbert. – E eu já desisti dessa ideia exasperante. Levi não a derrubará só para nos atormentar! Há um espírito de contradição em todos os Boulters, que é ainda mais forte nele.

– Julia Bell quer enviar outra comissão para visitá-lo, mas acho que a melhor forma seria deixá-lo rigorosamente sozinho – disse Anne, sabiamente.

– E confiar na Providência, como diz a senhora Lynde – sorriu Gilbert. – E chega de comissões, certamente. Elas só o deixam ainda mais irritado. Julia Bell acha que pode fazer qualquer coisa se tiver uma comissão para o empreendimento. Na próxima primavera, Anne, devemos iniciar uma empreitada para a melhoria dos gramados e terrenos. Plantaremos boas sementes a tempo neste inverno. Tenho aqui um tratado sobre gramados e como plantá-los e em breve vou preparar um informe sobre o assunto. Bem, suponho que nossas férias estão quase no fim. As aulas começam na segunda-feira. Ruby Gillis conseguiu a escola em Carmody?

– Sim, Priscilla me escreveu dizendo que montou a própria escola em casa, então os administradores deram a vaga para Ruby. Sinto muito que Priscilla não poderá voltar, mas estou contente porque Ruby conseguiu a escola. Ela voltará para casa aos sábados, e vai ser como nos velhos tempos: ela, Jane, Diana e eu, todas juntas outra vez.

Marilla, que havia acabado de chegar da casa da senhora Lynde, estava sentada no degrau da varanda dos fundos quando Anne voltou para casa.

– Rachel e eu decidimos ir à cidade amanhã – disse ela. – O senhor Lynde está se sentindo melhor nesta semana, e Rachel quer ir antes que ele tenha outra recaída.

– Vou tratar de levantar ainda mais cedo que de costume amanhã de manhã, pois tenho muito o que fazer – respondeu Anne, virtuosamente. – Primeiro, vou transferir as penas do meu velho colchão para o novo. Devia ter feito isso há muito tempo, mas fui deixando de lado... É um trabalho detestável. É um hábito muito ruim adiar as coisas desagradáveis, e eu nunca mais farei isso; do contrário, não poderei dizer com tranquilidade aos meus alunos para que não o façam. Seria contraditório. Então, quero fazer um bolo para o senhor Harrison e terminar meu informe sobre jardins para a SMA, e escrever para Stella, e lavar e engomar meu vestido de musselina, e fazer um novo avental para Dora.

– Não conseguirá fazer nem a metade disso – disse Marilla, com pessimismo. – Nunca consegui planejar tantos afazeres sem que alguma coisa acontecesse para me impedir.

COMO AS COISAS GERALMENTE ACONTECEM

Anne levantou a tempo na manhã seguinte e saudou alegremente o novo dia, com os estandartes do sol nascente se agitando triunfantemente no céu perolado. Green Gables estava banhada pela luz solar e salpicada pelas sombras dançantes dos álamos e dos salgueiros. Para além dos campos estava o trigal do senhor Harrison, uma enorme extensão de ouro pálido agitada pelo vento. O mundo era tão lindo que Anne passou dez prazerosos minutos preguiçosamente pendurada no portão do jardim, absorvendo toda aquela beleza.

Após o café da manhã, Marilla se aprontou para a viagem. Dora iria acompanhá-la, promessa esta que havia sido feita há muito tempo.

– Agora, Davy, trate de ser um bom menino e não incomode Anne – ordenou ela com firmeza. – Se você for bonzinho, eu trarei uma bengala doce quando vier da cidade.

Ora, ora, Marilla tinha adotado o mau costume de subornar as pessoas para que fossem boas!

– Não serei mau de propósito, mas e se eu for por acidente? – Davy quis saber.

– Você precisa ter cuidado com os acidentes – avisou Marilla. – Anne, se o senhor Shearer vier hoje, compre um bom assado e alguns bifes. Se não vier, você vai ter que matar um galo para o jantar de amanhã.

Anne assentiu.

– Não vou me dar ao trabalho de cozinhar apenas para mim e Davy hoje. Aquele presunto frio será suficiente para o almoço, e vou fritar alguns bifes para quando você chegar à noite.

– Vou ajudar o senhor Harrison a transportar algas nesta manhã – anunciou Davy. – Ele pediu, e eu aposto que ele vai me chamar para almoçar também. O senhor Harrison é um homem muito gentil. Ele é realmente muito sociável. Espero ser como ele quando eu crescer. Quero dizer, espero me comportar como ele... Não quero parecer com ele. Mas acho que não corro esse risco, pois a senhora Lynde diz que eu sou um garotinho muito bonito. Você acha que isso vai durar, Anne? Quero saber!

– Atrevo-me a dizer que sim. Você é um menino bonito, Davy. – Neste momento, Marilla mostrou toda a sua reprovação. – Mas deve honrar sua aparência e ser tão bondoso e cavalheiresco quanto parece ser.

– E você disse a Minnie May Barry no outro dia, quando a encontrou chorando porque a tinham chamado de feia, que, se ela for boa, gentil e amorosa, as pessoas não se importarão com a aparência dela! – alegou Davy, descontente. – Parece que neste mundo não se pode deixar de ser bom por um motivo ou outro. Você simplesmente tem que se comportar bem.

– Você não quer ser bonzinho? – perguntou Marilla, que aprendera muita coisa, mas ainda não tinha aprendido a futilidade de se fazer tais perguntas.

– Sim, eu quero ser bom, mas não *tão* bom assim – respondeu Davy com cuidado. – Você não precisa ser muito bom para ser o superintendente da Escola Dominical. É o caso do senhor Bell, que é um homem realmente mau.

– Ele não é mau de maneira nenhuma! – disse Marilla, indignada.

– É sim... Ele mesmo disse – asseverou Davy. – Ele disse isso quando orou na Escola Dominical, no domingo passado. Disse que era "um verme vil e um pecador miserável e culpado da iniquidade mais terrível". O que ele fez de tão mau, Marilla? Matou alguém? Ou roubou as ofertas que as pessoas doaram? Quero saber!

Por sorte, naquele instante, a senhora Lynde despontou subindo a alameda em sua charrete, e Marilla partiu com a sensação de ter escapado da armadilha de um caçador, desejando devotamente que o senhor Bell não fosse tão metafórico em suas orações públicas, especialmente tendo como ouvintes rapazinhos que estavam sempre "querendo saber".

Anne, deixada sozinha em sua glória, trabalhou com vontade. O piso foi varrido; as camas, arrumadas; as galinhas alimentadas; o vestido de musselina, lavado e pendurado no varal. Então, ela se preparou para transferir as penas. Foi até o sótão e pegou o primeiro vestido velho que lhe veio à mão: um vestido azul marinho de casimira, que tinha usado aos catorze anos. Estava decididamente curto, e era tão ridículo quanto aquele vestidinho de flanela de algodão que ela havia usado na memorável ocasião de sua chegada a Green Gables; mas pelo menos não ficaria arruinado por penugem e penas. Anne completou sua vestimenta atando na cabeça um lenço vermelho com bolinhas brancas que pertencera a Matthew, e, vestida desse jeito, dirigiu-se ao cômodo contíguo à cozinha, para onde Marilla a ajudara a levar o colchão antes de partir.

Havia um espelho quebrado pendurado ao lado da janela do cômodo, e Anne olhou seu reflexo em um momento de má sorte. Ali estavam as sete sardas em seu nariz, mais evidentes do que nunca, ou assim pareciam estar na claridade da janela aberta.

"Ah, esqueci de passar a loção ontem à noite" – pensou. "Melhor correr até a despensa e fazer isso agora."

Anne já tinha sofrido alguns desgostos tentando remover aquelas sardas. Em uma ocasião, toda a pele do nariz descamou, mas as sardas permaneceram. Alguns dias antes, ela havia encontrado uma receita de loção contra as sardas em uma revista e, como os ingredientes estavam ao alcance, preparou-a na mesma hora, muito para o desgosto de Marilla, que pensava que, se a Providência lhe dava sardas no nariz, era seu dever sagrado deixá-las.

Anne foi até a despensa, que sempre fora escura graças ao grande salgueiro ao lado da janela, mas estava agora praticamente sem luz por causa da tela contra as moscas. Ela pegou da prateleira a garrafa que continha a loção e untou o nariz copiosamente, utilizando uma pequena esponja. Ao finalizar essa importante tarefa, retornou ao trabalho. Qualquer pessoa que já tenha trocado penas de um colchão para o outro sabe que, quando Anne terminou, ela era uma visão a ser contemplada! O vestido estava branco com penugem e felpa, e o cabelo que escapava pela parte da frente do lenço estava adornado por uma auréola de penas. Naquele auspicioso momento, soou uma batida na porta da cozinha.

"Deve ser o senhor Shearer" – pensou Anne. "Minha aparência está medonha, mas vou ter que descer assim mesmo, pois ele está sempre apressado."

A jovem voou até a porta da cozinha. Se o chão pudesse realmente se abrir e fazer a caridade de engolir uma donzela miserável e emplumada, o assoalho da varanda de Green Gables teria prontamente engolido Anne naquele momento. Nos degraus da porta se encontravam Priscilla Grant, dourada e bela em um vestido de seda, uma dama baixa e robusta, de cabelos grisalhos e com um casaquinho de *tweed*, e outra dama, alta e majestosa, maravilhosamente vestida, com um belo semblante composto e grandes olhos cor de violeta com cílios negros, que Anne "instintivamente sentiu", como teria dito na infância, ser a senhora Charlotte E. Morgan.

No embaraço do momento, um pensamento sobressaiu em meio à confusão da mente de Anne, ao qual ela se agarrou como a uma tábua de salvação. Todas as heroínas da senhora Morgan eram notórias por se mostrarem "à altura da situação". Não importa quais eram seus problemas, elas os enfrentavam de cabeça erguida e demonstravam superioridade sobre todos os males de tempo, espaço e quantidade. Portanto, Anne sentiu que era seu dever fazer o mesmo. E assim o fez, tão perfeitamente que Priscilla declarou, mais tarde, que nunca admirou mais Anne Shirley do que naquela ocasião. Não importa quais eram seus sentimentos ultrajados, pois não os demonstrou. Ela cumprimentou Priscilla e foi apresentada às suas companheiras com tanta calma e compostura como se estivesse trajando um refinado vestido de linho lilás.

Na verdade, levou certo choque ao descobrir que a dama, a qual tinha suspeitado ser a senhora Morgan, não era ela, mas, sim, uma tal de senhora Pendexter; enquanto a robusta e pequena mulher de cabelos grisalhos é quem era a famosa escritora. Mas essa segunda surpresa perdeu forças ante a primeira. Anne conduziu as visitas à sala, onde as deixou para ajudar Priscilla a desencilhar rapidamente o cavalo.

– É desagradável chegar de forma inesperada – desculpou-se Priscilla –, mas eu só soube ontem à noite que viríamos.

Tia Charlotte vai embora na segunda-feira e havia prometido passar o dia de hoje com uma amiga na cidade. Porém, essa amiga telefonou na noite passada avisando para titia não ir, pois estão de quarentena em razão da escarlatina. Então, eu sugeri que viéssemos aqui, pois sabia que você queria muito conhecê-la. Nós passamos no hotel de White Sands e trouxemos a senhora Pendexter conosco. Ela é uma amiga da titia, esposa de um milionário que mora em Nova York. Não podemos ficar muito tempo, pois a senhora Pendexter precisa estar de volta às cinco horas.

Enquanto estavam acomodando o cavalo, Anne notou vários olhares furtivos e perplexos vindos de Priscilla.

"Ela não precisa me olhar desse jeito" – pensou Anne, um pouco ressentida. "Se ela não sabe como é trocar um colchão de penas, pode ao menos *imaginar* como é."

Quando Priscilla foi para a sala de visitas e antes que Anne pudesse escapar para o andar de cima, Diana entrou pela porta da cozinha. Anne pegou a atônita amiga pelo braço.

– Diana Barry, quem você acha que está na sala neste exato minuto? A senhora Charlotte E. Morgan... E a esposa de um milionário de Nova York... E aqui estou eu, assim... e *não há nada em casa para servir exceto presunto frio*, Diana!

Neste momento, Anne já havia percebido que Diana a contemplava exatamente com a mesma perplexidade que Priscilla. Aquilo já estava passando dos limites.

– Ah, Diana, não me olhe assim! – implorou. – Você, ao menos, deve saber que nem mesmo a pessoa mais asseada do mundo poderia trocar as penas de um colchão para outro e permanecer limpa no processo!

– Não... Não... Não são as penas – hesitou Diana. – É... É... o seu nariz, Anne.

– Meu nariz? Ah, Diana, não diga que tem algo errado com ele!

Anne correu até o espelhinho acima da pia. Uma olhadela revelou a verdade fatal. Seu nariz estava vermelho brilhante!

Anne deixou-se cair no sofá, com o espírito destemido, por fim, subjugado.

– O que aconteceu? – perguntou Diana, a curiosidade vencendo a delicadeza.

– Pensei que estava esfregando minha loção para sardas, mas devo ter usado a tinta vermelha que Marilla usa para colorir os tapetes! – foi a resposta desesperada. – O que farei?

– Vá lavar! – disse a prática Diana.

– Talvez não saia. Primeiro eu tingi meu cabelo e agora pintei meu nariz! Marilla cortou meu cabelo naquela vez, mas essa solução dificilmente seria viável neste caso. Bem, essa é mais uma punição pela minha vaidade, e decerto eu mereço... ainda que isso não me sirva de consolo. É quase o suficiente para fazer uma pessoa acreditar em má sorte, mesmo que a senhora Lynde diga que não existe tal coisa, porque tudo já está escrito.

Felizmente, a tinta saiu com facilidade, e Anne, um pouco mais consolada, foi para o seu quarto enquanto Diana corria até em casa. Em breve Anne tornou a descer, adequadamente vestida e com a mente em perfeito estado. O vestido de musselina que ela tanto queria usar estava lá fora, esvoaçando alegremente no varal; então, ela viu-se forçada a contentar-se com um vestido de algodão preto. O fogo já estava aceso, e o chá, quase pronto quando Diana retornou – ela, ao menos, usava seu vestido de musselina – trazendo um prato coberto.

– Mamãe mandou isto – disse ela, erguendo o pano e mostrando um frango belamente cortado e fatiado aos olhos agradecidos de Anne.

O frango foi complementado com pão recém-assado, manteiga e queijo de excelente qualidade, um bolo de frutas de Marilla e um prato de compotas de ameixa flutuando em uma calda dourada, como se estivesse congelado nos raios do sol de verão. Havia também um grande vaso de ásteres rosas e brancas decorando a mesa; ainda assim, tudo parecia muito escasso em comparação com a elaborada recepção que fora preparada anteriormente para a senhora Morgan.

Entretanto, as famintas visitas de Anne não pareciam achar que faltava alguma coisa e degustaram os alimentos simples com aparente alegria. Após alguns momentos, Anne não pensou mais no que havia ou não em seu cardápio. A aparência da senhora Morgan podia ser um pouco decepcionante, como suas leais admiradoras se viram forçadas a admitir uma para a outra, mas ela provou ser uma pessoa magnífica de se conversar. Tinha viajado muito e era uma excelente contadora de histórias. Havia conhecido muita gente e cristalizado suas experiências em uma série de frases e epigramas curtos e espirituosos, que faziam os ouvintes se sentir como se estivessem diante de uma personagem de um livro inteligente. Contudo, por baixo de todo o seu brilho, havia uma forte corrente de verdadeira simpatia feminina e gentileza, que conquistava as pessoas com a mesma facilidade com que seu brilhantismo ganhava admiração. A senhora Morgan tampouco monopolizava a conversação. Ela interagia com os outros da mesma maneira hábil e verdadeira que conduzia a conversa, e Anne e Diana se viram conversando descontraidamente com a visitante. A senhora Pendexter falou pouco. Ela apenas sorriu com seus adoráveis lábios e olhos e comeu frango, bolo de frutas e compota com tamanha graça e requinte que dava a impressão de que comia ambrosia e melado. Mas, como Anne disse para Diana depois, qualquer pessoa tão divinamente linda como a senhora Pendexter não precisava falar: sua beleza era suficiente.

Após o almoço, elas saíram para um passeio pela Travessa dos Amantes, o Vale das Violetas e a Rota das Bétulas; então, visitaram a Floresta Assombrada e foram até a Bolha da Dríade, onde se sentaram e conversaram durante a deliciosa última meia hora.

A senhora Morgan quis saber como a Floresta Assombrada ganhou tal nome e riu até lhe saltarem lágrimas quando ouviu a história e o dramático relato de Anne sobre uma certa caminhada memorável naquele local, na hora enfeitiçada do crepúsculo.

– Este certamente foi um banquete para a razão e uma festa para a alma, não foi? – disse Anne para Diana depois que as visitas foram embora. – Não sei do que gostei mais: ouvir a senhora Morgan ou contemplar a senhora Pendexter. Acho que nos divertimos mais do que se soubéssemos que elas estavam vindo e tivéssemos preparado muitas comidas. Você tem que ficar para o chá, Diana, e para conversarmos sobre este dia.

– Priscilla contou que a cunhada da senhora Pendexter é casada com um conde inglês e ainda assim ela se serviu de compota de ameixa duas vezes – comentou Diana, como se esses dois fatos fossem, por algum motivo, incompatíveis.

– Atrevo-me a dizer que o próprio conde inglês não teria virado seu nariz aristocrático para a compota de ameixas de Marilla – respondeu Anne, com orgulho.

A jovem não mencionou a desgraça que acometera o próprio nariz quando relatou os acontecimentos do dia para Marilla naquela noite. Mas ela pegou a garrafa com a loção para sardas e a esvaziou pela janela.

– Nunca mais experimentarei essas porcarias de tratamentos de beleza! – disse, com firme determinação. – Elas podem servir para pessoas cuidadosas e ponderadas, mas, para alguém tão facilmente propensa a cometer erros como eu pareço ser, mexer com eles é brincar com a sorte.

A DOCE SENHORITA LAVENDAR

Quando as aulas começaram, Anne retornou ao trabalho com menos teorias e uma experiência consideravelmente maior. Tinha alguns alunos novos de seis e sete anos, aventurando-se, com os olhos arregalados, em um mundo de maravilhas. Entre eles estavam Davy e Dora. Davy sentou-se com Milty Boulter, que já estava na escola há um ano, e era, por isso, um homem do mundo. Dora já havia combinado na Escola Dominical, no domingo anterior, de sentar-se com Lily Sloane; mas Lily não foi à escola no primeiro dia de aula, e Dora sentou-se temporariamente com Mirabel Cotton, que tinha dez anos – e, portanto, era uma das "garotas grandes" aos olhos de Dora.

– Acho que a escola é muito divertida – Davy contou a Marilla naquela noite. – Você disse que eu ia achar difícil ficar sentado e parado, e achei mesmo... E a maior parte do que você disse é verdade, eu percebi... Mas a gente consegue sacudir as pernas embaixo da carteira, e isso ajuda muito. É ótimo ter tantos garotos para brincar. Eu sento ao lado de Milty Boulter, e ele é ótimo. Ele é mais alto do que eu, mas eu sou mais largo. É melhor ficar nas carteiras do fundo, mas não dá para sentar lá até que as pernas sejam longas o bastante para tocar o chão. Milty desenhou a cara de Anne em sua lousa, um desenho tão terrivelmente feio que eu falei que, se fizesse aquilo de novo, eu daria uma surra nele no recreio! Pensei, primeiro, em fazer um desenho dele e colocar chifres e um rabo, mas fiquei com medo de que isso pudesse magoá-lo, e Anne diz que nunca devemos magoar os sentimentos de alguém. Parece uma coisa horrível ter os sentimentos feridos. É melhor dar um soco em um menino do que ferir seus sentimentos se alguma coisa *precisa* ser feita. Milty falou que não tinha medo de mim, mas ele logo mudou o nome do desenho para me agradar. Ele apagou o nome de Anne e escreveu o nome de Barbara Shaw. Milty não gosta de Barbara porque ela o chama de doce menininho, e uma vez ela fez carinho na cabeça dele.

Dora disse com educação que tinha gostado da escola; porém, ela estava muito calada, mais do que de costume. E, ao entardecer, quando Marilla mandou-a ir para a cama, a menina hesitou e começou a chorar.

– Eu... Estou com medo – soluçou. – Eu... não quero subir sozinha no escuro.

– O que deu na sua cabeça agora? – quis saber Marilla. – Tenho certeza de que você dormiu sozinha durante todo o verão e nunca teve medo antes!

Dora continuou a chorar. Então, Anne pegou-a no colo, abraçou-a com ternura e sussurrou:

– Conte tudo a Anne, querida. Do que você tem medo?

– Do... Do tio de Mirabel Cotton – soluçou Dora. – Hoje, na escola, ela me contou tudo sobre a família dela. Quase todos da família dela já morreram... todos os avôs e avós, e muitos tios e tias. Mirabel disse que eles têm mania de morrer. Ela é estranhamente orgulhosa de ter tantos parentes mortos e contou qual foi a causa da morte de cada um, o que disseram e como estavam no caixão. E Mirabel disse que um de seus tios foi visto caminhando ao redor da casa depois de ser enterrado. A mãe dela o viu. Não me importo muito com o resto, mas não consigo parar de pensar naquele tio!

Anne subiu com Dora e ficou sentada ao seu lado até a garota adormecer. No dia seguinte, Mirabel Cotton foi mantida na sala durante o recreio e foi convencida, "gentil e firmemente", de que, quando se tem a infelicidade de ter um tio que persiste em andar pela casa após ter sido decentemente enterrado, não era de bom gosto falar sobre esse excêntrico cavalheiro para sua colega de pouca idade. Mirabel achou que a professora estava sendo muito dura com ela. Os Cottons não tinham muito do que se gabar. Como ela manteria seu prestígio entre os colegas sendo proibida de exaltar o fantasma da família?

Devagarinho, setembro foi dando lugar à graciosidade dourada e carmesim de outubro.

Em uma sexta-feira, ao entardecer, Diana fez uma visita.

– Recebi uma carta de Ella Kimball hoje, Anne, e ela nos convidou para tomar chá amanhã à tarde, para conhecermos sua prima da cidade, Irene Trent. Mas não podemos pegar um dos cavalos, pois estarão indisponíveis amanhã, e seu pônei está manco... Então, suponho que não poderemos ir.

– Por que não podemos ir caminhando? – sugeriu Anne. – Se atravessarmos os bosques, chegaremos à estrada de West Grafton, que não é longe da casa dos Kimballs. Andei por ali no inverno passado e conheço o caminho. Não são mais do que seis quilômetros, e não teremos que andar de volta para casa, pois Oliver Kimball provavelmente nos trará na charrete. Ele ficará agradecido com a desculpa, pois assim poderá visitar Carrie Sloane, e dizem que o pai dele dificilmente o deixa usar os cavalos.

Ficou combinado que iriam caminhando e, na tarde seguinte, as duas seguiram pela Travessa dos Amantes até a parte dos fundos da fazenda dos Cuthberts, onde tomaram uma trilha que levava até o coração dos hectares de faias reluzentes e bosques de bordo, todas as árvores em uma impressionante incandescência de chamas douradas em meio a uma grande quietude e paz púrpura.

– É como se o ano estivesse se ajoelhando para orar em uma vasta catedral, repleta de luzes suaves e coloridas, não é? – disse Anne, a sonhadora. – Não me parece certo apressar-se por aqui, não acha? Parece um desrespeito, como correr dentro da igreja.

– *Precisamos* nos apressar – respondeu Diana, olhando para o relógio. – Temos muito pouco tempo.

– Bem, vou andar rápido, mas não me peça para falar – retrucou Anne, apertando o passo. – Só quero sorver o encanto do dia... Sinto como se tocasse em meus lábios igual a uma taça de vinho doce e devo degustar um gole a cada passo.

Talvez tenha sido por estar tão absorta "sorvendo o dia" que Anne virou à esquerda quando chegaram a uma bifurcação. Deveria ter ido pela direita, mas, mais tarde, ela considerou este erro como o mais afortunado de sua vida. Por fim, elas chegaram a uma estrada solitária e coberta de ervas, sem outra coisa em vista além de fileiras de mudas de abetos.

– Afinal, onde estamos? – perguntou Diana, atordoada. – Esta não é a estrada de West Grafton.

– Não, é a estrada principal em Middle Grafton – anunciou Anne, um tanto envergonhada. – Devo ter tomado a direção errada na bifurcação. Não sei exatamente onde estamos, mas devemos estar a uns cinco quilômetros da casa dos Kimballs.

– Então não conseguiremos chegar lá até as cinco horas, pois já são quatro e meia – disse Diana, olhando desesperadamente para o relógio. – Chegaremos depois que tiverem tomado o chá, e elas terão um grande incômodo para servir o nosso.

– É melhor voltarmos para casa – sugeriu Anne, com humildade. Mas Diana, após certa consideração, foi contra.

– Não, é melhor continuar e passar o final da tarde lá, já que chegamos até aqui.

Alguns metros à frente, as jovens chegaram a um lugar onde a estrada bifurcava-se novamente.

– Por onde devemos seguir? – perguntou Diana, em dúvida.

Anne balançou a cabeça.

– Não sei, e não podemos correr o risco de cometer mais erros. Aqui há um portão e uma vereda que levam diretamente ao bosque. Deve haver uma casa do outro lado. Vamos até lá para perguntar.

– Que vereda antiga e romântica – disse Diana enquanto caminhavam pelas curvas e voltas. Ela estendia-se abaixo de velhos pinheiros patriarcais, cujos galhos se encontravam no alto, criando uma escuridão perpétua onde apenas o musgo era capaz de crescer. Em ambos os lados, o solo era marrom como madeira, cruzado aqui e ali por fachos de raios de sol. Tudo era muito silencioso e remoto, como se o mundo e suas preocupações estivessem muito longe dali.

– Sinto como se estivéssemos caminhando por uma floresta encantada – cochichou Anne. – Você acha que algum dia encontraremos nosso caminho de volta ao mundo real, Diana? Creio que logo chegaremos a um palácio onde mora uma princesa enfeitiçada.

Logo após a próxima curva da vereda, elas não se viram diante de um palácio, mas de uma casinha, quase tão surpreendente quanto teria sido um palácio naquela província de convencionais casas de fazenda construídas em madeira, todas tão semelhantes em suas características gerais como se tivessem nascido da mesma semente. Anne deteve-se em êxtase, e Diana exclamou:

– Ah, agora sei onde estamos! Esta é a casinha de pedras onde vive a senhorita Lavendar Lewis... Echo Lodge, acho que é assim que ela a chama. Já ouvi falar desta casa várias vezes, mas nunca tinha visto. Não é um lugar romântico?

– É o lugar mais doce e lindo que eu já vi ou imaginei – disse Anne, fascinada. – Parece que foi tirada das páginas de um livro de contos, ou de um sonho.

A casa era uma estrutura de beirais baixos, feita de blocos sem reboco de arenito vermelho da ilha; o telhado pequeno e pontiagudo tinha duas janelas do sótão com coberturas singulares de madeira e duas chaminés. A casa inteira era revestida por uma hera exuberante que encontrava fácil apoio sobre a rude construção e que a geada do outono havia transformado no mais belo matiz de bronze e vinho.

Na frente da casa, havia um jardim retangular que se interligava, por meio de um portão, à vereda onde as jovens estavam paradas. A casa delimitava o jardim por um lado, enquanto os outros três lados eram rodeados por uma antiga vala de pedra, tão coberta por grama, musgo e samambaias que mais parecia um alto banco verde. À direita e à esquerda, os altos e escuros abetos estendiam seus ramos como palmas sobre a vala; sob eles existia um pequeno prado verde repleto de trevos, em um declive que levava até o azul Rio Grafton. Não se via outra casa ou clareira ao redor... Não havia nada além de colinas e vales cobertos de jovens pinheiros frondosos.

– Eu me pergunto que tipo de pessoa é a senhorita Lewis – especulou Diana ao abrir o portão do jardim. – Dizem que ela é muito peculiar.

– Então ela deve ser interessante – afirmou Anne. – As pessoas peculiares são no mínimo interessantes, não importando o que mais sejam ou deixem de ser. Não disse que chegaríamos a um palácio encantado? Eu sabia que os elfos não teriam feito magia na estrada por nada.

– Mas a senhorita Lavendar Lewis não tem nada de princesa enfeitiçada – riu Diana. – Ela é uma solteirona de quarenta e cinco anos, e eu soube que é toda grisalha.

– Ah, isso é só parte do feitiço! – assegurou Anne, confidencialmente. – Ainda é jovem e bela de coração... Se ao menos nós soubéssemos como desfazer o feitiço, ela voltaria a ser bela e radiante. Mas não sabemos como... O príncipe é sempre o único que sabe... E o príncipe da senhorita Lavendar ainda não chegou. Talvez algum infortúnio fatal o tenha detido... Embora *isso* seja contra a lei de todos os contos de fadas.

– Receio que ele tenha vindo, muito tempo atrás, e tenha ido embora – comentou Diana. – Dizem que ela foi comprometida com Stephen Irving, o pai de Paul, quando eram jovens. Mas eles brigaram e se separaram.

– Silêncio – avisou Anne. – A porta está aberta.

As jovens pararam na varanda sob as gavinhas da hera e bateram na porta aberta. Ouviu-se um ruído de passos dentro da casa, e uma pessoinha singular apareceu: uma menina de uns catorze anos, com rosto sardento, nariz arrebitado, uma boca tão larga que realmente parecia ir "de orelha a orelha" e duas longas tranças de cabelo loiro, atadas com dois enormes laços de fita azul.

– A senhorita Lewis está em casa? – perguntou Diana.

– Sim, madame. Entre, madame. Direi à senhorita Lavendar que vocês estão aqui, madame. Ela está lá em cima, madame.

Com isso, a pequena criada desapareceu de vista. As duas, deixadas a sós, olharam ao redor com olhos maravilhados. O interior da esplêndida casinha era tão interessante quanto o exterior.

O aposento tinha um teto baixo, e duas janelas quadradas com vidros pequenos e cortinas de musselina frisada. Toda a mobília era muito antiga, mas tão limpa e bem conservada que o efeito era formidável. Mas devemos admitir sinceramente que o elemento mais atraente para as duas moças cheias de saúde, que tinham caminhado mais de seis quilômetros no frescor do outono, era uma mesa com delicada porcelana azul-claro e repleta de saborosas iguarias, adornada por pequenas samambaias douradas que davam o que Anne teria chamado de "um ar festivo".

– A senhorita Lavendar deve estar esperando visitas para o chá – sussurrou. – A mesa está posta para seis pessoas. Mas que mocinha graciosa é a criada dela! Parece uma mensageira da terra dos seres mágicos. Creio que ela poderia ter indicado o caminho certo para nós, mas estou curiosa para ver a senhorita Lavendar. Psiu, ela está vindo.

A senhorita Lavendar Lewis estava parada na porta. As meninas ficaram tão surpresas que esqueceram as boas maneiras e simplesmente a encararam.

Inconscientemente, elas estavam esperando ver o tipo comum e bem conhecido de solteirona de meia-idade: uma personagem meio angulosa, com cabelo grisalho impecável e óculos. Não poderiam ter imaginado algo mais diferente do que a senhorita Lavendar.

Ela era uma dama pequena, de espessos cabelos brancos como a neve, maravilhosamente ondulados e cuidadosamente penteados em cachos. Debaixo deles aparecia um rosto quase jovem, com bochechas rosadas e doces lábios, olhos castanhos grandes e claros, e covinhas... covinhas de verdade! Ela usava um vestido muito delicado de musselina cor de creme, estampado com rosas pálidas, um vestido que teria parecido ridiculamente juvenil para a maioria das mulheres naquela idade, mas que caía tão perfeitamente bem na senhorita Lavendar que isso estava fora de cogitação.

– Charlotta IV avisou-me de que as senhoritas queriam me ver – disse ela, com uma voz que combinava com sua aparência.

– Queríamos perguntar qual o caminho correto para West Grafton – respondeu Diana. – Fomos convidadas para o chá na residência do senhor Kimball, mas nós pegamos o caminho errado no bosque e acabamos nesta estrada, em vez de chegarmos a West Grafton. Devemos dobrar à direita ou à esquerda no seu portão?

– À esquerda – informou a senhorita Lavendar, com um olhar hesitante para a mesa do chá. Então perguntou, como se tivesse um pequeno e repentino surto de resolução:

– E por que não ficam para tomar o chá comigo? Por favor, fiquem! O senhor Kimball já terá terminado o chá antes que as senhoritas cheguem até lá. E Charlotta IV e eu ficaremos tão contentes de tê-las aqui!

Diana encarou Anne, calada e inquisitiva.

– Gostaríamos de ficar, se isso não for um inconveniente – aceitou Anne prontamente, pois tinha decidido que queria saber mais sobre a surpreendente senhorita Lavendar. – Mas não está esperando outros convidados, está?

A senhorita Lavendar olhou novamente para a mesa e ruborizou.

– Sei que as senhoritas vão pensar que sou extremamente boba – disse ela. – Eu *sou* boba... E fico envergonhada quando descobrem isso, mas nunca quando não sou descoberta. Não estou esperando ninguém... Só estava fingindo que esperava. Sabe, estava me sentindo tão solitária... E eu amo ter companhia... Digo, o tipo certo de companhia. Mas são poucas as pessoas que vêm até aqui, pois a casa fica muito longe do caminho principal. Charlotta IV estava solitária também. Então eu simplesmente fingi que ia receber convidados para o chá! Cozinhei, decorei a mesa e resolvi usar a porcelana do casamento de minha mãe... E me vesti para a ocasião.

Diana secretamente achou a senhorita Lavendar tão peculiar quanto os relatos a descreviam. A ideia de uma mulher de quarenta e cinco anos brincando de servir o chá, como se fosse uma menininha! Mas Anne, com os olhos iluminados, perguntou alegremente:

– A senhorita *também* imagina coisas?

Aquele "também" revelou à senhorita Lavendar que havia uma alma gêmea diante de si.

– Sim, imagino – confessou ela, corajosamente. – É claro que é uma bobagem, para qualquer outra pessoa da minha idade. Mas qual é a serventia de ser uma solteirona independente se eu não puder ser boba quando quiser, desde que não cause danos a ninguém? Uma pessoa deve ter algumas compensações. Algumas vezes, acho que não conseguiria viver se não imaginasse as coisas. Não sou pega em flagrante com frequência, e Charlotta IV nunca conta a ninguém. Mas estou contente por ter sido surpreendida hoje, pois as senhoritas realmente estão aqui e já tenho o chá pronto! Querem ir ao quarto de hóspedes e tirar os chapéus? É a porta branca, no topo da escadaria. Preciso ir até a cozinha e vigiar se Charlotta IV não vai deixar o chá ferver. Charlotta IV é uma boa menina, mas ela costuma deixar o chá ferver.

A senhorita Lavendar correu até a cozinha com pensamentos de hospitalidade, e as jovens encontraram o caminho até o quarto de hóspedes, que era um cômodo tão branco quanto a porta, iluminado pela janela coberta de hera pendurada, aparentando ser, como disse Anne, um lugar onde nascem os sonhos felizes.

– Esta é uma grande aventura, não é? – disse Diana. – E a senhorita Lavendar não é adorável, mesmo sendo um pouco esquisita? Ela não se parece nem um pouco com uma solteirona.

– Ela se parece exatamente com sons musicais, eu acho – respondeu Anne.

Quando desceram, a senhorita Lavendar vinha carregando o bule e, atrás dela, parecendo muito contente, estava Charlotta IV, com um prato de biscoitos quentinhos.

– Agora, as senhoritas devem me dizer seus nomes – pediu a senhorita Lavendar. – Estou tão contente que sejam jovens! Adoro moças jovens. É tão fácil fingir que sou uma mocinha quando estou entre elas... Eu odeio – continuou, com uma careta – pensar que sou velha. Agora, quem são as senhoritas... Só por formalidade? Diana Barry? E Anne

Shirley? Posso fazer de conta que as conheço há cem anos e chamá-las de Anne e Diana sem cerimônia?

– Pode – assentiram elas, em uníssono.

– Então, vamos nos sentar confortavelmente e comer tudo – disse a senhorita Lavendar, alegremente. – Charlotta, sente-se ao pé da mesa e ajude com o frango. É uma sorte que eu tenha preparado o bolo e os sonhos. Claro, é tolice fazê-los para visitantes imaginários... Sei que Charlotta IV pensou isso, não pensou? Mas vejam como tudo deu certo! Evidentemente que não seriam desperdiçados, pois Charlotta IV e eu iríamos comê-los com o tempo. Mas bolo não é algo que fique mais saboroso com o passar do tempo.

Aquela foi uma refeição divertida e memorável. Quando terminaram, saíram ao jardim para desfrutar do esplendor do pôr do sol.

– Eu realmente acho que a senhorita vive no mais adorável dos lugares – disse Diana, olhando admirada ao redor de si.

– Por que o chama de Echo Lodge[17]? – perguntou Anne.

– Charlotta – disse a senhorita Lavendar –, vá até a casa e traga-me a pequena trombeta de estanho, que está pendurada acima da prateleira do relógio.

Charlotta IV correu até a casa e retornou trazendo a trombeta.

– Sopre, Charlotta – ordenou a senhorita Lavendar.

A criada obedeceu, e o som produzido era um tanto rouco e estridente. Houve um momento de silêncio... E então, dos bosques acima do rio, foram ouvidos múltiplos ecos mágicos, doces, indefiníveis e metálicos, como se todas as "trombetas da terra dos elfos" estivessem soprando ao entardecer. Anne e Diana exclamaram, maravilhadas.

– Agora, ria, Charlotta... Ria bem alto!

Charlotta, que provavelmente teria obedecido se a senhorita Lavendar mandasse ficar de cabeça para baixo, subiu em um banco de pedra e gargalhou bem alto, com toda a força. Os ecos devolveram os sons, como se um grupo de elfos estivesse imitando sua risada nos bosques púrpura e ao longo da orla dos pinheiros.

---

17 "Echo Lodge" significa Cabana do Eco. (N. T.)

— As pessoas sempre admiram muitíssimo os meus ecos — disse a senhorita Lavendar, como se os ecos fossem sua propriedade particular. — Eu mesma os amo. São uma ótima companhia... com um pouquinho de imaginação. Em noites calmas, Charlotta IV e eu sentamos aqui e nos divertimos com eles. Charlotta, leve de volta a trombeta e pendure-a cuidadosamente no lugar.

— Por que a senhorita a chama de Charlotta IV? — perguntou Diana, que já estava explodindo de tanta curiosidade a essa altura.

— Só para não confundi-la com as outras Charlottas do meu pensamento — disse a senhorita Lavendar seriamente. — Todas se parecem tanto que não consigo distingui-las. O verdadeiro nome dela não é Charlotta. É... Deixe-me ver... Como era mesmo? Acho que é Leonora... sim, é Leonora. Vejam, é o seguinte: quando mamãe morreu, há dez anos, eu não podia ficar aqui sozinha... E não tinha meios para pagar o salário de uma criada adulta. Então, consegui que a pequena Charlotta Bowman viesse viver comigo, em troca de casa, comida e roupas. Seu nome verdadeiro era Charlotta... Ela foi a Charlotta I. Ela tinha só treze anos. Ficou comigo até completar dezesseis anos e ir para Boston, porque lá ela poderia ter uma vida melhor. A irmã dela veio ficar no lugar dela, então. Ela se chamava Julietta... A senhora Bowman tinha uma queda por nomes pomposos, creio eu... Mas a menina se parecia tanto com a Charlotta que continuei chamando-a por este nome o tempo todo, e ela não se importava. Assim, eu desisti de tentar lembrar seu nome correto. Ela era a Charlotta II. Quando se foi, Evelina veio ficar em seu lugar e se tornou a Charlotta III. Agora tenho a Charlotta IV. Mas, quando ela completar dezesseis anos... ela tem catorze agora... vai querer ir para Boston também, e então eu realmente não sei o que farei. Charlotta IV é a última das meninas Bowman e é a melhor de todas. As outras Charlottas sempre deixavam que eu percebesse o quanto me achavam boba por fingir as coisas, mas Charlotta IV nunca faz isso, seja lá o que realmente pense a respeito. Eu não me importo com o que as pessoas pensam de mim, desde que não me deixem perceber.

– Bem – disse Diana, olhando pesarosa para o sol se pondo. – Creio que devemos ir se quisermos chegar à casa do senhor Kimball antes que escureça. Tivemos uma tarde maravilhosa, senhorita Lewis.

– Vocês virão me visitar novamente? – rogou a senhorita Lavendar.

A alta Anne pôs o braço sobre os ombros da pequena dama.

– Claro que sim! – prometeu. – Agora que nós a descobrimos, vamos abusar da sua hospitalidade vindo aqui para vê-la. Sim, temos que ir... "Temos que nos mandar daqui", como diz Paul Irving todas as vezes em que vem para Green Gables.

– Paul Irving? – houve uma mudança sutil na voz da senhorita Lavendar. – Quem é ele? Não sabia que existia alguém com esse nome em Avonlea.

Anne sentiu-se irritada com o próprio descuido. Ela havia se esquecido do antigo romance da senhorita Lavendar.

– É um dos meus alunos – explicou, lentamente. – Ele veio de Boston no ano passado para morar com a avó, a senhora Irving, na estrada à beira-mar.

– É o filho de Stephen Irving? – perguntou a senhorita Lavendar, inclinando-se sobre o canteiro de lavandas, de modo que seu rosto estava escondido.

– Sim.

– Vou dar um ramalhete de lavandas para cada uma de vocês! – disse ela com vivacidade, como se não tivesse ouvido a resposta à sua pergunta. – São tão adoráveis, não acham? Mamãe sempre as amou. Ela plantou este canteiro há muito tempo. Papai me deu este nome porque ele também gostava de lavandas. A primeira vez que ele viu minha mãe foi quando visitou sua casa em East Grafton, com o irmão dela. Apaixonou-se à primeira vista, e então lhe ofereceram o quarto de hóspedes para dormir, e os lençóis estavam perfumados com lavanda, e ele ficou acordado a noite toda pensando nela. Depois disso, sempre amou o perfume de lavanda... e foi por isso que me deu este nome. Não se esqueçam de voltar em breve, queridas meninas. Charlotta IV e eu ficaremos esperando!

Ela abriu o portão sob os pinheiros para que as moças passassem. Repentinamente, parecia velha e cansada. O brilho e o entusiasmo haviam desvanecido de seu rosto; e, embora seu sorriso de despedida fosse doce como sua inextirpável juventude, quando as duas olharam para trás na primeira curva da vereda, viram-na sentada no antigo banco de pedra sob um álamo prateado, no meio do jardim, com a cabeça exausta apoiada na mão.

– Ela realmente parece solitária – disse Diana. – Devemos vir vê-la com frequência.

– Creio que os pais deram a ela o único nome que seria correto e apropriado – disse Anne. – Se tivessem sido tão cegos a ponto de chamá-la de Elizabeth, ou Nellie, ou Muriel, ainda assim ela deveria se chamar Lavendar, eu acho. Sugere doçura, encantos antigos e "trajes de seda". Agora, meu nome sugere pão com manteiga, remendos e tarefas domésticas.

– Oh, eu não concordo! – respondeu Diana. – Anne me parece tão régio como uma rainha. Mas eu iria gostar de Kerrenhappuch se este fosse o seu nome. Acho que as pessoas fazem o nome ser bonito ou feio, apenas pelo que elas mesmas são. Não consigo suportar os nomes Josie ou Gertie agora, mas, antes de conhecer as jovens Pyes, eu os considerava muito bonitos.

– Essa é uma esplêndida ideia, Diana! – entusiasmou-se Anne. – Viver de tal maneira a embelezar o seu nome, mesmo que este não fosse bonito a princípio... e fazê-lo destacar-se na memória das pessoas como algo adorável e agradável no qual jamais pensariam sozinhas! Obrigada, Diana.

MIUDEZAS

– Então você tomou o chá na casa de pedra com Lavendar Lewis? – perguntou Marilla à mesa do café da manhã, no dia seguinte. – Como ela está agora? Faz mais de quinze anos que não a vejo... A última vez foi em um domingo, na igreja de Grafton. Imagino que tenha mudado muito. Davy Keith, quando você não puder alcançar alguma coisa, peça a alguém em vez de se debruçar assim sobre a mesa! Você já viu Paul Irving fazer isso quando ele nos visita?

– Mas os braços de Paul são mais compridos que os meus! – grunhiu Davy. – Eles tiveram onze anos para crescer, e os meus só tiveram sete. Além disso, eu pedi, mas você e Anne estavam tão ocupadas falando que não prestaram atenção. Além disso, Paul nunca esteve aqui para uma refeição, a não ser para o chá, e é mais fácil ser educado no chá do que no café da manhã. Não se tem a metade da fome. O tempo entre o jantar e o café da manhã é terrivelmente longo! Ora, Anne, esta colherinha não está nem um pouco maior do que no ano passado, e eu estou muito maior!

– Obviamente eu não sei como a senhorita Lavendar costumava ser, mas, por algum motivo, não acredito que ela tenha mudado muito – disse Anne, depois de ter servido a Davy duas colheres bem cheias de xarope de bordo para apaziguá-lo. – O cabelo dela está branco como a neve, mas o rosto é vivaz e quase juvenil, e ela tem os mais doces olhos castanhos... Um belo matiz de castanho como a lenha, com pequenos raios dourados... E a voz me faz pensar em cetim branco, águas correndo e sinos de fadas, todos misturados.

– Ela era conhecida por sua beleza quando era moça – disse Marilla.

– Eu nunca a conheci muito bem, mas gostei dela, pelo pouco que vi. Mesmo naquela época as pessoas a consideravam peculiar. *Davy, se eu pegar você aprontando mais uma traquinagem, terá de esperar até que todos tenham terminado antes de poder comer, como fazem os franceses.*

A maioria das conversas entre Anne e Marilla na presença dos gêmeos era pontuada por essas repreensões dirigidas a Davy. É triste relatar que, nessa ocasião, Davy não foi capaz de consumir as últimas gotas do xarope com a colher e resolveu a dificuldade erguendo o prato com as duas mãos e passando a língua. Anne o encarou de maneira tão horrorizada que o pequeno pecador ficou vermelho e disse, meio envergonhado, meio desafiador:

– Desse jeito não há desperdício.

– As pessoas que são diferentes das demais sempre são consideradas peculiares – disse Anne. – E a senhorita Lavendar é diferente, com certeza, embora seja difícil identificar com precisão essa diferença. Talvez seja porque ela é uma daquelas pessoas que nunca envelhecem.

– Uma pessoa pode envelhecer junto com toda a sua geração – respondeu Marilla, um pouco descuidada. – Senão, acaba não se encaixando em lugar algum. Até onde sei, Lavendar Lewis distanciou-se de tudo. Ela vive há tanto tempo naquele lugar afastado que todos a esqueceram. Aquela casa de pedra é uma das mais antigas da Ilha. O velho senhor Lewis a construiu oitenta anos atrás, quando veio da Inglaterra. Davy, pare de sacudir o cotovelo de Dora! Ah, eu vi você! Não tente se fazer de inocente! Por que você está se comportando assim nesta manhã?

– Talvez eu tenha levantado do lado errado da cama – sugeriu Davy. – Milty Boulter disse que, se isso acontece, as coisas dão errado para você o dia inteiro! Foi a avó dele quem contou isso. Mas qual é o lado certo? E o que se deve fazer se a cama estiver contra a parede? Quero saber!

– Sempre me perguntei o que deu errado entre Stephen Irving e Lavendar Lewis – continuou Marilla, ignorando Davy. – Tenho certeza de que eles estavam comprometidos há vinte e cinco anos, mas, de repente, tudo se acabou! Não sei qual foi o problema, mas deve ter sido algo terrível, pois ele foi embora para os Estados Unidos e nunca mais voltou.

– Talvez não tenha sido algo tão terrível, afinal. Creio que as pequenas coisas da vida frequentemente causam mais problemas do que as grandes – disse Anne, em um daqueles lampejos de sabedoria que nem a experiência poderia ter aperfeiçoado. – Marilla, por favor, não conte à senhora Lynde sobre minha visita à senhorita Lavendar. Sem dúvida ela começaria a fazer uma centena de perguntas, e de alguma forma eu não iria gostar... E estou certa de que nem a senhorita Lavendar gostaria se soubesse.

– Atrevo-me a dizer que Rachel ficaria curiosa – admitiu Marilla –, apesar de não ter mais tanto tempo para cuidar da vida dos outros. Ela está amarrada em casa agora, por causa de Thomas, e está se sentindo muito abatida, pois está começando a perder as esperanças de que ele melhore. Rachel ficará muito solitária se algo acontecer a ele, já que todos os filhos estão morando no Oeste, exceto Eliza, que está na cidade, e ela nem gosta do marido dela.

Os pronomes de Marilla caluniavam Eliza, que era muito afeiçoada ao marido.

– Rachel diz que, se ele ao menos se esforçasse e tivesse vontade própria, ficaria melhor. Mas de que adianta pedir a uma água-viva para sentar direito? – continuou Marilla. – Thomas Lynde nunca teve vontade própria. A mãe o dominou até ele se casar, tarefa que Rachel tomou para si, então. Foi uma surpresa ele ter se atrevido a adoecer sem pedir a permissão dela. Mas, ora, eu não deveria falar assim. Rachel tem sido uma boa esposa. Ele nunca teria conseguido nada sem ela, isso é certo. O homem nasceu para obedecer, e foi sorte ter caído nas mãos de uma administradora inteligente e capaz como Rachel. Ele nunca se importou com o jeito dela, pois ela o livrava do incômodo de ter de tomar alguma decisão sobre qualquer coisa. Davy, pare de se contorcer feito uma enguia!

– Não tenho nada mais para fazer – protestou Davy. – Não posso mais comer, e não é divertido ver você e Anne comer.

– Bem, você e Dora podem ir lá fora alimentar as galinhas. E nem tente arrancar mais alguma pena do rabo do galo branco.

– Queria mais penas para meu cocar de índio – disse, emburrado. – Milty Boulter tem um muito elegante, feito das penas que a mãe deu a ele depois de matarem o velho peru. Você podia me deixar pegar umas. Aquele galo tem mais penas que o suficiente!

– Você pode ficar com o velho espanador que está no sótão – disse Anne –, e eu o tingirei de verde, vermelho e amarelo para você.

– Você está mimando demais esse menino! – disse Marilla depois que Davy, com o rosto radiante, seguiu a delicada Dora. Marilla tinha feito grandes progressos na forma de educar nos últimos seis anos, mas ela não conseguia se livrar da ideia de que era muito prejudicial para as crianças ter muitas de suas vontades satisfeitas.

– Todos os garotos da turma têm um cocar de índio, e Davy também quer um – explicou Anne. – Eu sei o que ele sente... Nunca vou esquecer o quanto ansiei pelas mangas bufantes, quando todas as outras meninas já as usavam. E ele não está sendo mimado. Ele tem melhorado a cada dia. Pense na diferença entre o menino que chegou aqui há um ano e o Davy de hoje.

– Ele certamente não se envolveu em tantas confusões desde que começou a ir para a escola – reconheceu Marilla. – Espero que continue assim, com o contato com outros meninos. Mas é estranho que não tenhamos notícias de Richard Keith. Nenhuma palavra desde maio.

– Tenho medo de receber notícias dele – suspirou Anne, começando a lavar a louça. – Se chegar uma carta, ficarei com receio de abri-la, por medo de que ele nos diga para mandar os gêmeos.

Um mês depois, uma carta realmente chegou. Mas não era de Richard Keith. Era de um amigo dele, que escreveu avisando que ele tinha morrido de tuberculose, quinze dias antes. O autor da carta era o executor do seu testamento, que deixava a quantia de dois mil dólares para a senhorita Marilla Cuthbert, como guardiã de Davy e Dora até que eles atingissem a maioridade ou se casassem. Nesse meio tempo, os juros deveriam ser usados para suprir as necessidades dos irmãos.

– Parece horrível alegrar-se por algo relacionado à morte – disse Anne, taciturnamente. – Sinto muito pelo pobre senhor Keith, mas estou contente porque vamos ficar com os gêmeos.

– O dinheiro vai nos ajudar muito – comentou a prática Marilla. – Eu queria ficar com eles, mas não sabia como conseguiria mantê-los, especialmente quando crescessem. O aluguel da fazenda não dá mais do que para a manutenção da casa, e eu estava decidida a não gastar nenhum centavo do seu dinheiro com eles. Você já faz muito por esses dois. Dora não precisava daquele chapéu novo que você comprou, não mais do que um gato precisa de duas caudas. Mas agora tudo se resolveu, e o futuro deles já está garantido.

Davy e Dora se alegraram quando souberam que ficariam em Green Gables "para sempre". A morte de um tio a quem nunca tinham conhecido não pesava nem por um momento na balança contra esse fato. Mas Dora tinha uma inquietação.

– O tio Richard foi enterrado? – sussurrou para Anne.

– Sim, querida, é claro.

– Ele... Ele... não é como o tio de Mirabel Cotton, é? – perguntou, em um sussurro ainda mais agitado. – Ele não vai andar pela casa depois de ter sido enterrado, vai, Anne?

O ROMANCE DA SENHORITA LAVENDAR

– Acho que vou dar uma caminhada até Echo Lodge ao entardecer – disse Anne, em uma tarde de dezembro.
– Parece que vai nevar – ponderou Marilla.
– Chegarei lá antes que comece a nevar e pretendo passar a noite lá. Diana não poderá ir porque está com visitas, e tenho certeza de que a senhorita Lavendar estará esperando por mim nesta noite. Faz quinze dias que não vou até lá.

Anne tinha feito várias visitas a Echo Lodge desde aquele dia de outubro. Algumas vezes, ela e Diana iam de charrete pela estrada; outras, caminhavam pelos bosques. Quando Diana não podia acompanhá-la, Anne ia sozinha. Entre ela e a senhorita Lavendar havia surgido uma amizade intensa e prestativa, possível apenas entre uma mulher que manteve o frescor da juventude em seu coração e alma e uma moça cuja imaginação e intuição supriam a falta de experiência. Finalmente, Anne tinha descoberto uma verdadeira "alma gêmea", enquanto, para a solitária e isolada vida de sonhos da pequena dama, Anne e Diana traziam consigo a benéfica alegria e a emoção do mundo exterior, do qual a senhorita Lavendar, "esquecida do mundo, pelo mundo esquecida", havia deixado de fazer parte há muito tempo; as garotas tinham trazido uma atmosfera de juventude e realidade para a pequena casa de pedra. Charlotta IV sempre as saudava com seu maior sorriso, e os sorrisos de Charlotta eram *realmente* amplos, tratando-as bem tanto em nome da adorada senhora quanto em nome próprio. Nunca ocorreram ditas "diversões barulhentas" na casinha de pedra como naquele belo e prolongado outono, quando novembro parecia outubro novamente, e até mesmo dezembro imitava os dias de sol e as brumas do verão.

Entretanto, neste dia em particular, parecia que dezembro havia se recordado de que já era tempo de começar o inverno e subitamente tornou-se sério e sombrio, com uma quietude sem vento que prenunciava a neve. Não obstante, a entusiasmada Anne desfrutou de sua caminhada através do grande labirinto acinzentado do campo de faias. Apesar de estar sozinha, não se sentia solitária; sua imaginação povoava o caminho com alegres companheiros com quem mantinha uma divertida conversa imaginária, que era mais espirituosa e fascinante do que as conversas são capazes de ser na vida real, onde as pessoas com frequência falham lamentavelmente em preencher os requisitos mínimos de um diálogo. Em uma reunião de "faz de conta" de espíritos escolhidos, todos dizem exatamente o que você quer que seja dito, e isso lhe dá a chance de dizer o que você quer dizer. Junto da companhia invisível, Anne cruzou os bosques e chegou à vereda dos pinheiros justo quando começaram a cair suavemente grandes flocos de neve, leves como penas.

Na primeira curva, ela encontrou a senhorita Lavendar parada sob um grande pinheiro de galhos largos. Usava um vestido vermelho vivo, quente, e a cabeça e ombros estavam envoltos em um xale de seda cinza prateado.

— A senhorita parece uma rainha das fadas do bosque de pinheiros — anunciou Anne, alegremente.

— Imaginei que você viria nesta noite, Anne — disse a senhorita Lavendar, correndo até ela. — E estou duplamente contente, pois Charlotta IV não está aqui. A mãe dela está doente, então foi passar a noite em casa. Eu ficaria muito solitária se você não tivesse vindo... Nem mesmo os sonhos e os ecos seriam companhia suficiente. Ah, Anne, como você é linda! – acrescentou, de chofre, olhando para a jovem alta e esbelta cujo rosto continuava rosado em razão da caminhada. – Tão linda e tão jovem! É tão maravilhoso ter dezessete anos, não é? Eu a invejo – concluiu, com franqueza.

– Mas, no seu coração, a senhorita tem dezessete – sorriu Anne.

– Não, eu estou velha... Ou, ainda, sou uma mulher de meia-idade, o que é muito pior – suspirou a senhorita Lavendar. – Algumas vezes consigo fingir que não estou velha, mas em outras me dou conta. E não consigo fazer as pazes com esta ideia como a maioria das mulheres. Estou tão rebelde quanto no dia em que descobri meu primeiro cabelo branco. Ora, Anne, não me olhe como se você estivesse tentando compreender. Quem tem dezessete não consegue entender. Vou imaginar que também tenho dezessete; agora que você está aqui, vou conseguir fazer isso muito bem. Você sempre traz a juventude em suas mãos, como um presente. Esta noite vai ser muito agradável. Primeiro o chá... o que quer para o chá? Vamos comer o que você quiser! Pense em algo delicioso e indigesto.

Ruídos de alvoroço e júbilo foram ouvidos da casinha de pedra naquela noite. Cozinhando e comendo, ou fazendo doces e rindo e "fazendo de conta", a verdade é que a senhorita Lavendar e Anne se comportaram de uma maneira incondizente com a dignidade de uma solteirona de quarenta e cinco anos e uma tranquila professora. Então, quando se cansaram, sentaram-se no tapete diante da lareira na sala de visitas, iluminada somente pelo brilho suave do fogo e deliciosamente perfumada pela jarra de rosas abertas sobre a cornija. O vento soprava mais forte, sussurrando e gemendo pelas chaminés, e a neve batia de leve nas janelas, como se centenas de duendes da tempestade estivessem batendo para entrar.

– Estou tão feliz que tenha vindo, Anne – disse a senhorita Lavendar, beliscando seu doce. – Se você não tivesse aqui, eu estaria triste... muito triste... terrivelmente triste. Os sonhos e a imaginação caem muito bem durante o dia, à luz do sol, mas, quando a escuridão e a tempestade vêm, eles falham em satisfazer. Então, queremos as coisas reais. Mas você não sabe o que é isso... Adolescentes de dezessete anos nunca entendem. Nessa idade, os sonhos são satisfatórios porque você acredita que, logo mais, eles serão realidade. Quando eu tinha a sua idade, Anne, não me imaginava aos quarenta e cinco anos como uma solteirona de cabelos brancos, com nada além de sonhos para preencher minha vida.

– Mas a senhorita não é uma solteirona – respondeu Anne, sorrindo para os melancólicos olhos castanhos da senhorita Lavendar.

– Solteironas são assim de *nascença*... elas não se tornam.

– Algumas nascem solteironas, outras alcançam este *status*, e ainda há aquelas que não têm outra opção – disse ela, zombeteiramente.

– Então a senhorita é uma das que alcançaram – riu Anne – e fez isso tão encantadoramente que eu acho que isso viraria moda se todas as solteironas fossem como a senhorita!

– Sempre gostei de fazer as coisas da melhor forma possível – disse a senhorita Lavendar, meditativa. – E, quando percebi qual seria meu futuro, resolvi que seria uma solteirona muito agradável. As pessoas dizem que sou estranha, mas é só porque sigo meu próprio método de solteirice e me recuso a copiar o modelo tradicional. Anne, alguém já falou algo a você sobre mim e Stephen Irving?

– Sim – disse Anne, candidamente. – Soube que vocês já foram comprometidos.

– Sim... Vinte e cinco anos atrás... Quase uma eternidade. Era para termos nos casado na primavera seguinte. Meu vestido de noiva estava pronto, apesar de ninguém além de mamãe e Stephen saber disso. De certo modo, nós dois estivemos comprometidos quase a vida toda. Quando Stephen era um garotinho, a mãe dele o trazia aqui quando vinha visitar minha mãe, e na segunda vez que vieram... ele tinha nove anos, e eu seis... ele me disse, no jardim, que já tinha decidido que iria se casar comigo quando fosse adulto. Lembro-me de ter dito "obrigada" e, quando ele se foi, contei à minha mãe, muito seriamente, que um peso havia saído dos meus ombros, pois não tinha mais medo de ficar solteirona. A pobre mamãe riu tanto!

– E o que deu errado? – perguntou Anne, afoita.

– Tivemos uma discussão estúpida, boba, rotineira. Tão rotineira que nem mesmo lembro como tudo começou. Eu mal sei quem era mais culpado. Stephen realmente começou, mas suponho que eu o provoquei com alguma tolice minha. Ele tinha um ou dois rivais, sabia? Eu era vaidosa e faceira e gostava de provocá-lo um pouquinho. Ele era um rapaz muito nervoso e sensível. Bem, ambas as partes terminaram aborrecidas. Mas eu pensei que tudo ia ficar bem, e teria ficado, se Stephen não tivesse me procurado tão cedo. Anne, minha querida, eu sinto muito em dizer... – a senhorita Lavendar reduziu a voz como se estivesse a ponto de confessar uma predileção por assassinar pessoas – que sou uma mulher terrivelmente mal-humorada. Oh, não precisa sorrir... É a mais pura verdade. Eu fico aborrecida, e Stephen veio falar comigo antes que eu tivesse me acalmado. Não quis ouvi-lo nem perdoá-lo, e então ele se foi para sempre. Ele era muito orgulhoso para insistir. E, então, fiquei furiosa porque ele não voltava. Eu deveria ter mandado chamá-lo, mas não tive humildade suficiente para isso. Eu era tão orgulhosa quanto ele... Orgulho e mau humor fazem uma péssima combinação, Anne. Mas nunca mais me interessei por ninguém, nem quis. Sabia que preferiria ser uma solteirona por mil anos a me casar com qualquer pessoa que não fosse Stephen Irving. Bem, tudo isso parece ser um sonho agora, é claro. Você me olha com tanta solidariedade, Anne... A solidariedade que só alguém com dezessete anos pode ter. Mas não exagere. Sou realmente uma pessoinha muito feliz e satisfeita, apesar do meu coração destroçado. Meu coração realmente se partiu, se é que um coração pode mesmo se partir, quando percebi que Stephen Irving não iria voltar. Mas, Anne, um coração partido na vida real não é tão terrível quanto nos livros. Parece muito com um dente cariado... apesar de esta não ser uma comparação muito romântica. Tem períodos de dor e algumas noites insones de vez em quando, mas, nos intervalos, você é capaz de desfrutar a vida, os sonhos, os ecos e um doce de amendoim, como se não houvesse nada de errado. E agora você parece desapontada. Já não me considera tão interessante quanto há cinco minutos, quando acreditava que estou eternamente presa a uma lembrança trágica, que oculto valentemente com sorrisos. Isso é o pior... ou o melhor... da vida real, Anne. Ela não vai deixar que você seja infeliz. Ela continua tentando fazê-la se conformar... e com sucesso... mesmo quando você está determinada a ser infeliz e romântica. Este doce não está delicioso? Já comi muito mais do que deveria, mas vou continuar comendo de forma imprudente.

Após um breve silêncio, a senhorita Lavendar disse abruptamente:

– Fiquei chocada ao saber do filho de Stephen naquele primeiro dia em que você esteve aqui, Anne. Eu não consegui mencioná-lo a você desde então, mas quero saber tudo sobre ele. Que tipo de menino ele é?

– É o menino mais querido e doce que já conheci, senhorita Lavendar... E ele também imagina as coisas, como a senhorita e eu.

– Eu gostaria de vê-lo – disse a senhorita Lavendar, com suavidade, como se estivesse falando para si mesma. – Pergunto-me se ele se parece com o menininho dos sonhos que vive aqui comigo... meu menininho dos sonhos.

– Se a senhorita quiser, posso trazer Paul comigo algum dia – disse ela.

– Eu gostaria... mas não tão cedo. Quero me acostumar à ideia. Vai haver mais dor do que alegria... se ele for parecido demais com Stephen... ou se não se parecer muito com ele. Daqui a um mês você deve trazê-lo.

Conforme combinado, um mês depois, Anne e Paul cruzaram o bosque até a casa de pedra e encontraram a senhorita Lavendar na vereda. Ela não esperava vê-los e ficou muito pálida.

– Então, este é o filho de Stephen – disse ela, em voz baixa, tomando a mão de Paul e observando-o, belo e juvenil, em seu elegante conjunto de casaco e gorro de peles. – Ele... Ele se parece muito com o pai.

– Todos dizem que sou um galho do velho tronco – respondeu Paul, com sua costumeira desenvoltura.

Anne, que estivera observando a cena, suspirou de alívio.

Ela viu que a senhorita Lavendar e Paul "se deram bem" e que não haveria constrangimento ou rigidez. A senhorita Lavendar era uma pessoa muito sensata, apesar de seus sonhos e do romantismo, e soube manter os sentimentos escondidos depois dessa primeira pequena traição, recepcionando Paul com o mesmo brilhantismo e naturalidade que teria recebido o filho de qualquer pessoa. Todos passaram uma tarde muito divertida juntos; e tiveram um banquete com tantas iguarias gordurosas no jantar que teriam feito a senhora Irving erguer as mãos, horrorizada, acreditando que a digestão de Paul estaria arruinada para sempre.

– Venha de novo, rapaz – disse a senhorita Lavendar, apertando-lhe a mão ao despedir-se.

– A senhorita pode me dar um beijo se quiser – disse Paul, sério.

A senhorita Lavendar inclinou-se e o beijou.

– Como você sabia que eu queria lhe dar um beijo? – sussurrou ela.

– Porque a senhorita olhou para mim exatamente como a minha mãezinha costumava olhar quando queria me beijar. Como regra, eu não gosto de ser beijado. Meninos não gostam. A senhorita me entende. Mas acho que eu gostaria que a senhorita me beijasse. E é claro que virei visitá-la de novo. Acho que eu gostaria de tê-la como minha amiga particular, se não se importar.

– Eu... acho que não me importarei – disse a senhorita Lavendar. Ela virou-se e entrou depressa, e logo apareceu na janela, alegre e sorridente, e acenou.

– Eu gostei da senhorita Lavendar – anunciou Paul, enquanto cruzavam o bosque de faias. – Gosto do jeito que ela me olhou e gostei de sua casa de pedra e da Charlotta IV. Queria que a vovó Irving tivesse uma Charlotta IV, em vez de uma Mary Joe. Tenho certeza de que Charlotta não acharia que estou mal da cabeça quando contasse a ela o que penso sobre as coisas. Não foi um esplêndido chá, professora? Vovó diz que um menino não deve ficar pensando no que vai comer, mas não posso evitar quando estou com muita fome. A senhorita entende, professora. Não acho que a senhorita Lavendar obrigaria um menino a comer mingau no café da manhã se ele não quisesse. Ela lhe daria somente o que ele gosta de comer. Mas é claro... – Paul era um menino muito justo. – ...que isso poderia não ser muito bom para ele. Mas é muito bom para variar, professora. A senhorita entende.

UM PROFETA EM SUA TERRA NATAL

Certo dia de maio, os habitantes de Avonlea ficaram um tanto alvoroçados por causa de algumas "Notas sobre Avonlea", assinadas por um "Observador" e publicadas no *Daily Enterprise* de Charlottetown. Os rumores atribuíam a autoria do texto a Charlie Sloane, em parte porque o tal Charlie tivera devaneios literários no passado, em parte porque uma das notas parecia conter uma indireta para Gilbert Blythe. A juventude de Avonlea insistia em considerar Gilbert Blythe e Charlie Sloane rivais pelo apreço de uma certa donzela de olhos cinzentos e grande imaginação.

Os rumores, como de costume, estavam errados. Gilbert Blythe, com a ajuda e o encorajamento de Anne, havia escrito aquele texto e posto um parágrafo sobre si mesmo para despistar. Somente duas das notas tinham alguma importância nesta história:

"Dizem por aí que haverá um casamento no povoado, antes que floresçam as margaridas. Um novo e muito respeitado cidadão conduzirá ao altar de núpcias uma de nossas damas mais populares."

"Tio Abe, nosso muito bem conhecido profeta meteorológico, prevê uma tempestade violenta com raios e trovões para a noite do dia vinte e três de maio cujo início será às sete horas em ponto. O temporal atingirá a maior parte da província. As pessoas que vão viajar nessa noite devem levar sombrinhas e capas de chuva."

– É verdade que Tio Abe previu uma tempestade para algum momento nesta primavera – disse Gilbert –, mas você acha que o senhor Harrison realmente visita Isabella Andrews?

– Não – respondeu Anne, rindo –, estou certa de que ele só vai jogar xadrez com o senhor Harmon Andrews, mas a senhora Lynde diz que Isabella Andrews se casará em breve, porque ela anda bem animada nesta primavera.

O pobre e velho Tio Abe ficou muito indignado com as notas, pois suspeitava de que o "Observador" estivesse zombando dele. Ele negou furiosamente ter designado uma data em particular para a tempestade que previra, mas ninguém acreditou nele.

A vida em Avonlea continuou serena e uniforme em seu curso. O "plantio" foi anunciado, e os Melhoradores celebraram um Dia da Árvore. Cada Melhorador plantou, ou instigou o plantio, de cinco árvores ornamentais. Como a Sociedade agora contava com quarenta membros, isso significava um total de duzentas novas árvores. As aveias temporãs enverdeceram sobre os campos vermelhos, os pomares de macieiras lançavam seus grandes braços floridos ao redor das casas das fazendas, e a Rainha da Neve se adornou como uma noiva se apruma para o marido. Anne gostava de dormir com a janela aberta para sentir a fragrância das cerejas sobre seu rosto durante a noite. Achava que era muito poético. Marilla achava que ela estava arriscando a vida.

– O Dia de Ação de Graças deveria ser celebrado na primavera – disse Anne a Marilla em um fim de tarde, enquanto estavam sentadas nos degraus da porta da frente ouvindo o doce coral das rãs. – Creio que seria infinitamente melhor do que celebrá-lo em novembro, quando tudo está morto ou adormecido. Nessa época, é necessário lembrar-se de ser grato; e, em maio, é inevitável sentir-se agradecido... ainda que seja só pela vida. Sinto-me exatamente como Eva deve ter se sentido no jardim do Éden, antes de os problemas começarem. O gramado naquela baixada é verde ou dourado? Parece-me, Marilla, que uma pérola de dia como este, quando desabrocham os botões e os ventos não sabem para onde soprar a seguir por puro êxtase, deve ser quase tão bom quanto o paraíso.

Marilla pareceu escandalizada e olhou ao redor com apreensão para certificar-se de que os gêmeos não estavam ouvindo. Os dois apareceram por detrás da casa naquele instante.

– Esta não é uma noite extremamente cheirosa? – perguntou Davy, respirando fundo com satisfação enquanto balançava uma enxada nas mãos sujas. O garoto estava trabalhando em seu jardim. Naquela primavera, Marilla, como forma de canalizar a paixão de Davy por lambuzar-se na lama e no barro em algo útil, deu a ele e Dora uma pequena porção do terreno para a criação de um jardim. Ambos partiram avidamente para o trabalho, cada um com sua maneira característica. Dora plantou, semeou e regou cuidadosa, sistemática e desapaixonadamente. Como resultado, seu canteiro já estava verde de brotos que emergiam de pequenas e ordenadas filas de hortaliças e vegetais. Davy, entretanto, trabalhou com mais ardor do que sabedoria. Cavava, capinava, rastilhava, regava e transplantava com tamanha energia que suas sementes não tinham a menor chance de crescer.

– Como está indo o seu jardim, Davy? – perguntou Anne.

– Meio devagar – disse ele, com um suspiro. – Não sei por que as coisas não estão crescendo. Milty Boulter falou que eu devo ter plantado na lua nova, e este é o problema. Ele falou que não se deve plantar, matar um porco, cortar o cabelo ou fazer qualquer coisa importante na fase errada da lua. Isso é verdade, Anne? Quero saber!

– Talvez as suas plantas estivessem melhores se você não as puxasse pelas raízes, dia sim, dia não, para ver como elas estão indo "do outro lado" – disse Marilla sarcasticamente.

– Eu só puxei seis delas! – protestou Davy. – Queria ver se tinha larva nas raízes. Milty Boulter falou que, se a culpa não era da lua, o problema eram larvas. Mas só achei uma única. Era uma larva grande, gorda, suculenta e enrolada. Botei-a em uma pedra, peguei outra pedra e a esmaguei. Ela fez um barulho alto e engraçado, é verdade. Pena que não tinha mais. O jardim de Dora foi plantado ao mesmo tempo que o meu, e tudo está crescendo direitinho. Não pode ser a lua – concluiu, em tom reflexivo.

– Marilla, olhe aquela macieira – disse Anne. – Ora, a árvore é quase humana. Está estendendo seus longos braços para puxar as próprias saias rosadas graciosamente e provocar nossa admiração.

– Essas macieiras Duquesa Amarela sempre crescem bem – respondeu Marilla, complacentemente. – Aquela árvore vai estar carregada neste ano. Fico muito feliz... São ótimas para fazer tortas.

Mas nem Marilla, nem Anne, nem ninguém faria tortas das maçãs da Duquesa Amarela naquele ano.

O dia vinte e três de maio chegou... um dia excepcionalmente quente, como Anne e seu pequeno enxame de pupilos notaram melhor do que ninguém, sufocando de calor ao estudar frações e sintaxe na classe de Avonlea. Uma brisa quente soprou durante toda a manhã, mas o ar tornou-se pesado e inerte depois do meio-dia. Às três e meia, Anne ouviu o ressoar grave de um trovão e prontamente despachou os alunos, para que todos conseguissem chegar em casa antes da tempestade.

Quando saíram ao pátio, Anne percebeu certa sombra e escuridão no ambiente, embora o sol continuasse brilhando. Annetta Bell segurou sua mão, aflita.

– Oh, professora, veja aquela nuvem terrível!

Anne olhou e proferiu uma exclamação de desalento. A noroeste, aproximava-se rapidamente uma massa de nuvens, tal como ela nunca tinha visto na vida. Era muito negra, exceto onde as bordas curvadas eram ladeadas por um branco lívido apavorante. Ela dominava o claro céu azul com uma aura de indescritível ameaça, sendo cruzada por um raio aqui e ali, seguido por um rugido feroz. Sua altitude era tão baixa que quase parecia tocar os cumes das colinas arborizadas.

O senhor Harmon Andrews apareceu na colina em sua ruidosa carroça de carga, guiando os cavalos à maior velocidade possível, e parou em frente à escola.

– Creio que o Tio Abe tenha acertado uma vez na vida, Anne – gritou. – A tempestade dele está vindo um pouco adiantada. Você já viu uma nuvem igual àquela? Aqui, subam todos os alunos que vão para o lado da minha casa; e os que moram em outras direções, corram para o posto dos correios, se tiverem que caminhar mais do que um quarto de milha, e fiquem lá até que passe o temporal.

Anne pegou Davy e Dora pela mão e voou colina abaixo, passando pela Rota das Bétulas, o Vale das Violetas e o Charco do Salgueiro, tão rápido quanto as perninhas dos gêmeos permitiam. Chegaram bem a tempo em Green Gables e se encontraram na porta com Marilla, que estivera recolhendo os patos e as galinhas para dentro do galinheiro. Quando entraram na cozinha, a luz pareceu desvanecer, como se tivesse sido dissipada por um sopro poderoso. A terrível nuvem cobriu o sol, e uma escuridão como a do final do crepúsculo estendeu-se pelo mundo. Ao mesmo tempo, com o estrondo de um trovão e a claridade ofuscante dos raios, o granizo começou a cair e cobrir a paisagem em sua fúria branca.

Em meio ao clamor da tempestade, ouviram-se o baque dos galhos quebrados golpeando a casa e o ruído de vidros estilhaçados. Em três minutos, todas as vidraças das janelas oeste e norte foram quebradas, e o granizo entrou pelas aberturas cobrindo o chão com pedras, sendo a menor delas do tamanho de um ovo de galinha. Por três quartos de hora, a tempestade rugiu sem pausa, e todos que passaram por ela jamais conseguiram esquecê-la. Marilla, completamente aterrorizada, perdeu a compostura uma vez na vida e ajoelhou-se junto à cadeira de balanço em um canto da cozinha, arfando e chorando entre os trovões ensurdecedores. Anne, branca como papel, tinha afastado o sofá da janela e se sentado com um gêmeo em cada lado. Davy, ao ouvir o primeiro estrondo, berrou:

– Anne, Anne, é o Juízo Final? Anne, Anne, eu nunca quis ser travesso! – Ele enterrou o rosto no colo de Anne e ali ficou, com o corpinho trêmulo. Dora, um pouco pálida, porém muito calma, ficou sentada imóvel e em silêncio, com a mãozinha agarrada à mão de Anne. É difícil dizer se um terremoto seria capaz de perturbar a tranquilidade de Dora.

Enfim, quase tão repentinamente quanto começou, a tempestade cessou, o granizo parou, os trovões se distanciaram para o oeste e o sol reapareceu, alegre e radiante, sobre um mundo tão modificado que parecia absurdo pensar que uma transformação como aquela pudesse ter acontecido em meros três quartos de hora.

Marilla ergueu-se, fraca e trêmula, e deixou-se cair na cadeira de balanço. Com um semblante abatido, parecia ter envelhecido dez anos.

– Todos nós conseguimos escapar com vida? – perguntou ela, solenemente.

– Pode apostar que sim! – foi a animada resposta de Davy, completamente recomposto. – Não fiquei nem um pouco assustado... Só no começo. Foi tudo tão de repente! Eu tinha decidido em um piscar de olhos que não ia mais brigar com Teddy Sloane na segunda-feira, mas agora acho que vou! Diga, Dora, você se assustou?

– Sim, assustei-me um pouco – disse ela, inabalada –, mas segurei firme a mão da Anne e repeti minhas orações sem parar.

– Bom, eu teria rezado também se tivesse pensado nisso. Mas, veja, eu saí são e salvo, como você, mesmo sem ter rezado – acrescentou, triunfante.

Anne serviu para Marilla um copo cheio de seu potente vinho de groselha, cuja potência Anne, em seus dias de infância, tivera uma boa razão para conhecer, e então todos foram até a porta para contemplar um estranho cenário.

Ao longe, na amplitude, estendia-se um tapete branco de pedras de granizo até a altura dos joelhos. Havia montes delas acumulados sob os beirais do telhado e sobre os degraus. Três ou quatro dias depois, quando as pedras derreteram, a destruição que causaram foi claramente vista, pois cada broto verde que crescia nos campos e jardins fora arrancado. Não só as flores foram extirpadas das macieiras, mas enormes ramos e galhos tinham se quebrado. E, das duzentas árvores recentemente plantadas pelos Melhoradores, a grande maioria foi arrancada pela raiz ou feita em pedaços.

– Será possível que este seja o mesmo mundo que tínhamos há apenas uma hora? – perguntou Anne, atordoada. – Tamanha devastação deve ter levado mais tempo.

– Uma destruição igual a essa nunca tinha sido vista na Ilha do Príncipe Edward... Nunca – lamentou Marilla. – Lembro-me de que houve uma tempestade terrível quando eu era menina, mas aquela não foi nada em comparação a esta. Vamos ouvir notícias da terrível destruição, podem ter certeza.

– Espero que nenhum dos meus alunos tenha sido pego ao ar livre – murmurou Anne, angustiada. Mais tarde, descobriu-se que nenhuma das crianças fora afetada, visto que as que moravam longe tomaram o excelente conselho do senhor Andrews e buscaram refúgio no posto dos correios.

– Aí vem John Henry Carter – disse Marilla.

John Henry vinha em meio ao granizo com uma expressão assustada no rosto.

– Oh, não é terrível, senhorita Cuthbert? O senhor Harrison mandou-me aqui para ver se estão todos bem.

– Nenhum de nós foi morto – respondeu ela, sombria – E nenhuma das construções foi atingida. Espero que tenham tido a mesma sorte.

– Sim, senhora. Não a mesma, senhora. Nós fomos atingidos. Um raio caiu sobre a cozinha, desceu pela chaminé, atingiu a gaiola de Ginger, abriu um buraco no chão e foi parar no porão. Sim, senhora!

– Ginger foi ferido? – indagou Anne.

– Sim, senhora. Foi muito ferido. Foi morto.

Mais tarde, Anne foi até a fazenda do senhor Harrison para consolá-lo. Encontrou-o sentado à mesa, acariciando o corpinho morto de Ginger com a mão estremecida.

– O pobre Ginger já não vai mais chamar a senhorita de maneira inapropriada – disse ele, com tristeza.

Anne nunca se imaginaria chorando por causa de Ginger, mas as lágrimas lhe vieram aos olhos.

– Era a única companhia que eu tinha, senhorita Anne... E agora ele está morto. Bem, bem, sou um velho tolo por me importar tanto. Vou fingir que não me importo. Sei que vai dizer algo consolador assim que eu parar de falar... Mas não faça isso. Se disser, vou chorar como um bebê. Não foi uma tempestade horrorosa? Aposto que as pessoas não vão mais rir das previsões do Tio Abe. Parece que todas as profecias frustradas de tormentas que ele já fez ao longo da vida resolveram se concretizar de uma só vez. O mais surpreendente foi que ele acertou até o dia, não foi? Veja só que bagunça temos aqui! Tenho que dar uma olhada por aí e apanhar algumas tábuas para fechar o buraco no chão.

Os habitantes de Avonlea não fizeram mais nada no outro dia além de visitar uns aos outros e comparar os danos. Em razão das pedras de granizo, as estradas ficaram intransitáveis para as rodas, de modo que todos iam caminhando ou cavalgando. O correio chegou tarde, com más notícias de toda a província. Casas tinham sido atingidas, pessoas mortas e feridas, todo o sistema de telefonia e telegrafia estava desorganizado, e todos os animais jovens que se encontravam em campo aberto haviam morrido.

De manhã cedo, Tio Abe foi até o ferreiro e passou o dia inteiro lá. Era sua hora de triunfo, e ele a desfrutou plenamente. Seria injustiça afirmar que ele estava contente pela tempestade; mas, já que havia ocorrido, ele estava muito feliz por sua previsão ter se cumprido, na data exata, inclusive. Tio Abe até esqueceu que negara ter estabelecido uma data. E, quanto à ligeira discrepância com relação ao horário, isso não era nada.

Gilbert chegou a Green Gables ao entardecer e encontrou Marilla e Anne ocupadas em pregar tiras de oleado sobre as janelas quebradas.

– Só Deus sabe quando conseguiremos vidros! – disse Marilla. – O senhor Barry foi até Carmody nesta tarde, mas não conseguiu nada, por amor ou por dinheiro. Os habitantes de Carmody já tinham limpado os armazéns de Lawson e de Blair às dez da manhã. A tempestade foi tão violenta em White Sands quanto aqui em Avonlea, Gilbert?

– Eu diria que sim. Fiquei preso na escola com todas as crianças e pensei que algumas ficariam loucas de pavor. Três desmaiaram, duas meninas tiveram crise de histeria, e Tommy Blewett não fez outra coisa além de gritar a plenos pulmões durante todo o tempo.

– Eu só dei um gritinho! – disse Davy, orgulhoso. – Meu jardim ficou todo esmagado e achatado – continuou, pesaroso –, mas o da Dora também! – acrescentou, em um tom que indicava que ainda existia bálsamo em Gileade[18].

Anne desceu correndo do quarto.

– Oh, Gilbert, já soube da notícia? A velha casa do senhor Levi Boulter foi atingida por um raio e completamente incendiada! Creio que sou extremamente perversa por me alegrar com isso, depois que aconteceu tanta destruição. O senhor Boulter declarou que acredita que a SMA tenha criado a tempestade por meio de magia para este propósito.

– Bem, uma coisa é certa: o "Observador" fez a reputação do Tio Abe como um profeta meteorológico. "A Tempestade do Tio Abe" vai entrar para a história local! Foi a coincidência mais extraordinária que tudo tenha acontecido justo no dia que escolhemos. Para falar a verdade, estou me sentindo um tanto culpado, como se eu realmente tivesse criado a tempestade por magia. Mas podemos nos regozijar pela remoção da velha casa, visto que não há muito pelo que se alegrar com as nossas mudas de árvores. Nem dez ficaram de pé.

– Ah, bem, vamos apenas ter que plantá-las de novo na próxima primavera – respondeu Anne, filosoficamente. – Esta é uma das coisas boas deste mundo: podemos ter certeza de que sempre haverá outras primaveras.

---

18 Referência ao Antigo Testamento – Jeremias, 8:22. (N. T.)

UM ESCÂNDALO EM AVONLEA

Em uma alegre manhã de junho, quinze dias após a tempestade do Tio Abe, Anne caminhava lentamente pelo quintal de Green Gables, vindo do jardim, carregando nas mãos dois caules ressecados de narcisos brancos.

– Olhe, Marilla – disse, com tristeza, segurando as flores diante dos olhos da dama austera, que tinha o cabelo atado com um lenço de algodão xadrez, verde e branco, e entrava na casa com um frango depenado –, estes foram os únicos botões que a tempestade poupou... E mesmo estes são imperfeitos. Que pena... Queria levar alguns ao túmulo de Matthew. Ele sempre gostou tanto dos lírios de junho...

– Também sinto falta delas – admitiu Marilla –, apesar de não parecer certo ficar lamentando sobre as flores quando tantas coisas piores aconteceram... Todas as colheitas estão destruídas, assim como as frutas.

– Mas as pessoas estão semeando as aveias novamente – reconfortou Anne –, e o senhor Harrison diz que, se tivermos um bom verão, elas vão crescer, ainda que atrasadas. E minhas flores estão brotando outra vez... Mas, ah, nada pode substituir os lírios de junho! A pobre Hester Gray também não receberá nenhum. Ontem à noite fui até o jardim dela, mas não havia nenhum. Tenho certeza de que ela sentirá falta das flores.

– Não acho certo você falar essas coisas, Anne, realmente não acho! – repreendeu Marilla, com severidade. – Hester Gray morreu há mais de trinta anos, e seu espírito está no céu... eu espero.

– Sim, mas eu acredito que ela ainda ama seu jardim que ficou e se lembra dele. Estou convicta de que eu gostaria de olhar para baixo e ver alguém depositar flores em meu túmulo, não importando há quanto tempo eu estivesse no céu. Se eu tivesse um jardim como o de Hester Gray, levaria mais de trinta anos, mesmo no céu, para que eu não sentisse mais saudade dele.

– Bem, não deixe que os gêmeos a ouçam falar dessa maneira – foi o débil protesto de Marilla, ao carregar o frango para dentro de casa.

Anne prendeu os narcisos no cabelo e foi até o portão da alameda, onde se deteve por alguns minutos para desfrutar do sol esplendoroso de junho antes de dedicar-se às tarefas matinais de sábado. O mundo tornava-se adorável novamente. A velha Mãe Natureza fazia o máximo esforço para remover os traços da tempestade, e, apesar de não ter tido êxito completo por muitas luas, estava realmente operando maravilhas.

– Só queria ficar ociosa hoje o dia inteiro – disse Anne a um pássaro azul que cantava pousado em um galho de salgueiro –, mas uma professora, que também está ajudando a cuidar de gêmeos, não pode se dar a esse luxo, passarinho. Como é doce o seu canto, amiguinho! Você está transformando em música os sentimentos do meu coração de uma forma muito melhor do que eu jamais conseguiria. Ora, quem está vindo?

Uma charrete vinha sacolejando pela alameda, com duas pessoas no assento e um grande baú atrás. Quando se aproximaram, Anne reconheceu o condutor como o filho do oficial da estação de Bright River, mas sua companhia era desconhecida... um fragmento de mulher que saltou agilmente diante do portão, praticamente antes que o cavalo se detivesse. Era uma pessoinha muito bonita, evidentemente mais próxima dos cinquenta anos do que dos quarenta, mas com bochechas rosadas, cintilantes olhos escuros e cabelo negro e brilhante, coroado por um maravilhoso chapéu adornado de flores e plumas. Apesar de ter viajado treze quilômetros por uma estrada poeirenta, ela estava tão limpa como se tivesse acabado de sair de uma caixa de chapelaria.

– É aqui que vive o senhor James A. Harrison? – inquiriu, sem cerimônia.

– Não, o senhor Harrison vive mais adiante – respondeu Anne, completamente admirada.

– Bem, eu realmente achei que este lugar parecia muito asseado... asseado demais para James A. Harrison viver aqui, a não ser que tivesse mudado muito desde que o vi pela última vez – gorjeou a pequena dama. – É verdade que ele vai se casar com uma dama desta comunidade?

– Não, oh, não! – exclamou Anne. Seu rosto ficou ruborizado a ponto de despertar o olhar curioso da estranha, como se suspeitasse dos planos matrimoniais do senhor Harrison.

– Mas eu li no jornal da Ilha! – insistiu a bela desconhecida. – Uma amiga enviou-me um exemplar com a notícia em destaque... Amigas são sempre muito prestativas para fazer essas coisas. O nome de Harrison estava escrito abaixo de "um novo cidadão".

– Ah, aquela nota era só uma piada! – Anne respirou fundo. – O senhor Harrison não tem a intenção de se casar com ninguém. Eu posso lhe garantir.

– Estou muito contente em saber – disse a dama rosada, voltando agilmente para seu assento na charrete –, pois acontece que ele já é casado. Eu sou a esposa dele. Ah, pode ficar surpresa! Presumo que ele tem se passado por solteiro, partindo corações a torto e a direito. Ora, ora, James A. Harrison – ela acenou vigorosamente para os campos em direção à grande casa branca –, acabou a diversão! Estou aqui... apesar de que não teria me dado ao trabalho de vir se não tivesse pensado que você estava envolvido em alguma malandragem. Suponho – voltando-se para Anne – que aquele papagaio esteja tão profano como sempre.

– O papagaio... está morto... eu *acho* – arquejou a pobre Anne. Naquele exato momento, ela não se sentia segura nem do próprio nome.

– Morto? Tudo vai ficar bem, então – respondeu a dama rosada, em júbilo. – Posso lidar com James A. Harrison se aquele pássaro estiver fora do caminho.

Com essa declaração enigmática, ela seguiu alegremente pela estrada, e Anne voou até a porta da cozinha para encontrar Marilla.

– Anne, quem era aquela mulher?

– Marilla, eu pareço estar louca? – perguntou com ar solene, mas com o olhar desvairado.

– Não mais do que de costume – respondeu Marilla, sem intenção de ser irônica.

– Bem, então, acha que estou acordada?

– Anne, que bobagem é essa? Perguntei quem era aquela mulher.

– Marilla, se eu não estou louca nem sonhando, ela não pode ser feita da mesma substância dos sonhos... Ela deve ser real. De qualquer maneira, estou certa de que não conseguiria imaginar um chapéu como aquele. Ela diz que é esposa do senhor Harrison, Marilla!

Foi a vez de Marilla surpreender-se.

– Esposa dele? Anne Shirley! Então, por que é que ele está se passando por solteiro?

– Não acho que seja o caso – argumentou Anne, tentando ser justa. – Ele nunca disse que não era casado. As pessoas simplesmente tomaram como certo que ele não era. Oh, Marilla, o que a senhora Lynde dirá sobre isso?

Descobriram o que a senhora Lynde tinha a dizer quando ela fez uma visita no final daquela tarde. Ela não estava surpresa! Sempre suspeitara de algo do tipo. Sempre soube que o senhor Harrison tinha algo de estranho!

– E pensar que ele abandonou a esposa! – disse ela, indignada. – Parece uma daquelas coisas que só acontecem nos Estados Unidos, mas quem poderia imaginar algo assim acontecendo bem aqui em Avonlea?

— Mas nós não sabemos se ele a abandonou! — protestou Anne, determinada a acreditar na inocência de seu amigo até que fosse provado o contrário. — Não sabemos o que realmente aconteceu.

— Bem, em breve saberemos. Estou indo diretamente para lá — disse a senhora Lynde, que nunca soubera da existência da palavra delicadeza no dicionário. — Supostamente eu não sei nada sobre a chegada dela, e o senhor Harrison ficou de trazer de Carmody uns medicamentos para Thomas. Então, esta será uma boa desculpa! Descobrirei toda a história e virei para contar no caminho de volta.

A senhora Lynde se precipitou em um terreno onde Anne jamais teria se atrevido a pisar. Nada no mundo a teria convencido a ir à casa do senhor Harrison; mas a jovem tinha uma cota natural e adequada de curiosidade e sentia-se secretamente satisfeita pelo fato de a senhora Lynde ter ido resolver o mistério. Ela e Marilla aguardaram ansiosas o retorno dela, mas esperaram em vão. A senhora Lynde não retornou a Green Gables naquela noite. Davy, ao regressar às nove horas da casa dos Boulters, explicou o porquê.

— Encontrei a senhora Lynde e uma mulher estranha no vale — disse ele — e, por Deus, como falavam as duas ao mesmo tempo! A senhora Lynde me pediu para dizer a vocês que sentia muito, mas estava muito tarde para vir nesta noite. Anne, estou terrivelmente faminto! Tomamos chá na casa do Milty às quatro, e achei a senhora Boulter muito malvada! Ela não nos deu nada de compotas nem bolo... e até mesmo o pão era escasso!

— Davy, quando se visita alguém, não se deve criticar o que lhe é oferecido para comer — disse Anne, em tom solene. — É muita falta de educação.

— Tudo bem... Eu só vou pensar — respondeu, animado. — Anne, dê alguma coisa para um pobre rapaz comer.

Anne olhou para Marilla, que a seguiu até a despensa e fechou a porta cuidadosamente.

— Pode pôr um pouco de geleia no pão de Davy. Eu sei muito bem como é o chá na casa de Levi Boulter.

Davy recebeu a fatia de pão com geleia com um suspiro.

– Este é um mundo meio decepcionante, afinal – comentou ele. – Milty tem uma gata que sofre ataques... Ela teve um todos os dias, durante três semanas. Milty falou que é muito engraçado de ver! Eu fui lá hoje de propósito para ver um ataque, mas a coisinha miserável não teve nenhum. Ela estava mais do que saudável, apesar de termos esperado a tarde inteira. Mas não importa... – Davy iluminou-se à medida que o insidioso conforto da geleia de ameixas se instalava em sua alma. – Pode ser que eu ainda consiga ver o bicho ter um ataque outro dia. Não é provável que a gata tenha deixado de sofrer ataques de uma hora para a outra, depois de tanto tempo, não é? Esta geleia é muito deliciosa!

Davy não tinha tristezas que a geleia de ameixas não pudesse curar.

O domingo foi tão chuvoso que não houve fofocas, mas na segunda-feira todos já tinham ouvido alguma versão da história do senhor Harrison. A escola estava plena de burburinho, e Davy chegou em casa cheio de informações.

– Marilla, o senhor Harrison tem uma nova esposa... Bom, não exatamente nova, mas Milty falou que eles pararam de estar casados por um tempo. Sempre achei que as pessoas tinham que continuar casadas, mas Milty falou que não, porque existem umas formas de parar se você não consegue aguentar. Ele falou que uma das formas é só ir embora e deixar a esposa, e foi isso que o senhor Harrison fez. Falou que o senhor Harrison a abandonou porque ela atirava coisas nele... coisas duras... E Arty Sloane falou que foi porque ela não o deixava fumar, e Ned Clay falou que foi porque ela nunca parava de criticá-lo. Eu não deixaria a minha esposa por nada disso! Eu só bateria o pé no chão e diria: "Senhora Davy, você tem que fazer o que eu gosto, porque eu sou um homem!". Acho que isso a deixaria calma rapidinho. Mas Annetta Clay falou que foi ela que o deixou, porque ele não limpava as botas na porta antes de entrar, e ela não culpa a esposa por isso. Vou à casa do senhor Harrison agora mesmo para ver como ela é!

Davy logo retornou, um pouco abatido.

– A senhora Harrison não estava... Ela foi até Carmody com a senhora Rachel Lynde para comprar um novo papel de parede para a sala de visitas. E o senhor Harrison pediu que eu falasse para Anne ir até lá, pois ele quer conversar com ela. E digo mais: o chão está limpo, e o senhor Harrison está com a barba feita, apesar de não ter ido à igreja ontem.

A cozinha do senhor Harrison não parecia familiar para Anne. O piso apresentava, de fato, um maravilhoso grau de pureza, assim como cada móvel daquele aposento; o forno estava polido, e era possível ver seu rosto refletido nele; as paredes haviam sido pintadas de branco, e os vidros da janela brilhavam sob a luz do sol. À mesa estava o senhor Harrison, usando suas roupas de trabalho, que apresentavam vários rasgos e buracos na sexta-feira, mas que agora estavam nitidamente remendadas e escovadas. Seu rosto estava barbeado com esmero, e o pouco cabelo que restava fora cuidadosamente cortado.

– Sente-se, senhorita Anne, sente-se – disse ele, em um tom de voz duas vezes mais baixo do que o usado nos funerais pelas pessoas de Avonlea. – Emily foi até Carmody com Rachel Lynde... Ela já firmou uma amizade eterna com aquela senhora. Admira-me o quão contraditórias são aquelas duas. Bem, senhorita Anne, meus tempos de tranquilidade se acabaram... completamente. Presumo que, de agora em diante, seja só limpeza e organização, para o resto da minha vida natural.

O senhor Harrison fez o possível para falar pesarosamente, mas um irreprimível brilho em seus olhos o traiu.

– O senhor está contente com o retorno de sua esposa! – exclamou Anne, sacudindo o dedo para ele. – Não precisa fingir que não está, pois eu consigo ver claramente!

O senhor Harrison relaxou, com um sorriso acanhado.

– Bem... bem... estou me acostumando – confessou. – Não posso dizer que estou triste por ver Emily. Um homem realmente precisa de certa proteção em uma comunidade como esta, onde não se pode jogar xadrez com o vizinho sem ser acusado de ter a intenção de se casar com a irmã dele e sem que isso seja publicado no jornal.

– Ninguém teria pensado que o senhor estava cortejando Isabella Andrews se não tivesse fingido ser solteiro – disse Anne com muita severidade.

– Eu não fingi que era. Se alguém tivesse perguntado se eu era casado, eu teria dito que era. Mas todos apenas pressupuseram as coisas. E eu não estava ansioso para falar sobre o assunto... Era muito doloroso. A senhora Rachel Lynde teria muito a dizer se soubesse que minha esposa tinha me deixado, não teria?

– Mas alguns dizem que foi o senhor que a deixou.

– Ela começou, senhorita Anne, ela começou! Vou contar toda a história, pois não quero que a senhorita pense o pior de mim, mais do que mereço... E nem de Emily. Mas vamos para a varanda. Tudo aqui está tão assustadoramente limpo que me faz sentir saudade da minha casa. Creio que me acostumarei, depois de um tempo, mas olhar para o quintal me acalma, por ora. Emily ainda não teve tempo de limpá-lo.

Assim que se sentaram confortavelmente na varanda, o senhor Harrison começou o relato de seus infortúnios.

– Eu vivia em Scottsford, New Brunswick, antes de vir para cá, Anne. Minha irmã cuidava da casa para mim, e o fazia muito bem; nossa casa era razoavelmente limpa, e ela me deixava em paz e me enchia de mimos... como Emily sempre diz. Porém, três anos atrás, ela morreu. Antes de morrer, ela se preocupava muito com o que seria de mim e, por fim, fez com que eu prometesse que me casaria. Ela aconselhou-me a casar com Emily Scott, que tinha seu próprio dinheiro e era uma dona de casa padrão. Eu disse a ela: "Emily Scott nunca olharia para mim." E minha irmã respondeu: "Peça-a em casamento e veja". E, só para tranquilizá-la, prometi que faria isso... e fiz. E Emily aceitou meu pedido. Nunca fiquei tão surpreso na minha vida, senhorita Anne... Uma mulher inteligente e linda como aquela, e um velho camarada como eu. Vou lhe dizer, pensei a princípio que estava com sorte. Bem, nós nos casamos e fizemos uma curta viagem de quinze dias a St. John, e então voltamos para casa. Chegamos às dez horas da noite, e eu dou minha palavra, Anne, de que em meia hora aquela mulher estava limpando a casa. Ah, sei que está pensando que minha casa precisava... A senhorita tem um rosto muito expressivo; seus pensamentos estão todos refletidos nele... Mas não precisava, não tanto assim. Admito que a casa era muito bagunçada nos meus tempos de solteirice, mas, antes do casamento, eu contratei uma mulher para que fizesse uma boa limpeza, e também foram feitos consideráveis reparos na estrutura e na pintura. Eu lhe asseguro que, se a senhorita levar Emily para um palácio de mármore novinho, ela vai começar a esfregar assim que conseguir pôr um vestido velho. Bem, ela ficou limpando a casa até a uma da madrugada naquela noite, e às quatro horas já estava de pé, limpando novamente. E assim continuou... E, até onde eu sei, nunca parou. Areava, varria e tirava o pó sem parar, exceto aos domingos, quando passava o dia ansiando pela segunda-feira para começar tudo de novo. Era a forma como se entretinha, e eu não teria problema algum com isso se ela tivesse me deixado em paz. Mas isso não fez. Estava decidida a me mudar, mas não havia me pego jovem o bastante. Ela não permitia que eu entrasse em casa a menos que trocasse as botas por chinelos na porta. Eu não podia fumar meu cachimbo, a não ser que fosse para o estábulo. E minha linguagem não era suficientemente correta. Emily tinha sido professora ainda bem jovem e nunca deixou isso para trás. Também odiava me ver comer com minha faca. Bem, e assim era, implicância e reclamação sem fim! Entretanto, Anne, para ser justo, eu também era teimoso. Não tentei melhorar tanto quanto deveria ter feito... Só ficava mal-humorado e contrariado quando ela apontava minhas faltas. Certa vez, falei que ela não tinha reclamado da minha linguagem quando eu a pedi em casamento. Não foi uma coisa muito educada de se dizer. Uma mulher perdoaria um homem por agredi-la com mais facilidade do que por dar a entender que ela estava muito ansiosa para agarrá-lo. Bem, continuamos brigando assim, o que não era exatamente agradável, mas talvez tivéssemos nos acostumado um ao outro após um tempo, se não fosse por causa de Ginger. O papagaio foi a gota d'água. Emily não gostava de papagaios e não conseguia suportar o modo profano de Ginger falar. Eu era apegado ao pássaro por causa do meu irmão marinheiro. Ele era o meu irmão favorito quando éramos crianças e enviou-me Ginger quando estava morrendo. Eu não via motivo para me preocupar tanto com seu hábito de xingar. Não há nada que eu odeie mais do que isso em uma pessoa, mas em um papagaio, que apenas repete o que ouve, sem entender mais do que eu entenderia de chinês, exceções podem ser feitas. Mas Emily não pensava dessa maneira. Mulheres não são lógicas. Empenhava-se em fazer Ginger parar de xingar, mas não parecia ter mais êxito do que tinha tentando me fazer parar de dizer "tendi" e "essas coisa". Parecia que, quanto mais se empenhava, pior Ginger ficava, assim como eu.

O senhor Harrison fez uma pausa, deu um suspiro e prosseguiu:

– Bem, as coisas continuaram assim, ambos ficando mais irritados, até que veio o ápice do problema. Emily convidou nosso ministro e a esposa para o chá, e outro ministro e a esposa dele, que estavam de visita. Prometi colocar Ginger em um lugar seguro, onde ninguém poderia ouvi-lo... Emily não tocava na gaiola nem com uma vara de três metros... E eu tinha a intenção de fazer isso, pois não queria que os ministros ouvissem algo desagradável em minha casa. Mas isso fugiu da minha mente... Emily estava me enlouquecendo tanto por causa dos colarinhos limpos e da minha linguagem, que já era de se esperar... E eu me esqueci do pobre pássaro, até que nos sentamos para o chá. Justo quando o ministro número um estava bem no meio da oração, Ginger, que estava na varanda diante da janela da sala de jantar, ergueu a voz. Ele tinha avistado o peru no quintal, e isso sempre surtia um efeito nocivo em Ginger. E, naquela vez, ele se superou. Pode rir, Anne, não nego que eu mesmo já ri por causa disso muitas vezes desde então, mas naquele momento me senti quase tão mortificado quanto Emily. Saí dali e levei Ginger para o estábulo. Não posso dizer que desfrutei da refeição. Sabia, pela expressão de Emily, que problemas aguardavam por Ginger e James. Quando as visitas foram embora, fui até o pasto das vacas, meditando, no caminho, sobre algumas coisas. Lamentava por Emily e suspeitava que não tinha sido tão atencioso como deveria. Além disso, questionava se os ministros pensaram que Ginger tinha aprendido aquele vocabulário comigo. No fim das contas, decidi que teria de me desfazer misericordiosamente de Ginger e, depois de levar as vacas para o estábulo, fui contar a Emily minha decisão. Mas Emily não estava lá; só havia uma carta na mesa – bem em acordo com a regra dos romances. Na carta, Emily dizia que eu teria de escolher entre ela e Ginger. Tinha voltado para sua própria casa e ali permaneceria até que eu lhe dissesse que tinha me livrado do papagaio.

– Fiquei tão irritado, Anne, e falei que ela podia ficar esperando até o Dia do Juízo Final, e não voltei atrás. Empacotei todos os seus pertences e enviei para ela. Isso deu muito pano para manga... Scottsford é quase tão ruim quanto Avonlea no quesito fofoca... E todos se solidarizaram com Emily. Isso me deixou completamente furioso e revoltado, e vi que precisava ir embora, do contrário nunca teria paz. Concluí que teria de vir para a Ilha. Eu já tinha vindo aqui quando era menino e tinha gostado muito, mas Emily sempre dissera que nunca viveria em um lugar onde as pessoas tivessem medo de passear depois do crepúsculo, por receio de cair no mar. Então, só para contrariar, resolvi me mudar para cá. E isso é tudo. Não tive mais notícias de Emily até voltar para casa no sábado, vindo do campo de trás, quando a encontrei esfregando o chão... E a primeira refeição decente que comi desde que ela me deixou, pronta sobre a mesa. Disse-me para comer primeiro, e depois conversaríamos. Assim, concluí que Emily havia aprendido algumas lições sobre como lidar com um homem. Então, aqui ela está e aqui ficará... ao ver que Ginger está morto e que a Ilha é um pouco maior do que ela imaginou. Aí vêm a senhora Lynde e ela. Não, não vá, Anne. Fique e conheça Emily. Vocês já se viram no sábado... Ela queria saber quem é a linda jovem ruiva que mora na fazenda ao lado.

A senhora Harrison saudou Anne de forma radiante e insistiu que ela ficasse para o chá.

– James estava me contando tudo sobre você e o quão gentil tem sido, trazendo bolos e coisas para ele – disse ela. – Quero conhecer todos os meus novos vizinhos, assim que possível. A senhora Lynde é uma mulher adorável, não é? Tão amigável!

Quando Anne voltou para casa, em meio ao doce crepúsculo de junho, a senhora Harrison a acompanhou pelos campos, onde os vagalumes acendiam suas lamparinas.

– Suponho que James contou nossa história a você – disse a senhora Harrison, confidencialmente.

– Sim.

– Então não preciso contá-la, pois James é um homem justo e sempre diz a verdade. A culpa está longe de ser toda dele. Agora consigo enxergar. Não fazia uma hora que eu tinha voltado para minha casa quando desejei não ter sido tão apressada, mas eu não iria dar o braço a torcer. Percebo agora que esperava muito de um homem. E fui realmente muito boba por me importar com seu péssimo vocabulário. Não importa se um homem não tenha um bom vocabulário, desde que seja um bom provedor e não fique rondando a despensa para ver quanto açúcar você usou em uma semana. Sinto que James e eu seremos muito felizes agora. Queria saber quem é o "Observador" para poder agradecer. Tenho uma verdadeira dívida de gratidão com ele.

Anne manteve seu segredo, e a senhora Harrison nunca soube que sua gratidão chegara a seu destino. Anne sentiu-se um pouco atordoada ao pensar no longo alcance daquelas "notas" tolas. Elas haviam reconciliado um homem com sua esposa e criado a reputação de um profeta.

A senhora Lynde estava na cozinha de Green Gables. Estivera contando toda a história para Marilla.

– Bem, e o que você achou da senhora Harrison? – perguntou ela a Anne.

– Gostei muito dela. Acho que é uma dama adorável.

– É exatamente o que ela é – disse a senhora Lynde, com ênfase –, e eu estava dizendo a Marilla que devemos fazer vistas grossas para as peculiaridades do senhor Harrison e tentar fazer com que ela se sinta em casa aqui, é isso o que é. Bem, preciso ir embora. Thomas deve estar reclamando da minha ausência. Tenho saído um pouco desde que Eliza veio, e ele parece estar muito melhor nestes últimos dias, mas não gosto de passar muito tempo longe dele. Soube que Gilbert Blythe renunciou à vaga de professor em White Sands. Suponho que irá para a universidade no outono.

A senhora Lynde encarou a jovem com um olhar afiado, mas Anne estava inclinada sobre o sonolento Davy, que caía de sono no sofá, e seu semblante era inescrutável. Ela carregou o pequeno para o quarto, apoiando a bochecha sobre a cabecinha cheia de cachos. Enquanto subiam as escadas, Davy lançou um braço cansado em torno do pescoço de Anne e lhe deu um caloroso abraço e um beijo pegajoso.

– Você é muito boa, Anne! Milty Boulter escreveu na lousa hoje e mostrou para Jennie Sloane: "Rosas são vermelhas e violetas são azuis, o mel é doce, e assim também és tu". E isso expressa exatamente os meus sentimentos por você, Anne.

DEPOIS DA CURVA

Thomas Lynde despediu-se da vida da mesma forma tranquila e discreta como a vivera. Sua esposa foi uma enfermeira terna, paciente e incansável. Rachel tinha sido um pouco dura com seu Thomas quando a lentidão e a docilidade dele a irritavam. Porém, depois que ele adoeceu, nenhuma voz fora mais suave, nenhum toque mais gentil e habilidoso, nenhuma vigília mais voluntária.

– Você tem sido uma boa esposa para mim, Rachel – disse ele certa vez, com simplicidade, quando ela estava sentada ao seu lado no entardecer, segurando-lhe a mão envelhecida, magra e pálida, entre suas mãos talhadas pelo trabalho duro. – Uma boa esposa. Lamento não deixá-la em melhores condições, mas nossos filhos cuidarão de você. São todos inteligentes e capazes, iguais à mãe. Uma boa mãe... Uma boa mulher...

Então ele dormiu e, na manhã seguinte, justo quando a branca alvorada espreitava sobre a copa dos pontiagudos pinheiros do vale, Marilla subiu em silêncio ao quartinho do lado leste do sótão e acordou Anne.

– Anne, Thomas Lynde se foi... O ajudante acabou de trazer a notícia. Estou indo agora mesmo para ver Rachel.

Um dia depois do funeral de Thomas Lynde, Marilla caminhava por Green Gables com um ar estranhamente preocupado. Olhava ocasionalmente para Anne, parecendo estar prestes a dizer alguma coisa; então, balançava a cabeça e comprimia os lábios. Após o chá, foi ver como estava a senhora Lynde e, quando retornou, subiu até o quarto de Anne, onde ela estava corrigindo os trabalhos escolares.

– Como está a senhora Lynde nesta noite?

– Sentindo-se um pouco mais calma e mais tranquila – respondeu Marilla, sentando-se na cama de Anne... atitude que anunciava alguma estranha excitação mental, pois, de acordo com o código de ética caseira de Marilla, sentar-se em uma cama já feita era uma ofensa imperdoável. – Mas está muito solitária. Eliza teve que voltar para casa hoje... O filho dela não está bem, e ela sentia que não poderia ficar mais tempo.

– Quando eu terminar estes exercícios, vou correr até lá e conversar com a senhora Lynde – disse Anne. – Pretendia estudar um pouco de composição latina, mas isso pode esperar.

– Suponho que Gilbert Blythe vá para a universidade no outono – disse Marilla, de chofre. – Você também gostaria de ir, Anne?

Anne levantou o olhar com espanto.

– É claro que sim, Marilla. Mas isso não é possível.

– Creio que seja. Sempre acreditei que você deveria ir. Nunca me senti confortável ao pensar que você estava abandonando tudo por minha causa.

– Marilla, eu nunca lamentei, nem por um momento, por ter ficado em casa. Tenho sido tão feliz... Oh, estes últimos dois anos têm sido encantadores!

– Sim, sei que você está bem contente. Mas não é esta a questão, exatamente. Você tem que dar continuidade aos seus estudos. Você economizou o suficiente para se sustentar em Redmond por um ano, e o dinheiro da venda do gado a sustentará por mais um ano... E existem bolsas e coisas do tipo que você pode ganhar.

– Sim, mas não posso ir, Marilla. Seus olhos estão melhores, é claro, mas não posso deixá-la sozinha com os gêmeos. Eles precisam de tanto cuidado!

– Não estarei sozinha com eles. Era isso que eu queria discutir com você. Tive uma longa conversa com Rachel nesta noite. Anne, ela se sente terrivelmente mal por inumeráveis questões. Ela não ficou em uma boa situação econômica. Parece que eles hipotecaram a fazenda oito anos atrás para ajudar o filho caçula a começar a vida quando foi para o Oeste e nunca conseguiram pagar muito mais do que os juros desde então. E depois, é claro, a doença de Thomas foi muito dispendiosa, de um jeito ou de outro. A fazenda terá que ser vendida, e Rachel acha que dificilmente sobrará algum dinheiro depois que as contas forem pagas. Disse que terá que ir morar com Eliza e que está de coração partido ao pensar em sair de Avonlea. Uma mulher na idade dela não faz amizades e descobre novos interesses facilmente. E, Anne, enquanto ela me falava essas coisas, ocorreu-me a ideia de convidá-la para morar comigo, mas pensei que deveria conversar com você primeiro, antes de dizer qualquer coisa a ela. Se Rachel vier morar aqui, você pode ir para a universidade. O que acha disso?

– Sinto... como se... alguém... tivesse me dado... a lua... e eu não soubesse... exatamente... o que fazer... com ela – balbuciou Anne, confusa. – Mas, quanto a convidar a senhora Lynde para morar aqui, é uma decisão sua, Marilla. Você acha... tem certeza... de que gostaria disso? A senhora Lynde é uma boa pessoa e uma vizinha gentil, mas... mas...

– Mas tem seus defeitos, é o que quer dizer? Bem, ela tem, é claro, mas acho que preferiria suportar defeitos ainda piores a ver Rachel deixar Avonlea. Eu sentiria imensamente a falta dela. É a única amiga íntima que tenho aqui e me sentiria perdida sem ela. Somos vizinhas há quarenta e cinco anos e nunca tivemos uma discussão... apesar de termos chegado bem perto disso naquele dia em que você se zangou por ela chamá-la de ruiva e desajeitada. Lembra-se, Anne?

– Creio que sim – respondeu, com melancolia. – As pessoas não esquecem coisas assim. Como odiei a pobre senhora Lynde naquele momento!

– E, então, aquelas "desculpas" que você pediu! Bem, você dava trabalho, em todos os aspectos, Anne. Eu realmente me senti intrigada e desnorteada sobre como orientá-la. Matthew entendia você melhor.

– Matthew entendia tudo – disse Anne, docemente, como sempre fazia ao falar sobre ele.

– Bem, acho que podemos nos ajeitar para que Rachel e eu não entremos em conflito. Sempre achei que a razão pela qual duas mulheres não podem se dar bem em uma casa é porque tentam compartilhar a mesma cozinha e ficam no caminho uma da outra. Agora, se a senhora Lynde vier para cá, ela pode ficar com o quarto do lado norte como dormitório e o quarto de hóspedes como cozinha, pois nós não precisamos de um quarto de hóspedes para nada. Ela pode colocar seu forno lá e toda a mobília que quiser manter e viver com conforto e independência. Rachel terá o bastante para viver, é claro... Os filhos cuidarão disso... Então, tudo que eu estaria dando a ela seria o quarto. Sim, Anne, no que diz respeito a mim, eu iria gostar.

– Então fale com ela – disse Anne, prontamente. – Eu mesma também ficaria triste ao ver a senhora Lynde ir embora.

– E, se ela vier, você poderá ir para a universidade. Ela fará companhia para mim e fará pelos gêmeos o que eu não posso fazer, então não há razão no mundo para que você não possa ir.

Anne meditou longamente diante de sua janela naquela noite. A alegria e o arrependimento lutavam em seu coração. Ela havia chegado, enfim, repentina e inexplicavelmente, à curva no caminho, e ali estava a universidade, com uma centena de esperanças e planos coloridos. Mas compreendeu também que, se tomasse esse caminho, teria de deixar para trás muitas coisas doces... todos os pequenos deveres e simples interesses que tinham se tornado tão queridos nos últimos dois anos, transformados em belezas e delícias graças ao entusiasmo com que os realizava. Ela teria que deixar a escola... E Anne amava cada um de seus alunos, mesmo os tolos e os travessos. E apenas pensar no rostinho de Paul Irving fazia com que se perguntasse se Redmond College valia mesmo a pena, afinal.

– Durante os dois últimos anos, tenho plantado pequenas raízes – Anne disse à lua – e, quando forem arrancadas, vai doer muito. Mas é melhor ir, eu acho... E, como Marilla disse, não há outra razão para que eu não vá. Preciso colocar para fora todas as minhas ambições e sacudi-las para tirar a poeira.

No dia seguinte, Anne enviou sua carta de demissão, e a senhora Lynde, após uma conversa sincera com Marilla, aceitou com gratidão o convite para viver em Green Gables. Entretanto, ela preferiu permanecer em sua própria casa durante o verão, pois a fazenda não seria vendida até o outono e ainda havia muito a ser feito.

– Eu certamente nunca pensei em viver em um lugar tão longe da estrada como Green Gables – suspirou a senhora Lynde para si mesma. – Mas, na verdade, aquele lugar não parece mais tão distante do mundo quanto antes... Anne tem vários amigos, e os gêmeos tornam a casa muito animada. E, de qualquer maneira, eu preferiria viver no fundo de um poço a ter que deixar Avonlea.

Essas duas decisões, sendo rapidamente divulgadas, desbancaram as fofocas sobre a chegada da senhora Harrison. Mentes sábias ficaram chocadas com o convite precipitado de Marilla Cuthbert para que a senhora Lynde fosse morar com ela. As pessoas opinavam que elas não conseguiriam viver juntas. Ambas eram "muito apegadas à própria maneira de ser", e diversas previsões desanimadoras foram feitas, ainda que nenhuma delas tenha perturbado as partes em questão. As duas haviam chegado a um claro e distinto entendimento sobre os respectivos deveres e direitos do novo acordo e tinham a intenção de respeitá-los.

– Não vou me intrometer com você nem você comigo – disse a senhora Lynde, decididamente –, e, com relação aos gêmeos, ficarei contente em fazer o que puder por eles, mas não vou me responsabilizar por responder às perguntas de Davy, é isso o que é. Não sou uma enciclopédia nem uma advogada da Filadélfia. Você sentirá falta de Anne para isso.

– Algumas vezes, as respostas de Anne são tão estranhas quanto as perguntas de Davy – respondeu Marilla, com secura. – Os gêmeos sentirão falta dela, sem dúvida, mas o futuro de Anne não pode ser sacrificado por causa da sede de informação de Davy. Quando ele fizer perguntas às quais não consigo responder, direi apenas que as crianças devem ser vistas, e não ouvidas. Foi assim que fui criada; não sei, mas foi uma forma tão boa quanto todas essas noções modernas de educação das crianças.

– Bem, os métodos de Anne parecem ter funcionado muito bem com Davy – disse a senhora Lynde, sorrindo. – Ele é uma nova pessoa, é isso o que é.

– Ele não é mau – reconheceu Marilla. – Nunca achei que me apegaria tanto a essas crianças. Davy tem uma forma de nos cativar... e Dora é uma criança adorável, apesar de ser... meio que... bem, meio...

– Monótona? Exatamente – completou a senhora Lynde. – Como um livro cujas páginas são sempre iguais, é isso o que é. Dora será uma mulher muito boa e confiável, mas nunca sairá da linha. Bem, esse tipo de pessoa é muito agradável de se ter por perto, ainda que não seja tão interessante quanto as do outro tipo.

Gilbert Blythe foi, provavelmente, a única pessoa a quem as notícias da renúncia de Anne ao cargo de professora não trouxeram sentimentos misturados. Seus alunos a consideraram uma completa catástrofe. Annetta Bell chegou histérica em casa. Anthony Pye deu vazão aos seus sentimentos lutando e vencendo duas batalhas não provocadas com outros companheiros. Barbara Shaw chorou a noite inteira. Paul Irving avisou à avó, em tom desafiador, que não iria comer mingau por uma semana.

– Não consigo, vovó! – disse ele. – Realmente não sei se consigo comer alguma coisa. Sinto como se tivesse um terrível nó na garganta. Eu teria chorado no caminho de volta para casa se Jake Donnell não estivesse me olhando. Creio que vou chorar quando for para a cama. Não vai aparecer nos meus olhos amanhã, vai? Será um grande alívio. Mas, de qualquer maneira, não consigo comer mingau. Precisarei de toda a minha força de vontade para superar isso, vovó, e não vai sobrar nada para lutar com a comida. Oh, vovó, não sei o que vou fazer quando minha linda professora for embora! Milty Boulter aposta que

Jane Andrews ficará com o colégio. Suponho que a senhorita Andrews seja muito boa. Mas sei que ela não vai entender as coisas como a senhorita Shirley.

Diana também considerou a novidade de modo pessimista.

– Vou me sentir terrivelmente solitária no próximo inverno – lamentou certa noite, quando a luz da lua derramava sua "prata etérea" através dos ramos da cerejeira, enchendo o quartinho do lado leste com um resplendor suave, como um sonho, no qual as meninas estavam conversando, Anne em sua pequena cadeira de balanço, e Diana sentada de pernas cruzadas sobre a cama. – Você e Gilbert estarão longe... e os Allans também. O senhor Allan foi chamado para Charlottetown, e é claro que ele vai aceitar. É terrível. Creio que o cargo ficará vago durante todo o inverno, e teremos de suportar uma longa lista de candidatos... Metade deles não chegará nem perto de ser qualificada.

– Espero que não chamem o senhor Baxter, de East Grafton, para cá – afirmou Anne. – Ele quer vir para esta paróquia, mas seus sermões são muito sombrios. O senhor Bell alega que ele é um ministro às antigas, mas a senhora Lynde disse que não há nada errado com ele, a não ser a indigestão. A esposa dele não é muito boa cozinheira, ao que parece, e a senhora Lynde diz que, quando um homem tem de comer pão azedo durante duas semanas em cada três, sua teologia está fadada a ter algum defeito. A senhora Allan lamenta muitíssimo ter que ir embora. Ela afirmou que todos têm sido tão gentis desde que ela chegou aqui, quando era recém-casada, que sente como se estivesse deixando amigos da vida inteira. Além disso, tem o túmulo do bebê, você sabe. Ela diz que não sabe como conseguirá ir embora e deixá-lo aqui... Era tão pequenininho, tinha só três meses de vida, e ela acha que ele vai sentir falta de sua mãe... apesar de que por nada neste mundo ela diria isso ao senhor Allan. Diz que quase todas as noites ela atravessa a alameda de bétulas atrás da casa paroquial e vai até o cemitério, cantar uma canção de ninar para ele. Contou-me tudo isso ontem, ao entardecer, enquanto eu estava lá colocando algumas rosas silvestres no túmulo de Matthew. Prometi a ela que, enquanto eu estiver em Avonlea, colocarei flores no túmulo do bebê e que, quando não estiver, tenho certeza de que...

– Eu faria isso – completou Diana, com todo o coração. – É claro que farei. E colocarei flores na sepultura de Matthew também, Anne, por você.

– Oh, obrigada! Eu ia mesmo pedir a você. E no túmulo de Hester Gray, também? Por favor, não se esqueça dela. Sabe, tenho pensado e sonhado tanto com a pequena Hester Gray que ela tem se tornado estranhamente real para mim. Penso nela, em seu pequeno jardim, naquele recanto fresco, verde e sossegado, e tenho a sensação de que, se eu pudesse entrar às escondidas em um destes entardeceres de primavera, justo naquela hora mágica que separa a luz das sombras, e subisse pela colina de faias furtivamente para que meus passos não pudessem assustá-la, iria encontrar o jardim em toda a sua doçura de outrora, com seus lírios de junho e rosas temporãs, e a casinha coberta de vinhas. E a pequena Hester estaria ali, com os olhos suaves e os cabelos escuros ao vento, vagando, acariciando os lírios com a ponta dos dedos e sussurrando segredos para as rosas. E eu entraria bem de mansinho, estenderia as mãos e diria: "Pequena Hester Gray, você permitiria que eu fosse sua companheira de brincadeiras, já que também amo as rosas?". E nós nos sentaríamos no velho banco e conversaríamos e sonharíamos um pouco, ou só ficaríamos em silêncio, juntas. E, então, a lua sairia e eu olharia ao redor... E não haveria Hester Gray e nenhuma casinha com vinhas penduradas, e nenhuma rosa... Somente um velho e abandonado jardim, com lírios de junho brotando aqui e ali por entre o gramado, e o vento sussurrando, oh, tão tristemente pelos ramos das cerejeiras. E eu não saberia se tinha sido real ou se eu havia imaginado tudo isso.

Diana apoiou as costas contra a cabeceira da cama. Quando sua amiga começa a narrar coisas tão assombrosas na hora do crepúsculo, é difícil não imaginar que exista alguma coisa espreitando pelas suas costas.

– Temo que a Sociedade de Melhorias vá decair quando você e Gilbert não estiverem por aqui – comentou Diana, com tristeza.

– Eu não temo nem um pouco! – respondeu Anne prontamente, voltando da terra dos sonhos para os assuntos práticos da vida. – A

Sociedade já está estabelecida o suficiente, especialmente considerando que os cidadãos mais idosos estão tão entusiasmados com ela. Veja o que estão fazendo neste verão por seus gramados e veredas. Além disso, estarei atenta a novas ideias em Redmond e escreverei um relatório no próximo inverno e enviarei para vocês. Não tenha uma visão tão negativa das coisas, Diana! E não fique ressentida com meu pequeno momento de alegria e júbilo agora. Mais tarde, quando eu tiver que ir, não sentirei nada além de pesar.

– Você não tem razão para sentir pesar... Você está indo para a universidade e viverá momentos maravilhosos, e fará muitas amizades novas e adoráveis.

– Espero que eu faça amigos – disse Anne, pensativa. – A possibilidade de conhecer novos amigos ajuda a tornar a vida mais fascinante. Mas, não importa quantos amigos eu tenha, pois eles nunca serão tão queridos para mim quanto os antigos... especialmente certa garota de olhos negros e covinhas. Consegue adivinhar quem é, Diana?

– Mas haverá tantas meninas inteligentes em Redmond – suspirou Diana –, e eu sou apenas uma estúpida campesina que diz "tá" algumas vezes... Apesar de saber raciocinar quando paro para pensar. Bem, estes dois últimos anos têm sido verdadeiramente muito bons para durar. Sei de *alguém* que está feliz com sua ida para Redmond. Anne, vou fazer uma pergunta... uma pergunta séria. Não fique chateada e responda seriamente: você tem sentimentos por Gilbert?

– Gosto muitíssimo dele como amigo, mas nem um pouco da maneira que você sugere – respondeu, calma e decididamente; ela também achava que estava falando com honestidade.

Diana suspirou. De certo modo, ela desejava que Anne tivesse dado uma resposta diferente.

– Não pensa em se casar algum dia, Anne?

– Talvez... algum dia... quando encontrar a pessoa certa – respondeu a jovem, sorrindo sonhadora para a lua.

– Mas como você poderá ter certeza de que conheceu a pessoa certa? – persistiu Diana.

– Ah, eu vou reconhecê-lo... *algo* vai me dizer. Você sabe quais são meus ideais, Diana.
– Mas os ideais das pessoas mudam algumas vezes.
– Os meus não. E eu *não conseguiria* me interessar por um homem que não os satisfizesse.
– E se você nunca o conhecer?
– Então morrerei como uma solteirona – foi a resposta animada.
– Ouso dizer que não é a pior das mortes, de jeito nenhum.
– Suponho que morrer seria a parte mais fácil. É o viver como solteirona que não me parece uma boa ideia – disse Diana, sem nenhuma intenção de ser engraçada. – Apesar de que não me importaria tanto assim em ser solteirona se pudesse ser como a senhorita Lavendar. Mas eu nunca seria. Quando eu tiver quarenta e cinco anos, estarei terrivelmente gorda. E, enquanto pode haver algo de romântico em uma solteirona esbelta, não há esperanças para uma gorda. Oh, você sabia que Nelson Atkins pediu Ruby Gillis em casamento, três semanas atrás? Ruby me contou tudo. Disse que nunca teve nenhuma intenção de aceitá-lo, pois quem se casar com ele vai ter que morar com os sogros; mas Ruby contou que ele fez uma declaração tão perfeitamente linda e romântica que a fez ficar sem chão. Mas, como não queria fazer nada precipitado, nossa amiga pediu uma semana para pensar. E, duas semanas depois, ela estava em uma reunião do Clube de Costura na casa da mãe dele, e havia um livro chamado *O Guia Completo de Etiqueta* na mesa da sala de visitas. Ruby disse que simplesmente não consegue descrever seus sentimentos quando, em uma seção do livro, intitulada "A Conduta Durante o Noivado e o Casamento", encontrou a declaração que Nelson havia feito, palavra por palavra! Ela voltou para casa e escreveu uma carta de recusa bem cruel; também contou que, desde então, o pai e a mãe dele tiveram que se revezar para vigiá-lo, por medo de que ele se atirasse no rio. Mas Ruby falou a eles que não precisavam se preocupar, pois o manual diz como um amante rejeitado deve se comportar e que não há nada sobre afogamento! E contou também que Wilbur Blair está literalmente louco por ela, mas que ela não faz a mínima ideia do que fazer.

Anne fez um movimento impaciente.

– Odeio dizer isso... parece tão desleal... mas, bem, eu não gosto de Ruby Gillis agora. Gostava dela quando fomos à escola e à Queen's Academy juntas... nunca da mesma forma como gosto de você e de Jane, é claro. Mas este último ano em Carmody ela parece tão diferente... tão... tão...

– Eu sei – assentiu Diana. – É o lado dos Gillis brotando de dentro dela... Ela não consegue evitar. A senhora Lynde diz que, se alguma vez as moças da família Gillis pensaram em algo além de homens, nunca demonstraram em suas maneiras e na conversação. Ruby não fala em nada além de rapazes e nos elogios que fazem a ela, e como estão loucos por ela em Carmody. E o mais estranho é que eles realmente estão – admitiu Diana, com certo ressentimento. – Na noite passada, quando a vi no armazém do senhor Blair, ela sussurrou para mim que tinha feito recentemente uma nova "conquista". Não perguntei quem era, pois sabia que Ruby estava morrendo de vontade que eu perguntasse. Bem, suponho que é o que ela sempre quis. Você lembra que, mesmo quando ela era menor, sempre dizia que teria dúzias de pretendentes quando crescesse e que iria se divertir ao máximo antes de se casar? Ela é tão diferente de Jane, não é? Jane é uma moça tão boa, sensata e recatada.

– A querida Jane é uma joia! – concordou Anne. – Mas, afinal – Anne acrescentou, inclinando-se para dar um terno tapinha na mão gorducha que estava sobre a almofada –, não há ninguém como a minha Diana! Você se recorda daquela tarde em que nos conhecemos, Diana, e "juramos" amizade eterna em seu jardim? Mantivemos aquele voto, eu acho... Nunca tivemos uma discussão, nem mesmo um distanciamento. Nunca me esquecerei da emoção que senti no dia em que você disse que me amava! Tive um coração tão solitário e faminto durante toda a minha infância! Estou só agora começando a entender o quão faminto e solitário ele realmente era. Ninguém se importava comigo ou sequer prestava atenção em mim. Eu teria sido muito infeliz se não fosse por aquela estranha vidinha de sonhos, onde imaginava todos os amigos e amor que não tinha. Mas quando vim para Green Gables, tudo mudou.

E então eu a conheci. Você não imagina o que sua amizade significa para mim. Quero lhe agradecer, aqui e agora, querida, pelo verdadeiro afeto e calor humano que você sempre me deu.

– E que sempre, sempre darei – soluçou Diana. – Eu *nunca* amarei alguém... nenhuma amiga... a metade do que amo você. E, se um dia eu me casar e tiver uma menininha, vou chamá-la de Anne.

UMA TARDE NA CASA DE PEDRA

– Aonde você está indo toda arrumada, Anne? – Davy queria saber. – Você está um arraso nesse vestido!

Anne descera para almoçar usando um novo vestido de musselina verde pálido... a primeira cor que usara depois da morte de Matthew. Ficava muito bem nela, fazendo ressaltar os delicados tons florais de seu rosto e o brilho acobreado de seus cabelos.

– Davy, quantas vezes tenho que lhe dizer para não usar essa palavra? – disse ela, repreendendo-o. – Estou indo a Echo Lodge.

– Leve-me com você! – implorou Davy.

– Eu o levaria se fosse de charrete. Mas vou caminhando, e é muito longe para as suas pernas de oito anos de idade. Além disso, Paul está indo comigo, e temo que você não desfrute muito da companhia dele.

– Ah, agora gosto muito mais de Paul do que antes – respondeu, começando a fazer ameaçadoras invasões em seu pudim. – Desde que me tornei um bom menino, não me importo tanto que ele seja melhor. Se eu continuar assim, um dia o alcanço, tanto nas pernas quanto na bondade. E Paul é muito bondoso com a gente, os meninos do segundo ano. Ele não deixa os meninos maiores mexer conosco e nos ensina muitos jogos.

– Como foi que Paul caiu no córrego ao meio-dia de ontem? – perguntou Anne. – Encontrei-o no pátio, tão molhado que o mandei para casa imediatamente para se trocar, antes de averiguar o que tinha acontecido.

– Bem, foi meio que um acidente – explicou Davy. – Ele enfiou a cabeça de propósito, mas o resto caiu por acidente. Estávamos todos no córrego, e Prillie Rogerson ficou com raiva de Paul por causa de alguma coisa... Ela é terrivelmente má e ofensiva, apesar de ser bonita... E falou que a vó dele faz cachinhos no cabelo dele todas as noites. Paul não teria se importado com o que ela falou, eu acho, mas Gracie Andrews riu, e Paul ficou muito vermelho, porque Gracie é a garota dele, você sabe. Ele está *completamente* louco por ela... Leva flores e carrega os livros dela até bem mais além da estrada à beira-mar. Ele ficou vermelho igual a uma beterraba e respondeu que a avó não fazia nada daquilo, que o cabelo dele é cacheado de nascimento. E então ele se abaixou na margem e colocou a cabeça na água para mostrar! Ah, não foi na nascente de onde tiramos água para beber – acrescentou, ao ver o olhar horrorizado de Marilla –, foi naquele que fica mais abaixo. Mas a margem estava escorregadia, e ele caiu direto. Garanto que a queda foi um arraso! Oh, Anne, Anne, eu não quis dizer isso... A palavra escapou antes de eu pensar. Foi uma queda esplêndida. Ele parecia tão engraçado rastejando pela margem acima, todo molhado e enlameado! As meninas riram até não poder mais, só Gracie que não. Ela parecia triste. Gracie é uma boa menina, mas tem o nariz empinado. Quando eu ficar grande o bastante para ter uma garota, não vou querer uma de nariz empinado... Vou escolher uma com o nariz lindo igual ao seu, Anne.

– Um menino que lambuza tanto o rosto com calda enquanto come pudim nunca fará com que uma moça olhe para ele – disse Marilla, com severidade.

– Mas eu vou lavar meu rosto antes de sair para namorar – protestou Davy, tentando melhorar as coisas ao esfregar o dorso das mãos na sujeira. – E vou limpar atrás da orelha também, sem precisar que me digam nada. Eu lembrei hoje de manhã, Marilla. Não me esqueço tanto quanto antes. Mas – e Davy suspirou – existem tantos cantinhos no corpo de um homem que é terrivelmente difícil lembrar-se de todos! Bom, se não posso ir até a senhorita Lavendar, vou até a casa da senhora Harrison. Posso garantir que a senhora Harrison é uma mulher muitíssimo bondosa. Ela guarda um pote de biscoitos na despensa, especialmente para os menininhos, e sempre me dá as raspinhas da bacia onde bateu o bolo de ameixas. Uma grande quantidade de ameixas gruda nos lados, você sabe. O senhor Harrison sempre foi um bom homem, mas está duas vezes melhor desde que voltou a estar casado. Acho que casar torna as pessoas melhores. Por que você não se casa, Marilla? Quero saber!

O estado de solteirice de Marilla nunca foi um problema, e, então, com uma troca de olhares significativos com Anne, ela respondeu cordialmente que supunha ser porque ninguém a pediu em casamento.

– Ou talvez você nunca tenha pedido a ninguém para se casar – protestou Davy.

– Oh, Davy – disse Dora, toda formal, chocada a ponto de entrar na conversa sem terem se dirigido a ela –, é o homem quem tem que fazer o pedido.

– Não sei por que eles têm que fazer isso sempre – resmungou o menino. – Parece que tudo neste mundo está a cargo dos homens. Posso comer mais um pedaço de pudim, Marilla?

– Já comeu mais do que é conveniente – disse Marilla. Porém, ela lhe serviu uma segunda porção moderada.

– Eu queria que as pessoas pudessem viver de pudim. Por que não podem, Marilla? Quero saber!

– Porque logo ficariam enjoadas de comer só isso.

– Pessoalmente, eu gostaria de provar – replicou o cético Davy. – Mas acho que é melhor comer pudim só nos dias que tem peixe no almoço e visitas do que nunca comer. Eles nunca têm sobremesa na casa do Milty Boulter. Milty diz que, quando recebem visitas, a mãe dele lhes serve queijo, e ela mesma corta os pedaços... Um "pedacinhozinho" para cada um, e um a mais por educação.

– Se Milty Boulter fala assim da mãe dele, você não tem necessidade de repetir – ralhou Marilla.

– Pela minha alma! – Davy tinha aprendido a expressão com o senhor Harrison e a usava com grande gosto. – Milty falou isso como um elogio. Ele tem muitíssimo orgulho da mãe, pois as pessoas comentam que ela consegue tirar até água de pedra.

– Acho... acho que aquelas galinhas irritantes estão no meu canteiro de amor-perfeito! – disse Marilla, levantando-se e saindo apressadamente para o quintal.

As difamadas galinhas não estavam perto do canteiro de amor-perfeito, e Marilla nem olhou para aquele lado. Em vez disso, sentou-se na portinhola do porão e riu até sentir vergonha de si mesma.

Quando Anne e Paul chegaram à casa de pedra naquela tarde, encontraram a senhorita Lavendar e Charlotta IV no jardim, capinando, rastilhando e podando com toda a vontade. A senhorita Lavendar, alegre e doce, usando os babados e rendas que tanto amava, largou a tesoura e correu jubilosa para encontrar seus visitantes, enquanto Charlotta IV abria um largo sorriso de felicidade.

– Bem-vinda, Anne! Imaginei que viria hoje. Você pertence à tarde, e ela aqui a trouxe. As coisas que se pertencem sempre chegam juntas! Quantos problemas seriam evitados apenas se as pessoas soubessem disso. Mas não sabem... E, assim, desperdiçam uma energia maravilhosa movendo céus e terras para tentar reunir coisas que não se pertencem. E você, Paul... ora, como cresceu! Está metade de uma cabeça maior do que quando veio aqui antes!

– Sim, comecei a espichar como a erva-formigueira à noite, como diz a senhora Lynde! – respondeu Paul, francamente encantado com o fato. – Vovó diz que é o mingau que está fazendo efeito, finalmente. Talvez seja. Só Deus sabe... – Paul suspirou profundamente. – Comi o suficiente para fazer qualquer um crescer. Espero que, agora que comecei, continue espichando até ficar tão alto quanto o meu pai. Sabia que ele tem um metro e oitenta, senhorita Lavendar?

Sim, a senhorita Lavendar sabia; o rubor aumentou por um instante em suas bochechas. Tomou a mão de Paul de um lado e a de Anne do outro e caminharam até a casa em silêncio.

– Hoje é um bom dia para os ecos, senhorita Lavendar? – inquiriu Paul, ansioso. No dia de sua primeira visita havia vento demais para os ecos, e o garoto ficou muito desapontado.

– Sim, hoje é um dia ótimo! – respondeu a senhorita Lavendar, despertando de seu devaneio. – Mas, primeiro, vamos todos comer alguma coisa. Sei que vocês não caminharam toda essa distância através daquele bosque de faias sem ficarem famintos, e Charlotta IV e eu podemos comer em qualquer horário do dia... Temos o apetite muito obsequioso. Então, vamos fazer uma incursão até a despensa. Felizmente, é encantadora e está repleta. Eu tinha o pressentimento de que receberia visitas hoje, e então nós nos preparamos.

– Acho que a senhorita é uma das pessoas que sempre tem coisas boas na despensa – declarou Paul. – Vovó também é assim. Mas ela não aprova lanches entre as refeições. Não sei – acrescentou, meditativamente – se deveria comer quando estou longe de casa, sabendo que ela não aprova.

– Oh, acredito que não reprovaria, depois dessa longa caminhada. Isso faz a diferença – disse senhorita Lavendar, trocando divertidos olhares com Anne por cima dos cachos castanhos de Paul. – Suponho que as merendas sejam extremamente prejudiciais. E é por isso que nós as comemos tão frequentemente em Echo Lodge. Nós, Charlotta IV e eu, vivemos em oposição a todas as dietas conhecidas. Comemos todos os tipos de comida indigesta a qualquer hora que pensemos, dia ou noite, e florescemos como os loureiros. Estamos sempre tentando nos corrigir. Quando lemos algum artigo nos jornais advertindo contra algo de que gostamos, nós o recortamos e pregamos na parede da cozinha, para nos lembrar do assunto. Porém, de alguma forma, nunca conseguimos... Só depois de termos comido o alimento em questão. Até agora nada nos matou, mas Charlotta ficou conhecida por ter pesadelos depois de comer sonhos, tortas de carne e bolo de frutas antes de ir se deitar.

– Vovó me deixa beber um copo de leite e comer uma fatia de pão com manteiga antes de ir para a cama, e aos domingos à noite ela põe geleia no pão – disse Paul. – Então, as noites de domingo sempre me alegram... Por mais de uma razão. Domingo é um dia muito longo na estrada à beira-mar. Vovó diz que para ela é um dia demasiado curto e que papai nunca achou os domingos cansativos quando era garoto. Não pareceria tão longo se eu pudesse conversar com minhas pessoinhas de pedra, mas nunca faço isso, pois aos domingos vovó não aprova. Eu penso muitas coisas, mas temo que meus pensamentos sejam mundanos. Vovó diz que nunca devemos pensar em nada além de pensamentos religiosos aos domingos. Mas a professora aqui disse, uma vez, que cada pensamento realmente belo era religioso, não importa sobre o que seja, ou em que dia pensemos. Mas tenho certeza de que a vovó acha que só podemos pensar nos sermões e nas lições da Escola Dominical. E, quando surge uma diferença de opinião entre vovó e a professora, não sei o que fazer. No meu coração – Paul colocou a mão no peito e ergueu os sérios olhos azuis-escuros para o semblante compreensivo da senhorita Lavendar –, eu concordo com minha professora. Mas, veja bem, vovó já educou meu pai da própria maneira e teve um êxito brilhante com ele, e a professora não criou ninguém ainda, embora esteja ajudando a educar Davy e Dora. Só que o resultado você só saberá depois que eles tiverem crescido. Então, algumas vezes sinto que é mais seguro fazer o que diz minha avó.

– Penso que sim – concordou Anne, solenemente. – De qualquer maneira, ouso dizer, se sua avó e eu explicássemos o que realmente queremos dizer, à maneira peculiar de cada uma, descobriríamos que pensamos praticamente igual. Mas é melhor que você aja como ela diz, considerando que é o resultado de uma experiência. Teremos de esperar até os gêmeos crescerem para verificar se meu método é igualmente bom.

Depois da merenda, eles voltaram ao jardim, onde Paul conheceu os ecos, para sua alegria e deleite, enquanto Anne e a senhorita Lavendar conversavam sentadas no banco de pedra sob o álamo.

– Então você parte no outono? – perguntou a senhorita Lavendar, melancólica. – Eu deveria estar feliz por você, Anne... Mas estou, de forma egoísta, extremamente triste. Sentirei tanto a sua falta! Oh, algumas vezes acho que não vale a pena fazer amigos! Eles se vão de nossa vida após um tempo e deixam uma ferida muito pior do que o vazio anterior a eles.

– Isso parece algo que a senhorita Eliza Andrews poderia ter dito, mas nunca a senhorita Lavendar! – disse Anne. – *Nada* é pior do que a sensação de vazio... E eu não estou indo embora de sua vida. Existem as cartas e as férias. Querida, receio que a senhorita esteja um pouco pálida e cansada.

– Oh... hoo... hoo... hoo! – gritava Paul na vala de pedra, onde estivera fazendo todo tipo de ruído diligentemente; não todos melodiosos, mas quando retornavam estavam transmutados em som de ouro e prata pelas fadas alquimistas do rio. A senhorita Lavendar fez um movimento impaciente com suas belas mãos.

– Só estou cansada de tudo... até mesmo dos ecos. Não há mais nada em minha vida além de ecos... ecos de esperanças perdidas, sonhos e alegrias. São formosos e zombadores. Oh, Anne, é horrível falar essas coisas na frente das visitas. É que eu estou ficando velha, e isso não combina comigo. Sei que serei horrivelmente esquisita quando tiver sessenta anos. Mas talvez tudo de que eu precise seja algum remédio.

Naquele momento, Charlotta IV, que havia desaparecido depois da refeição, retornou e anunciou que o lado nordeste do campo do senhor John Kimball estava vermelho de morangos temporãos e perguntou se senhorita Shirley não gostaria de colher alguns.

– Os primeiros morangos para o chá! – exclamou a senhorita Lavendar. – Oh, não estou tão velha quanto pensei... E não preciso de uma pílula sequer! Meninas, quando vocês voltarem com os morangos, vamos tomar o chá aqui, sob o álamo prateado. Vou preparar tudo, inclusive um creme caseiro.

Anne e Charlotta IV dirigiram-se ao campo do senhor Kimball, um lugar remoto e verde onde o ar era suave como o veludo, fragrante como um leito de violetas e dourado como o âmbar.

– Oh, não é doce e fresco aqui? – Anne inspirou. – Sinto como se estivesse bebendo a luz do sol!

– Sim, madame, eu também. É exatamente como me sinto, madame – concordou Charlotta IV, que teria dito precisamente a mesma coisa se Anne comentasse que se sentia como um pelicano selvagem. Sempre após uma visita de Anne a Echo Lodge, Charlotta subia até seu quartinho sobre a cozinha e, diante de seu espelho, tentava falar, agir e mover-se como Anne. A jovem nunca poderia admitir que conseguia, mas a prática leva à perfeição, como tinha aprendido na escola, e Charlotta tinha esperanças de que conseguiria aprender, com o tempo, o truque daquele delicado levantar do queixo, do repentino brilho ofuscante nos olhos, daquela maneira de andar como se fosse um ramo balançado pelo vento. Anne fazia parecer tão fácil! Charlotta IV a admirava de todo o coração. Não era como se a considerasse muito bonita. A beleza de Diana Barry, com bochechas carmesins e cachos negros, era muito mais do gosto de Charlotta do que o encanto enluarado de Anne, com seus luminosos olhos acinzentados e o rosado pálido e inconstante de suas bochechas.

– Mas eu preferiria parecer com a senhorita a ser bonita – disse ela a Anne, com sinceridade.

Anne riu, degustando o mel do elogio e lançando fora o ferrão. Estava acostumada a receber elogios mistos. A opinião pública nunca chegou a um consenso sobre a aparência de Anne. Pessoas que ouviram dizer que ela era bela ficaram desapontadas quando a conheceram. Pessoas que ouviram dizer que ela era sem graça, depois de vê-la, questionaram onde estavam os olhos de quem fez essa afirmação. A própria Anne nunca acreditou que era bonita. Quando olhava para o espelho, tudo o que via era um rostinho pálido com sete sardas sobre o nariz. O espelho nunca revelava a fugaz e sempre variante gama de sentimentos que iluminavam suas feições como uma rosada chama luminosa ou o feitiço dos risos e sonhos que se alternavam em seus grandes olhos. Ainda que Anne não fosse bonita no sentido estrito da palavra, sua aparência tinha certa distinção e charme evasivo que causava em quem a contemplava uma prazerosa sensação de satisfação, com sua suave mocidade e todas as possibilidades fortemente percebidas. Aqueles que conheciam bem Anne sentiam, sem se dar conta, que seu maior atrativo era a aura de possibilidades que a circundava... o poder de desenvolvimento futuro que existia nela. Parecia andar em uma atmosfera de coisas que estão para ocorrer.

Enquanto colhiam os morangos, Charlotta IV confiou a Anne seus receios com respeito à senhorita Lavendar. A pequena e solidária criada estava verdadeiramente preocupada com a condição de sua adorada senhora.

– Senhorita Lavendar não está bem, madame. Estou certa de que não está, apesar de nunca reclamar. Faz tempo que ela não parece a mesma, madame... desde aquele dia em que a senhorita e Paul estiveram aqui juntos. Tenho certeza de que ela pegou um resfriado naquela noite, madame. Depois que vocês se foram, ela saiu e caminhou pelo jardim até escurecer, com nada além de um xalezinho nos ombros. Havia muita neve pelas trilhas, e estou certa de que pegou um resfriado, madame. Desde então, percebi que ela anda cansada, sentindo-se solitária. Não parece ter interesse em nada, madame. Nunca mais fingiu estar esperando visitas nem se arrumou para esperar, nem nada parecido, madame. Só quando a senhorita vem que ela parece se animar um pouco. E o pior sinal de todos, senhorita Shirley – Charlotta IV abaixou a voz como se fosse referir-se a um sintoma extremamente raro e terrível –, é que agora ela nunca fica irritada quando quebro alguma coisa. Ora, madame, eu ontem quebrei o jarro verde e amarelo que sempre ficava sobre a estante dos livros. A avó dela o trouxera da Inglaterra, e a senhorita Lavendar tinha grande estima por ele. Eu estava limpando com todo cuidado, madame, e o vaso escorregou antes que eu pudesse segurá-lo e se quebrou em quarenta mil pedacinhos! Posso garantir que eu estava triste e assustada. Pensei que a senhorita Lavendar fosse me repreender severamente, madame, e eu preferiria que tivesse a ter agido como agiu. Ela simplesmente veio, mal olhou para o estrago e disse: "Não importa, Charlotta. Só junte os cacos e jogue-os fora". Só isso, senhorita Shirley... "Junte os cacos e jogue-os fora", como se não fosse o jarro que a avó trouxera da Inglaterra! Oh, ela não está bem, e estou com um pressentimento terrível. Ela não pode contar com mais ninguém além de mim.

Os olhos de Charlotta IV estavam cheios de lágrimas. Anne tocou de forma consoladora a mãozinha morena que segurava a caneca rachada.

– Acho que senhorita Lavendar precisa de uma mudança, Charlotta. Ela fica muito tempo aqui sozinha. Não podemos convencê-la a fazer uma pequena viagem?

Então, Charlotta balançou a cabeça com os laços imensos, desconsoladamente.

– Não creio, madame. A senhorita Lavendar odeia fazer visitas. Ela só tem três parentes a quem visita de vez em quando e diz que o faz por simples dever familiar. Da última vez, ela voltou para casa e disse que não iria mais visitá-los por obrigação. "Voltei para casa enamorada da solidão, Charlotta", ela me disse, "e nunca mais quero ficar longe da minha vinha e da minha figueira[19]. Meus parentes se empenham demais em fazer de mim uma anciã, e isso me faz muito mal." Ela falou exatamente assim, madame: "Isso me faz muito mal." Então, não acho que seria bom pressioná-la a visitá-los.

– Veremos o que pode ser feito – respondeu Anne, resoluta, ao colocar o último morango que cabia em seu copo rosa. – Logo que eu entrar de férias, virei passar uma semana inteira com vocês. Faremos piquenique todos os dias e imaginaremos todo tipo de coisa interessante, e veremos se não será possível animar a senhorita Lavendar!

– Isso vai ser ótimo, madame! – exclamou Charlotta IV, arrebatada. Sentia-se contente pelo bem da senhorita Lavendar e pelo seu próprio. Com uma semana inteira para estudar Anne o tempo todo, ela certamente conseguiria aprender a mover-se e comportar-se como ela.

---

19 Referência ao Antigo Testamento – Oseias, 2:12. (N. T.)

Quando as garotas voltaram para Echo Lodge, viram que a senhorita Lavendar e Paul tinham carregado a mesinha quadrada da cozinha até o jardim, e que estava tudo pronto para o chá. Nada jamais fora tão delicioso quanto aqueles morangos com creme saboreados sob um grande céu azul todo salpicado de fofas nuvenzinhas brancas, e nas longas sombras de um bosque com seus ceceios e murmúrios. Após o chá, Anne ajudou Charlotta a lavar a louça na cozinha enquanto a senhorita Lavendar estava sentada no banco com Paul, ouvindo tudo sobre suas pessoas de pedra. Ela era uma boa ouvinte, a doce senhorita Lavendar; mas, por fim, Paul se deu conta de que ela tinha perdido o interesse nos Gêmeos Marinheiros de repente.

– Senhorita Lavendar, por que a senhorita me olha desse jeito? – perguntou, com seriedade.

– De que jeito, Paul?

– Como se estivesse olhando através de mim para alguma outra pessoa que eu a faço lembrar – respondeu Paul, que tinha ocasionais lampejos de compreensão tão impressionantes que não era exatamente seguro guardar segredos quando ele estava por perto.

– Você me faz lembrar de alguém que conheci há muito tempo – disse a senhorita Lavendar, sonhadora.

– Quando a senhorita era jovem?

– Sim, quando eu era jovem. Eu pareço muito velha para você, Paul?

– Sabe, não consigo me decidir a respeito disso – admitiu, confidencialmente. – Seu cabelo parece velho... Nunca conheci uma pessoa jovem com cabelo branco. Mas, quando a senhorita sorri, seus olhos são tão jovens quanto os de minha linda professora. Sabe, senhorita Lavendar – a voz e o rosto de Paul eram solenes como os de um juiz –, acho que a senhorita seria uma esplêndida mãe. Seus olhos têm exatamente o olhar certo... Como o que minha mãezinha sempre tinha. Acho que é uma pena que a senhorita não tenha filhos.

– Tenho um garotinho nos meus sonhos, Paul.

– Oh, tem mesmo? Quantos anos ele tem?

– Mais ou menos a sua idade, eu acho. Deveria ser mais velho, porque sonho com ele desde muito antes de você nascer. Mas nunca o deixarei ter mais do que onze ou doze anos, porque, se eu deixar, algum dia ele crescerá de uma vez e eu o perderei.

– Eu entendo – assentiu com a cabeça. – Esta é a beleza das pessoas dos sonhos... Elas ficam na idade que queremos. A senhorita, a minha linda professora e eu somos as únicas pessoas no mundo que eu sei que têm amigos assim. Não é engraçado que tenhamos encontrado uns aos outros? Mas acho que este tipo de pessoa sempre se encontra. Vovó nunca teve amigos imaginários, e Mary Joe pensa que estou mal da cabeça porque os tenho. No entanto, acho que é maravilhoso! A senhorita entende. Conte-me tudo sobre seu garotinho dos sonhos!

– Ele tem olhos azuis e cabelo cacheado. Ele chega furtivamente e me acorda com um beijo todas as manhãs. Então, brinca aqui no jardim o dia inteiro... E eu brinco com ele. Conhecemos muitos jogos. Organizamos corridas, conversamos com os ecos e eu conto histórias. E, quando chega o entardecer...

– Eu sei! – interrompeu Paul, avidamente. – Ele vem e senta ao seu lado... *assim*... Pois é óbvio que, aos doze anos, ele seria muito grande para sentar no seu colo... E recosta a cabeça em seu ombro... *assim*... E a senhorita coloca os braços ao redor dele e o abraça apertado, bem apertado, e apoia a bochecha na cabeça dele... Sim, exatamente assim. Oh, a senhorita *realmente* entende!

Anne os encontrou ali quando saiu da casa de pedra, e algo no semblante de senhorita Lavendar a fez detestar ter que perturbá-los.

– Receio que devemos ir, Paul, se quisermos chegar antes de escurecer. Senhorita Lavendar, em breve me convidarei para ficar hospedada em Echo Lodge por uma semana inteira.

– Se vier por uma semana, farei com que fique duas! – ameaçou a senhorita Lavendar.

O PRÍNCIPE RETORNA AO PALÁCIO ENCANTADO

O último dia de aula chegou e se foi. Ocorreu um triunfante "exame semestral", e os alunos de Anne se saíram esplendidamente bem. Ao terminar, fizeram um discurso e lhe deram uma escrivaninha de presente. Todas as meninas e damas que estavam presentes choraram, e houve rumores de que alguns dos meninos também choraram, apesar de negarem o fato.

As senhoras Harmon Andrews, Peter Sloane e William Bell caminhavam juntas para suas casas, comentando os acontecimentos.

– Creio que é uma pena que Anne esteja indo embora. As crianças parecem tão apegadas a ela – suspirou a senhora Peter Sloane, que tinha o hábito de suspirar por causa de tudo, e até mesmo suas piadas terminavam dessa maneira. – Mas é claro – acrescentou, apressada –, todas nós sabemos que teremos uma ótima professora no próximo ano.

– Não tenho dúvida de que Jane cumprirá com seu dever – disse a senhora Andrews, de maneira um tanto severa. – Não acho que ela vá contar tantos contos de fadas aos alunos, ou passar tanto tempo vagando com eles pelos bosques. Mas o nome dela figura no Rol de Honra do Inspetor, e a população de Newbridge está muito consternada com sua saída.

– Fico muito contente que Anne esteja indo para a universidade – disse a senhora Bell. – Ela sempre desejou ir, e será algo esplêndido para ela!

– Bem, eu não sei – A senhora Andrews estava determinada a não concordar inteiramente com ninguém naquele dia. – Não acho que Anne precise de mais educação. Ela provavelmente se casará com Gilbert Blythe, se o entusiasmo dele por ela durar até terminar a faculdade; e, sendo assim, de que lhe servirão o latim e o grego? Se lá ensinassem como lidar com um homem, então haveria sentido que ela fosse.

A senhora Harmon Andrews, segundo os rumores que corriam em Avonlea, nunca tinha aprendido a "lidar com seu homem" e, como resultado, o lar dos Andrews não era exatamente um modelo de felicidade doméstica.

– Vi que o chamado de Charlottetown para o senhor Allan está diante do presbitério – disse a senhora Bell. – Significa que logo vamos perdê-lo, suponho.

– Eles não irão antes de setembro – respondeu a senhora Sloane. – Será uma grande perda para a comunidade... Apesar de sempre ter pensado que a senhora Allan se vestia muito alegremente para uma esposa de ministro. Porém, nenhum de nós é perfeito. Vocês perceberam como o senhor Harrison estava arrumado e elegante hoje? Nunca vi um homem tão mudado! Vai à igreja todos os domingos e contribui com o salário do reverendo.

– Paul Irving não está um rapazinho? – disse a senhora Andrews. – Era tão pequeno para sua idade quando chegou aqui! Hoje quase não o reconheci. Está começando a ficar parecido com o pai.

– É um menino inteligente – disse a senhora Bell.

– É sim, mas – a senhora Andrews baixou o tom da voz – creio que conta histórias esquisitas. Gracie me disse ao voltar da escola, na semana passada, que ele contou a maior ladainha sobre umas pessoas que vivem na praia... Histórias que não podem ter uma palavra de verdade, vocês sabem. Eu falei a Gracie para não acreditar nisso, e ela me respondeu que Paul não esperava que ela acreditasse. Mas, se ele não esperava que ela acreditasse, então por que as contou?

– Anne diz que Paul é um gênio – disse a senhora Sloane.

– Pode ser que seja. Você nunca sabe o que esperar dos americanos – retrucou a senhora Andrews. O único contato dessa senhora com a palavra "gênio" era derivado do modo coloquial de chamar qualquer indivíduo excêntrico de "gênio esquisito". Ela provavelmente pensou, assim como Mary Joe, que isso se referia a uma pessoa que estivesse mal da cabeça.

De volta à classe, Anne estava sentada sozinha diante de sua mesa, como havia sentado no primeiro dia de aula, dois anos antes, com o rosto apoiado na mão e os olhos úmidos contemplando melancolicamente a Lagoa das Águas Brilhantes pela janela. Seu coração ficou tão apertado depois da despedida dos alunos que, por um momento, a universidade perdeu todo o encanto. Ainda sentia o calor dos braços de Annetta Bell em torno de seu pescoço e o som do pranto infantil da menina: "Eu *nunca* vou amar nenhuma professora como amo a senhorita, nunca, nunca!"

Por dois anos ela trabalhara com honestidade e dedicação, cometendo vários erros e aprendendo com eles. E recebera sua recompensa. Ela havia ensinado algumas coisas aos alunos, mas sentia que estes lhe haviam ensinado muito mais: lições de ternura, autocontrole, sabedoria inocente, o conhecimento dos corações infantis. Talvez não tenha tido êxito em "inspirar" alguma maravilhosa ambição em seus pupilos, mas ensinou-lhes, mais por sua doce personalidade do que por todos os seus cuidadosos preceitos, que era bom e necessário aos anos que estavam à frente que vivessem de maneira gentil e graciosa, agindo na verdade, cortesia e gentileza, mantendo-se distantes de tudo que cheirasse a falsidade, maldade e vulgaridade. Talvez estivessem de todo inconscientes de terem aprendido tais lições, mas se lembrariam delas e as colocariam em prática até muito tempo depois de terem esquecido a capital do Afeganistão e as datas da Guerra das Rosas.

– Mais um capítulo da minha vida está encerrado – disse Anne em voz alta, ao trancar sua mesa. Sentia-se realmente triste, mas a romântica ideia daquele "capítulo encerrado" a consolava um pouco.

Anne passou quinze dias em Echo Lodge no começo das férias, e todas as participantes se divertiram muito. Ela levou a senhorita Lavendar a uma expedição de compras na cidade e a persuadiu a comprar um novo vestido de organdi, incluindo nisso toda a empolgação de cortá-lo e costurá-lo juntas, enquanto a contente Charlotta IV alinhava e juntava os recortes. A senhorita Lavendar queixara-se de que não conseguia se interessar por nada, mas seus olhos voltaram a brilhar diante de seu belo vestido.

– Que pessoa tonta e frívola eu devo ser – suspirou. – Estou verdadeiramente envergonhada por pensar que um novo vestido, mesmo sendo um organdi lilás, me deixaria contente, quando uma consciência limpa e uma contribuição extra para as Missões Estrangeiras não conseguiram.

Na metade de sua estadia, Anne foi até Green Gables por um dia para remendar as meias dos gêmeos e responder às perguntas acumuladas de Davy. Ao entardecer, passou pela estrada à beira-mar para ver Paul Irving. Ao passar pela janela quadrada e baixa da sala de visita dos Irvings, viu de relance que Paul estava sentado no colo de alguém e no momento seguinte que o menino atravessou correndo o corredor.

– Oh, a senhorita Shirley! – gritou, empolgado. – Não pode imaginar o que aconteceu! Algo esplêndido! Meu pai está aqui! Só imagine! Papai está aqui! Entre, entre. Pai, esta é a minha linda professora! O senhor entende, pai!

Stephen Irving adiantou-se para receber Anne com um sorriso. Era um homem de meia-idade, alto e bonito, com cabelos grisalhos, profundos olhos azuis-escuros e um rosto forte e triste, com queixo e testa esplendidamente modelados. "O semblante exato de um herói de romance", pensou Anne, com um tremor de intensa satisfação. Seria tão decepcionante conhecer um homem que deveria ser um herói, só para descobrir que era careca ou corcunda, ou carente de beleza varonil.

Anne teria considerado terrível se o objeto do romance da senhorita Lavendar não estivesse à altura de seus antecedentes.

– Então, esta é a "linda professora" do meu filho, de quem tanto tenho ouvido falar – disse o senhor Irving, com um caloroso aperto de mão. – As cartas de Paul são tão cheias da senhorita que eu sinto como se já a conhecesse. Quero lhe agradecer pelo que tem feito por ele. Creio que sua influência tem sido exatamente o que ele precisava. Minha mãe é uma das melhores e mais queridas mulheres, mas seu senso comum escocês, robusto e trivial, nem sempre consegue compreender um temperamento como o do meu rapaz. O que faltava a ela a senhorita supriu. Entre as duas, creio que a educação de Paul nestes últimos dois anos tem sido quase ideal, para um menino sem a mãe.

Todos gostam de ser apreciados. Ante os elogios do senhor Irving, o rosto de Anne "enrubesceu como um botão de rosa", e esse ocupado e esgotado homem do mundo, olhando para ela, pensou que nunca tinha visto exemplo mais doce e formoso de juventude do que aquela professorinha "da costa oeste", com seu cabelo ruivo e olhos maravilhosos.

Paul sentou-se entre eles, completamente feliz.

– Nunca sonhei que papai estivesse vindo. Nem mesmo a vovó sabia. Foi uma grande surpresa! De modo geral – Paul balançou seus cachos castanhos com gravidade –, não gosto de ser surpreendido. Quando você é surpreendido, acaba perdendo toda a diversão da expectativa. Mas, em um caso como este, tudo bem! Papai chegou ontem à noite, depois que eu já tinha ido dormir. E, depois que vovó e Mary Joe se recuperaram da surpresa, vovó e papai subiram para me ver, sem a intenção de me acordar. Mas eu despertei e vi o papai e lhe garanto que saltei nele!

– Com o abraço igual ao de um urso! – disse o senhor Irving, sorridente, colocando os braços em torno dos ombros do filho. – Quase não reconheci meu garoto. Está tão crescido, moreno e robusto!

– Não sei quem estava mais contente de ver o papai: a vovó ou eu! – continuou Paul. – Ela ficou na cozinha o dia todo preparando coisas que papai gosta de comer. Disse que não as confiaria a Mary Joe, pois aquela era a forma dela de demonstrar alegria. Eu gosto mais de sentar e conversar com ele. Mas vou deixá-los por um instante, se me permitirem. Tenho que recolher as vacas para Mary Joe. É uma das minhas tarefas diárias.

Quando Paul saiu para realizar sua "tarefa diária", o senhor Irving conversou com Anne sobre vários assuntos. Mas ela teve a sensação de que ele estava pensando em outra coisa durante o tempo todo. Em pouco tempo, o assunto veio à superfície.

– Na última carta de Paul, ele mencionou uma visita que fez com a senhorita a uma velha... amiga minha... a senhorita Lewis, na casa de pedra em Grafton. A senhorita a conhece bem?

– Sim, sem dúvida. É uma amiga muito querida – foi a resposta sucinta de Anne, que não deu mostras do repentino arrepio que sentiu dos pés à cabeça ante a pergunta do senhor Irving. Anne "sentiu instintivamente" que um romance estava surgindo justo na curva à sua frente.

O senhor Irving se levantou, foi até a janela e ficou a contemplar o mar imenso e dourado, onde um vento desordenado brincava em meio às ondas. Por alguns instantes, o silêncio reinou na pequena e escura sala de visitas. Então ele virou e encarou o rosto amigável de Anne com um sorriso meio caprichoso, meio terno.

– Pergunto-me o quanto a senhorita sabe – disse ele.

– Sei de tudo – respondeu Anne, de imediato. – Veja bem – explicou, apressadamente –, a senhorita Lavendar e eu somos muito íntimas. Ela jamais revelaria coisas de natureza tão sagrada a qualquer um. Somos almas gêmeas.

– Sim, acredito que sejam. Bem, vou pedir um favor à senhorita. Eu gostaria de visitar a senhorita Lavendar se ela permitir. Poderia perguntar a ela se eu posso?

Será que não? Oh, é claro que sim! Sim, aquele era um romance, real e verdadeiro, com todo o encanto de rima, história e sonho. Um pouco tardio, talvez, como uma rosa que floresce em outubro, quando deveria ter desabrochado em junho; mas, ainda assim, era uma rosa, com toda doçura e fragrância, com o brilho do ouro em seu coração. Nunca os pés de Anne a conduziram a uma missão mais desejada do que aquela caminhada pelos bosques de faia de Grafton na manhã seguinte. Ela encontrou a senhorita Lavendar no jardim. A jovem sentia um misto de euforia e medo. Suas mãos gelaram e sua voz tremeu.

– Senhorita Lavendar, tenho algo a lhe dizer... algo muito importante. Consegue adivinhar o que é?

Anne nunca imaginou que sua interlocutora pudesse adivinhar, mas o rosto da senhorita Lavendar empalideceu demasiadamente e ela falou em um tom muito calmo e contido, desprovido de toda a cor e esplendor que sua voz costumava ter.

– Stephen Irving está em casa?

– Como sabe? Quem lhe contou? – exclamou Anne, desapontada, chateada por sua grande revelação ter sido antecipada.

– Ninguém. Eu sabia que deveria ser isso só pelo jeito que você falou.

– Ele quer vir aqui para vê-la – disse Anne. – Posso enviar uma mensagem dizendo a ele que pode vir?

– Sim, é claro – assentiu a senhorita Lavendar, agitada. – Não há razão para o contrário. Ele só vem como um velho amigo.

Anne tinha uma opinião particular sobre esse quesito ao entrar apressada na casa de pedra para escrever uma nota na escrivaninha da senhorita Lavendar.

"Oh, é delicioso estar vivendo em um romance" – ela pensou, alegremente. "E, com certeza, tudo dará certo... Tem que dar... e Paul terá uma mãe com um coração como o dele, e todos serão felizes. Mas o senhor Irving levará a senhorita Lavendar para longe... e só Deus sabe o que vai acontecer com a casinha de pedra... Assim, existem dois lados nessa história, como parece ser com todas as coisas neste mundo." O bilhete importante foi escrito, e a própria Anne o levou até o posto dos correios em Grafton, onde surpreendeu o carteiro ao pedir que ele levasse até o escritório de Avonlea.

– É extremamente importante – assegurou ela, ansiosa. O carteiro era um velho irritadiço que não se parecia em nada com o aspecto de um mensageiro do cupido, e Anne não estava muito segura de que poderia confiar em sua memória. Mas ele disse que faria o melhor para lembrar-se, e a jovem teve que se conformar com isso.

Charlotta IV percebeu que algum mistério permeava a casa de pedra naquela tarde... um mistério do qual ela estava excluída. A senhorita Lavendar vagava distraída pelo jardim. Anne também parecia possuída pelo demônio da inquietude e caminhava para lá e para cá, para cima e para baixo. Charlotta IV resistiu até que a paciência deixasse de ser uma virtude. Então, confrontou Anne na terceira peregrinação inútil da romântica jovem até a cozinha.

– Por favor, madame – disse Charlotta IV, com um indignado movimento de seus laços de fita azuis –, é evidente que a senhorita e a senhorita Lavendar têm um segredo. E eu acho, perdoe-me se sou muito atrevida, senhorita Shirley, madame, que é uma enorme crueldade não me contarem, quando nós todas temos sido tão amigas!

– Oh, Charlotta querida, eu teria contado tudo a você se fosse um segredo meu... Mas é um segredo da senhorita Lavendar. Entretanto, vou explicar... E, se nada acontecer, você nunca deve revelar uma palavra sobre isso a nenhuma alma vivente. Veja, o Príncipe Encantado está vindo nesta noite. Ele veio muito tempo atrás, mas, em um momento de loucura, acabou indo embora e vagou por caminhos distantes, esquecendo-se do segredo da vereda mágica até o castelo encantado, onde a princesa chorava com seu coração fiel a ele. Mas, por fim, ele se lembrou novamente, e a princesa ainda está esperando... Porque ninguém, além de seu querido príncipe, poderá tirá-la do castelo.

– Oh, senhorita Shirley, o que essa poesia quer dizer em prosa? – suspirou a perplexa Charlotta.

Anne riu.

– Em prosa, esta poesia quer dizer que um velho amigo da senhorita Lavendar virá visitá-la nesta noite.

– A senhorita quer dizer um antigo pretendente? – quis saber a literal Charlotta.

– Provavelmente seja isso que eu queira dizer... em prosa – respondeu Anne, gravemente. – É o pai de Paul... Stephen Irving. E só Deus sabe o que virá disso, mas vamos esperar pelo melhor, Charlotta.

– Espero que ele se case com a senhorita Lavendar! – foi a resposta inequívoca de Charlotta. – Algumas mulheres estão destinadas a ficar solteiras, e temo que eu seja uma delas, madame e senhorita Shirley, porque não tenho nenhuma paciência com os homens. Mas a senhorita Lavendar nunca foi. Tenho andado muito preocupada pensando em que diabos ela vai fazer quando eu crescer e tiver que ir para Boston. Não há mais meninas em nossa família, e Deus sabe o que seria dela se contratasse uma estranha que pudesse rir de sua imaginação e deixasse as coisas fora do lugar, sem estar disposta a ser chamada de Charlotta V. Ela poderia até conseguir alguém que não fosse tão sem sorte como eu para quebrar pratos, mas jamais conseguiria alguém que a amasse mais que eu.

E a pequena criada correu para o forno, sentindo o aroma que saía.

Elas seguiram a tradição de tomar o chá em Echo Lodge naquela tarde como de costume; mas, na verdade, ninguém comeu nada. Após o chá, a senhorita Lavendar foi até o quarto para pôr o novo vestido de organdi lilás, enquanto Anne arrumava seu cabelo. Ambas estavam imensamente empolgadas, mas a senhorita Lavendar fingiu estar muito calma e indiferente.

– Amanhã tenho que remendar aquele rasgo na cortina – disse ela, ansiosa, inspecionando o tecido como se fosse a coisa mais importante naquele momento. – Estas cortinas não foram um negócio tão bom quanto pareciam, considerando o preço que paguei. Meu Deus, Charlotta esqueceu de tirar o pó do corrimão *de novo*! Realmente preciso falar com ela sobre isso.

Anne estava sentada nos degraus da varanda quando Stephen Irving chegou pela vereda e cruzou o jardim.

– Este é o único lugar onde o tempo não passa – disse ele, olhando ao redor, encantado. – Nada mudou na casa ou no jardim desde a última vez que estive aqui, vinte e cinco anos atrás. Isso faz com que eu me sinta jovem novamente.

– O senhor já sabe que o tempo sempre fica parado no palácio encantado – respondeu Anne seriamente. – As coisas só começam a acontecer quando o príncipe chega.

O senhor Irving sorriu com certa tristeza diante daquele rosto erguido, completamente iluminado de juventude e promessas.

– Algumas vezes o príncipe chega muito tarde – disse ele. O senhor Irving não pediu que Anne traduzisse em prosa a sua observação. Como todas as almas gêmeas, ele "entendia".

– Oh, não, nunca é tarde se é o verdadeiro príncipe que chega para ver a verdadeira princesa – anunciou Anne, balançando sua cabeça ruiva decididamente ao abrir a porta da sala de visitas. Depois que o senhor Irving entrou, ela fechou a porta e virou-se para confrontar Charlotta IV, que estava no corredor, toda "acenos, saudações e sorrisos envolventes"[20].

– Oh, madame – suspirou ela –, eu espiei pela janela da cozinha! Ele é muitíssimo bonito... E está na idade certa para a senhorita Lavendar! Acha que seria muito ruim se escutássemos atrás da porta?

– Seria terrível, Charlotta – advertiu Anne, firmemente. – Assim, é melhor você vir comigo, para se afastar da tentação.

– Não consigo fazer nada, e é insuportável ficar por aí só esperando – suspirou Charlotta. – E se ele acabar não se declarando, madame? Homens são imprevisíveis. Uma vez, minha irmã mais velha, Charlotta I, achou que estava comprometida. Mas acontece que ele tinha uma opinião diferente e falou que não estavam, e por isso ela nunca mais vai confiar em um deles outra vez. E ouvi outro caso em que um homem pensava que estava muito apaixonado por uma moça, quando na verdade era da irmã dela que ele gostava o tempo todo. Se um homem não sabe o que quer, senhorita Shirley, como uma pobre mulher vai saber?

– Vamos até a cozinha para polir as colheres de prata – disse Anne. – Esta é uma tarefa que felizmente não exigirá muita concentração... Pois seria *impossível* pensar nesta noite. E nos ajudará a passar o tempo.

E se passou uma hora. Então, no momento em que Anne largou a última colher reluzente, elas ouviram a porta da frente bater. Elas buscaram apoio no olhar amedrontado uma da outra.

---

[20] Referência a *L'Allegro*, poema escrito em 1645 por John Milton (1608-1674), poeta inglês. (N.T.)

– Oh, senhorita Shirley – gaguejou Charlotta –, se ele está indo embora tão cedo, é porque não há nada entre eles e nunca haverá.

Elas correram para a janela. O senhor Irving não tinha a intenção de ir embora. Ele e a senhorita Lavendar estavam caminhando lentamente pela vereda central até o banco de pedra.

– Oh, madame, ele colocou o braço ao redor da cintura dela! – sussurrou Charlotta IV, muito contente. – Ele deve ter se declarado, ou ela nunca teria permitido.

Anne passou o braço pela cintura roliça de Charlotta IV, e as duas dançaram pela cozinha até ficarem sem fôlego.

– Oh, Charlotta! – exclamou, com alegria. – Não sou uma profetisa nem a filha de uma, mas farei uma previsão. Vai acontecer um casamento nesta casa de pedra antes que as folhas dos bordos fiquem vermelhas. Quer que eu traduza isso em prosa, Charlotta?

– Não, isso eu consigo entender. Um casamento não é poesia. Ora, a senhorita está chorando! Por quê?

– Oh, porque é tudo tão lindo... E tão novelesco... E romântico... E triste – respondeu Anne, secando as lágrimas. – É tudo perfeitamente adorável... Mas há um pouquinho de tristeza misturada, de certa maneira.

– Oh, é claro que existe um risco ao casar-se, com qualquer pessoa – concordou Charlotta IV –, mas, consideradas todas as coisas, senhorita Shirley, existem coisas muito piores do que um marido.

POESIA E PROSA

Durante o mês seguinte, Anne viveu em meio ao que, para Avonlea, significava um redemoinho de emoções. A preparação de seu modesto enxoval para Redmond ficou em segundo plano. A senhorita Lavendar estava se preparando para o casamento, e a casa de pedra era o cenário de infindáveis consultas, planejamentos e discussões, com Charlotta IV pairando por todos os lados em agitado deleite e deslumbre. Logo veio a costureira, e então começaram o êxtase e a desventura de escolher modelos e tirar medidas. Anne e Diana passaram metade de seu tempo em Echo Lodge, e havia noites em que Anne não conseguia dormir, questionando-se se tinha feito o que era certo ao aconselhar a senhorita Lavendar a escolher marrom em vez de azul marinho para seu vestido de viagem e a usar sua seda cinza para confeccionar um modelo ao estilo "princesa".

Todos os envolvidos na história da senhorita Lavendar estavam muito felizes. Paul Irving correu até Green Gables para conversar com Anne assim que seu pai lhe contou as novidades.

– Sabia que podia confiar no papai para escolher uma segunda mãezinha para mim – disse, com orgulho. – É uma coisa maravilhosa ter um pai em quem se pode confiar, professora. Eu simplesmente amo a senhorita Lavendar! Vovó está satisfeita também. Disse que está muito contente por papai não ter escolhido uma americana como segunda esposa, porque, apesar de ter dado certo da primeira vez, há poucas probabilidades de que algo assim se repita. A senhora Lynde diz que aprova a união completamente e acredita que talvez a senhorita Lavendar deixará de lado suas ideias esquisitas e será como todas as outras pessoas, agora que vai ser casar. Mas espero que ela não abandone de vez seu jeito peculiar, professora, pois eu gosto dele. E não quero que ela seja como as outras pessoas. Já existem muitas pessoas ao nosso redor que são assim. A senhorita entende, professora.

Charlotta IV era outra pessoa radiante.

– Oh, madame, tudo terminou tão bem! Quando o senhor Irving e a senhorita Lavendar voltarem da lua de mel, irei para Boston viver com eles... Eu ainda tenho apenas quinze anos, mas minhas irmãs só foram para lá aos dezesseis! O senhor Irving não é esplêndido? Ele simplesmente venera o chão em que a minha senhora pisa, e às vezes a maneira como ele a observa me faz sentir tão estranha... Não existem palavras para descrever, senhorita Shirley! Estou muitíssimo agradecida por eles terem um ao outro. É o melhor destino, no final das contas, apesar de algumas pessoas conseguirem viver sem isso. Tenho uma tia que se casou três vezes, e ela diz que o primeiro casamento foi por amor e os outros dois estritamente por negócios, e foi feliz em todos eles, exceto no momento dos funerais. Mas acho que ela correu um risco, senhorita Shirley.

– Ah, é tudo tão romântico! – suspirou Anne para Marilla, naquela noite. – Se eu não tivesse tomado a estrada errada naquele dia em que fomos à casa do senhor Kimball, nunca teria conhecido a senhorita Lavendar. E, se não a tivesse conhecido, nunca teria levado Paul comigo... E ele nunca teria escrito ao pai contando sobre suas visitas à senhorita Lavendar, justo quando o senhor Irving estava saindo de viagem para São Francisco. O senhor Irving disse que mudou de ideia quando recebeu essa carta e decidiu mandar o sócio a São Francisco e viajar para cá. Ele não ouvia nada a respeito da senhorita Lavendar havia quinze anos. Da última vez, alguém lhe disse que ela estava prestes a se casar, e ele acreditou; por isso nunca mais perguntou nada sobre ela. E agora tudo deu certo. E eu contribuí para que isso acontecesse. Talvez, como diz a senhora Lynde, tudo esteja predestinado a acontecer de certa maneira. Mesmo assim, gosto de imaginar que servi como instrumento do destino. Sim, de fato, é muito romântico.

– Não consigo ver o que é tão terrivelmente romântico – disse Marilla, de maneira um tanto seca. Ela achava que Anne estava empolgada demais com esse assunto e que tinha muito o que fazer para se preparar para a universidade, sem ficar "perambulando" em Echo Lodge dois dias a cada três para ajudar a senhorita Lavendar. – Em primeiro lugar, dois jovens tolos discutem e se separam, irritados. Então, Stephen Irving vai para os Estados Unidos e, depois de um tempo, ele se casa e vive perfeitamente feliz, até onde todos sabem. Aí sua esposa morre, e, após um período decente, ele decide voltar para casa e ver se sua primeira namorada o aceitaria de volta. Nesse meio tempo, ela continua solteira, provavelmente porque ninguém bom o bastante se interessou em conquistá-la. Os dois se reencontram e decidem finalmente se casar. Ora, onde está todo esse romantismo?

– Oh, não há nenhum, pensando dessa forma – hesitou Anne, como se alguém tivesse jogado um balde de água fria nela. – Suponho que é assim que a história soa em prosa. Mas é muito diferente se você a observar por meio da poesia... E eu acho que é melhor... – Anne se recuperou, e seus olhos brilharam e as bochechas coraram – ... observar a história por meio da poesia.

Marilla encarou a jovem fisionomia radiante e refreou o impulso de fazer mais algum comentário sarcástico. Talvez tivesse finalmente compreendido que era melhor ter, como Anne, "a visão e a faculdade divina", esse dom que o mundo não pode dar nem tirar de olhar a vida por um prisma transfigurador (ou revelador?), que faz com que tudo pareça rodeado por uma luz celestial, contendo uma glória e um frescor invisível àqueles que, como ela e Charlotta IV, viam as coisas somente pela prosa.

– Quando vai ser o casamento? – perguntou, após uma pausa.

– Na última quarta-feira de agosto. Eles se casarão no jardim, debaixo da trepadeira de madressilvas... no mesmo lugar onde o senhor Irving se declarou a ela, vinte e cinco anos atrás. Marilla, isso é romântico até mesmo em prosa! Só estarão presentes a senhora Irving e Paul, Gilbert, Diana e eu, e os primos da senhorita Lavendar. E eles partirão no trem das seis horas para uma viagem à costa do Pacífico. Quando voltarem, no outono, Paul e Charlotta IV vão morar com eles em Boston. Mas Echo Lodge permanecerá como está... É claro que venderão as galinhas e a vaca e colocarão tábuas nas janelas... E eles virão passar todos os verões ali. Estou tão contente! Ficaria terrivelmente magoada no próximo inverno, em Redmond, ao pensar naquela querida casa de pedra toda deserta e desnuda, com os aposentos vazios, ou, pior ainda, com outras pessoas vivendo ali. Mas agora posso pensar na casa da forma como sempre a vi, esperando alegremente pelo verão para trazer a vida e as risadas de volta.

Havia mais romance no mundo além daquele que os maduros namorados de Echo Lodge haviam compartilhado. Anne percebeu isso repentinamente, em uma tarde em que se dirigiu a Orchard Slope pelo atalho do bosque e chegou ao jardim dos Barrys. Diana Barry e Fred Wright estavam juntos embaixo do grande salgueiro. Diana estava recostada contra o tronco cinza, com os cílios repousando sobre as bochechas muito coradas. Fred segurava uma de suas mãos, com o rosto inclinado na direção dela, e murmurava alguma coisa em um tom de voz baixo e sério. Não havia mais ninguém no mundo além dos dois naquele momento mágico, de modo que nenhum deles viu Anne, que, com um olhar estupefato de compreensão, deu meia-volta e correu silenciosamente pelo atalho do bosque de abetos, não parando por nada até chegar ao seu quartinho, onde se sentou ofegante ao lado da janela e tentou reunir os pensamentos dispersos.

– Diana e Fred estão apaixonados um pelo outro! – arfou. – Oh, isso parece tão... tão... tão *irremediavelmente* adulto!

Nos últimos tempos, Anne tinha suas suspeitas de que Diana estava deixando de ser fiel ao melancólico herói byroniano de seus sonhos de outrora. Mas, como "as coisas que se veem são mais potentes do que as que se ouvem" ou suspeitam, a constatação de que aquilo era realidade a atingiu quase com a força de um verdadeiro choque. Em seguida veio um sentimento esquisito, de certa forma desconhecido... Como se, de alguma maneira, Diana tivesse seguido em frente rumo a um novo mundo, fechando o portão atrás de si e deixando Anne do lado de fora.

"As coisas estão mudando tão rápido que quase me assustam" – pensou, um pouco triste. "E temo que não seja possível evitar o surgimento de algumas diferenças entre mim e Diana. Estou certa de que não poderei revelar todos os meus segredos a ela depois disso... Ela poderia contá-los a Fred. E o que ela consegue ver em Fred? Ele é um moço bom e alegre, mas é apenas Fred Wright!"

Esta pergunta é sempre intrigante: o que uma pessoa vê em outra? Mas, afinal de contas, quão afortunado é que seja assim, pois, se todos vissem a mesma coisa... Bem, nesse caso, como disse um velho índio: "Todos iriam querer a minha squaw"[21]. Estava claro que Diana via algo em Fred Wright, algo que estava oculto aos olhos de Anne. Na tarde do dia seguinte, uma tímida e pensativa Diana foi a Green Gables e contou a Anne toda a história no escuro retiro do quartinho do lado leste do sótão. As jovens choraram, abraçaram-se e sorriram.

– Estou tão feliz! Mas parece ridículo pensar que eu estou comprometida.

– Como realmente é estar comprometida? – perguntou Anne, curiosa.

– Bem, tudo depende de quem é a pessoa com quem se está comprometida – respondeu Diana, com aquele ar irritante de sabedoria superior que os que estão namorando sempre adotam com aqueles que não estão. – É perfeitamente adorável estar namorando Fred... mas acho que seria simplesmente horrível namorar qualquer outro.

– Então não há muitas esperanças para o resto de nós, considerando que existe somente um Fred – riu Anne.

---

21 Nome que os índios norte-americanos dão às esposas. (N.T.)

– Oh, Anne, você não entende! – disse Diana, irritada. – Eu não quis dizer isso... É tão difícil explicar! Não importa, você vai entender um dia, quando chegar a sua vez.

– Deus a abençoe, a mais querida das Dianas, eu entendo agora. Para que serve a imaginação senão para me ajudar a enxergar a vida por meio dos olhos dos demais?

– Você será minha dama de honra, Anne, você sabe disso. Prometa-me que virá ao meu casamento... de onde quer que você esteja.

– Virei até dos confins da Terra se necessário – prometeu Anne, solenemente.

– É claro que não será tão cedo – disse Diana, enrubescendo. – Três anos, no mínimo... pois tenho só dezoito anos, e mamãe disse que nenhuma filha dela se casará antes dos vinte e um. Além disso, o pai de Fred vai comprar a fazenda de Abraham Fletcher para ele e disse que só vai colocá-la em seu nome quando o filho já tiver pagado dois terços do valor. Mas três anos não é muito tempo para se preparar para ser dona de casa, pois ainda não tenho nenhuma peça de enxoval decorada. Amanhã mesmo vou começar a fazer guardanapos de crochê. Myra Gillis tinha trinta e sete guardanapos quando se casou, e estou determinada a ter o mesmo tanto.

– Suponho que seria francamente impossível manter uma casa com somente trinta e seis guardanapos – concordou Anne, com o semblante pomposo, mas o olhar brincalhão. Diana pareceu magoada.

– Não imaginei que você riria de mim, Anne – reprovou ela.

– Querida, eu não estava rindo de você – exclamou Anne, arrependida. – Estava só provocando um pouquinho. Creio que você será a dona de casa mais doce do mundo! E acho que é adorável o fato de você já estar planejando sua casa dos sonhos.

Anne mal havia terminado de pronunciar "casa dos sonhos" quando sua fantasia começou a erigir seu próprio futuro lar. É claro que sua propriedade era habitada por um dono ideal, misterioso, altivo e melancólico. Mas, por incrível que pareça, Gilbert Blythe insistia em tomar parte daquele cenário, ajudando-a a pendurar quadros, organizar os jardins e levar a cabo muitas outras tarefas que um altivo e melancólico herói evidentemente consideraria estar abaixo de sua dignidade. Anne tentou expulsar a imagem de Gilbert de seu castelo na Espanha, mas, de algum modo, ele continuava ali. Então, estando com pressa, ela desistiu da tentativa e continuou sua arquitetura imaginária com tal êxito que sua "casa dos sonhos" estava construída e mobiliada antes que Diana falasse novamente.

– Presumo, Anne, que você deve achar engraçado que eu goste tanto do Fred, sendo ele tão diferente do tipo de homem com o qual eu sempre disse que me casaria... o tipo alto e esbelto. Mas, por algum motivo, não gostaria que Fred fosse alto e esbelto... Porque, você não vê, dessa forma ele não seria o Fred! É claro – ela acrescentou, um pouco pesarosa – que nós seremos um casal assustadoramente gorducho. Mas, enfim, isso é melhor do que um de nós ser baixo e gordo e o outro alto e delgado, como Morgan Sloane e a esposa. A senhora Lynde diz que nunca consegue deixar de pensar nessa disparidade quando os vê juntos.

– Bem – disse Anne para si mesma naquela noite, enquanto escovava os cabelos diante do espelho de moldura dourada –, estou contente que Diana esteja tão feliz e satisfeita. Mas, quando chegar minha vez... se um dia chegar... espero que haja um pouco mais de emoção. Entretanto, Diana também pensava assim antes. Eu a ouvi dizer mais de uma vez que nunca se comprometeria de modo lento e banal... que seu pretendente teria de fazer algo esplêndido para conquistá-la. Mas ela mudou. Talvez eu mude também. Mas não... Estou determinada a não mudar. Oh, acho que esses noivados são coisas assustadoramente perturbadoras quando acontecem com suas amigas íntimas!

UM CASAMENTO NA CASA DE PEDRA

A última semana de agosto chegou, período em que a senhorita Lavendar se casaria. Duas semanas depois, Anne e Gilbert partiriam para Redmond College. Em uma semana, a senhora Rachel Lynde se mudaria para Green Gables e instalaria seus ares e penates no até então quarto de hóspedes, que já estava preparado para sua chegada. Ela havia vendido todo o supérfluo mobiliário doméstico por leilão, e no momento estava se distraindo com a conveniente ocupação de ajudar os Allans a empacotar suas coisas. O senhor Allan iria fazer seu sermão de despedida no próximo domingo. A velha ordem estava mudando rapidamente para dar lugar ao novo, como sentia Anne com uma pitada de tristeza enredada em toda a sua empolgação e alegria.

– As mudanças não são totalmente agradáveis, mas são coisas excelentes – filosofou o senhor Harrison. – Dois anos é tempo suficiente para as coisas permanecerem exatamente iguais. Se ficassem no mesmo lugar por mais tempo, poderiam ficar cobertas de musgo.

O senhor Harrison estava fumando na varanda. Sua esposa, em sacrifício próprio, disse que ele poderia fumar dentro de casa se tomasse o cuidado de sentar-se ao lado de uma janela aberta. O senhor Harrison retribuiu essa concessão indo fumar ao ar livre quando o tempo estava bom, e então prevaleceu a mútua boa vontade.

Anne estava ali para pedir à senhora Harrison algumas de suas dálias amarelas. Ela e Diana iriam naquela tarde até Echo Lodge para ajudar a senhorita Lavendar e Charlotta IV com os preparativos finais do casamento, que ocorreria no dia seguinte. A própria senhorita Lavendar nunca teve dálias; ela não gostava muito delas e achava que não teriam combinado com o formoso retiro de seu jardim à moda antiga. Mas as flores de qualquer tipo estavam escassas em Avonlea e nos distritos vizinhos naquele verão, por causa da tempestade do Tio Abe, e Anne e Diana pensaram que uma velha jarra de pedra de cor creme, geralmente utilizada para guardar bolinhos, decorada com dálias amarelas seria exatamente o necessário para decorar um sombrio ângulo da escadaria da casa de pedra, contra o escuro fundo de papel de parede vermelho.

– Presumo que dentro de quinze dias a senhorita estará indo para a universidade – continuou o senhor Harrison. – Bem, Emily e eu sentiremos muitíssimo a sua falta. Mas com certeza a senhora Lynde vai estar ali, em seu lugar. Não há ninguém que não possa ser substituído.

A ironia do tom do senhor Harrison é absolutamente intransferível para o papel. A despeito da intimidade de sua esposa com a senhora Lynde, o melhor que poderia ser dito da relação dela com o senhor Harrison, sob esse novo regime, era que mantinham uma neutralidade armada.

– Sim, estarei – disse Anne. – Minha mente está muito feliz, mas meu coração está muito triste.

– Acredito que a senhorita conseguirá ganhar todos os prêmios que houver em Redmond.

– Talvez eu tente um ou dois deles, mas não me importo tanto com essas coisas como me importava há dois anos. O que quero obter do meu curso universitário é algum conhecimento sobre a melhor forma de viver a vida e como tirar o melhor dela. Quero aprender a entender e ajudar outras pessoas e a mim mesma.

O senhor Harrison assentiu com a cabeça.

– Esta é exatamente a ideia. Esse deveria ser o objetivo da universidade, em vez de formar um monte de bacharéis tão cheios de conhecimento literário e vaidade que não há lugar para mais nada. A senhorita tem razão. Creio que a universidade só lhe dará bons frutos.

Diana e Anne foram a Echo Lodge após o chá, levando consigo o despojo floral que muitas expedições predatórias em seus próprios jardins e nos de seus vizinhos haviam rendido. Encontraram a casa de pedra bulindo de animação. Charlotta IV voava de um lado para o outro, com tanto entusiasmo e velocidade que seus laços azuis pareciam realmente ter o poder da onipresença. Como os estandartes de Navarra, os laços azuis de Charlotta balançavam mesmo na luta mais acirrada.

– Graças a Deus as senhoritas chegaram! – exclamou ela, devotamente. – Temos montes de coisas para fazer... E o glacê daquele bolo não endurece... E toda aquela prataria precisa ser polida... E o baú coberto com crina de cavalo tem que ser arrumado... E os frangos para o salpicão ainda estão correndo e cacarejando lá fora diante do galinheiro, madame. E a senhorita Lavendar não está em condições de fazer nada. Fiquei grata quando o senhor Irving chegou, alguns minutos atrás, e a levou para uma caminhada no bosque. Não há problema em namorar no lugar certo, madame, mas, se misturar isso com a cozinha e a limpeza, tudo estará perdido! Esta é a *minha* opinião, madame.

Anne e Diana trabalharam tão energicamente que, às dez horas da noite, até mesmo Charlotta IV estava satisfeita. Amarrou o cabelo em inumeráveis tranças e carregou seus ossinhos cansados para a cama.

– Mas estou certa de que não vou conseguir pregar o olho, senhorita Shirley, por medo de alguma coisa dar errado na última hora... que o creme não endureça... ou que o senhor Irving tenha um ataque e não possa vir.

– Ele não tem o hábito de ter ataques, tem? – perguntou Diana, franzindo os cantos da boca. Para Diana, Charlotta IV era, se não exatamente uma bela criatura, decerto uma eterna fonte de riso.

– Essas coisas não acontecem por hábito – retrucou Charlotta IV, com dignidade. – Elas simplesmente acontecem... e pronto. Qualquer um pode ter um ataque. Não é necessário que já tenha tido. O senhor Irving parece muito com um dos meus tios, que um dia teve um ataque justo quando estava se sentando para almoçar. Mas talvez tudo fique bem. Neste mundo, temos que esperar pelo melhor, preparar-nos para o pior e aceitar o que Deus envia.

– Minha única preocupação é que amanhã não faça bom tempo – disse Diana. – Tio Abe previu chuva para o meio da semana, e, desde o grande temporal, não consigo deixar de acreditar que há uma boa dose de verdade no que ele diz.

Anne, que sabia melhor do que Diana o quanto Tio Abe tinha a ver com o temporal, não estava muito preocupada com isso. Ela dormiu o sono dos justos e cansados e foi despertada em um horário totalmente inoportuno por Charlotta IV.

– Senhorita Shirley, sinto muitíssimo chamá-la tão cedo – ouviu-se através do buraco da fechadura –, mas ainda há tanto por fazer... E, oh, senhorita Shirley, temo que vá chover, e eu queria que a senhorita se levantasse e me dissesse que acha que não vai.

Anne correu para a janela, ansiando de todo o coração que Charlotta IV estivesse dizendo isso meramente para que ela despertasse mais rápido. Mas a manhã realmente parecia pouco propícia. O jardim da senhorita Lavendar, que deveria estar banhado pela glória da pálida luz do sol nascente, estava sombrio e sem a mínima brisa, e o céu acima dos pinheiros estava escurecido por nuvens ameaçadoras.

– Isso é terrível! – disse Diana.

– Devemos esperar pelo melhor – disse Anne, determinada. – Se pelo menos não chover, é preferível um dia fresco, cinza e perolado como este a um dia de sol escaldante.

– Mas vai chover – lamentou Charlotta, entrando no quarto. Ela era uma figura engraçada com suas incontáveis tranças atadas com fitas brancas, apontando em todas as direções. – Vai ameaçar até a última hora, e então vai chover torrencialmente! E os convidados ficarão ensopados... E vão encher a casa de lama... E eles não conseguirão se casar debaixo da madressilva... E, diga o que quiser, senhorita Shirley, mas é uma terrível falta de sorte o sol não brilhar sobre uma noiva! Eu sabia que as coisas estavam muito boas para durar.

Charlotta IV certamente parecia ter pegado emprestado uma folha do livro da senhorita Eliza Andrews.

Não choveu, apesar de ter ameaçado o dia inteiro. Ao meio-dia, os cômodos estavam decorados, a mesa estava magnificamente preparada, e no andar de cima aguardava uma noiva "ataviada para seu marido"[22].

– A senhorita está adorável – disse Anne, arrebatada.

– Adorável! – ecoou Diana.

– Está tudo pronto, madame, e não aconteceu nada de ruim ainda – foi a afirmação animada de Charlotta, a caminho do seu quartinho para se vestir. Saíram todas as tranças. O resultado excessivamente frisado foi entrelaçado em dois rabos e atado, não com dois laços, mas com quatro, com uma novíssima fita azul brilhante. Os dois laços superiores davam a impressão de duas asas enormes brotando do pescoço, com um ar dos querubins do pintor Rafael. Mas Charlotta IV achava que estavam muito bonitas e, depois de ter entrado ruidosamente no vestido branco, tão rigidamente engomado que poderia ficar em pé sozinho, examinou-se no espelho com grande satisfação... sentimento esse que durou até ela sair no corredor e ver, pela porta aberta do quarto de hóspedes, a moça alta com um vestido de caimento suave, que estava prendendo flores brancas como estrelas nas ondas macias de seu cabelo ruivo.

"Oh, *nunca* vou ser capaz de parecer com a senhorita Shirley" – pensou a pobre Charlotta, em desespero. "Tem que nascer assim, eu acho... Parece que toda a prática do mundo não seria capaz de me dar aquele *ar*."

À uma hora, os convidados tinham chegado, incluindo o senhor e a senhora Allan, pois o senhor Allan iria realizar a cerimônia na ausência do ministro de Grafton, que estava de férias. Não houve formalidades no casamento. A senhorita Lavendar desceu as escadas, encontrou seu noivo e, quando ele tomou sua mão, ela ergueu os grandes olhos castanhos

---

22 Referência ao Novo Testamento – Apocalipse, 21:2. (N.T.)

para contemplá-lo com um olhar que fez Charlotta IV sentir-se mais estranha do que nunca. Dirigiram-se até o jardim sob as madressilvas, onde o senhor Allan os aguardava. Os convidados se agruparam como quiseram. Anne e Diana permaneceram junto ao velho banco de pedra, e entre elas estava Charlotta IV, que segurava nervosamente as mãos das moças entre as suas mãos frias e trêmulas.

O senhor Allan abriu seu livro azul e deu início à cerimônia. Justo no momento em que a senhorita Lavendar e Stephen Irving eram consagrados marido e mulher, algo muito belo e simbólico aconteceu. O sol repentinamente brilhou por entre as nuvens cinzentas, e uma torrente de esplendor fluiu sobre a noiva feliz. No mesmo instante, o jardim reviveu com sombras dançantes e luzes tremeluzentes.

"Que adorável presságio" – pensou Anne ao correr para cumprimentar a noiva. Então, as três jovens deixaram o restante dos convidados sorrindo em volta do casal e correram para dentro da casa, a fim de conferir se tudo estava pronto para o banquete.

– Graças a Deus terminou, senhorita Shirley – suspirou Charlotta IV –, e os dois já estão seguramente casados, não importa o que aconteça agora. As bolsinhas com arroz estão na despensa, madame, o sapato velho está atrás da porta, e o creme para bater está nos degraus do porão.

Às duas e meia, o senhor e a senhora Irving partiram, e todos foram até Bright River para vê-los tomar o trem da tarde. Quando a senhorita Lavendar... aliás, a senhora Irving... saiu pela porta de sua antiga casa, Gilbert e as jovens jogaram o arroz, e Charlotta IV arremessou o velho sapato com uma pontaria tão boa que acertou o senhor Allan em cheio na cabeça. Mas estava reservado a Paul dar o mais bonito adeus. Ele saiu pela varanda agitando furiosamente um grande e antigo sino de bronze que adornava a cornija da lareira da sala de jantar. A única intenção de Paul era fazer um ruído alegre, mas, quando o repique cessou, ecos harmônicos surgiram das curvas e das colinas além do rio como um "mágico badalar de sinos de casamento", soando clara e docemente, cada vez mais fracos, como se os amados ecos da senhorita Lavendar estivessem se despedindo. E então, entre as bênçãos daqueles doces sons, a senhorita Lavendar partiu de sua velha vida de sonhos e fantasias, rumo a uma vida plena de realidades no atarefado mundo lá fora.

Duas horas depois, Anne e Charlotta IV regressavam pela vereda, Gilbert tinha ido a West Grafton para levar um recado, e Diana tinha um compromisso em sua casa. Anne e Charlotta tinham voltado para pôr as coisas em ordem e trancar a casinha de pedra. O jardim parecia um lago tingido pelo tardio dourado dos raios solares, com borboletas pairando e abelhas zunindo; mas a casinha já tinha aquele indefinível ar de desolação que sempre se segue a uma celebração.

– Oh, meu Deus, não parece solitária? – fungou Charlotta IV, que choramingara durante todo o caminho desde a estação. – Um casamento não é muito mais animado do que um funeral quando tudo está acabado, senhorita Shirley.

Seguiu-se um atarefado entardecer. Deveriam tirar a decoração, lavar as louças e guardar em uma cesta as guloseimas que sobraram, para o deleite dos irmãos mais novos de Charlotta. Anne não iria descansar enquanto não estivesse tudo em perfeita ordem. Após a partida de Charlotta com sua pilhagem, Anne percorreu os quietos cômodos, sentindo-se como alguém que passeia sozinho pelo salão de um banquete abandonado, e fechou as cortinas. Então, trancou a porta e sentou-se debaixo do álamo prateado para esperar por Gilbert, sentindo-se muito cansada, mas ainda pensando "longos, longos pensamentos" de forma infatigável.

– No que está pensando, Anne? – perguntou Gilbert, aproximando-se pela trilha. Tinha deixado o cavalo e a charrete na estrada.

– Na senhorita Lavendar e no senhor Irving – respondeu, sonhadora. – Não é bonito pensar como as coisas terminaram... como eles se reuniram depois de tantos anos de separação e mal-entendidos?

– Sim, é bonito – disse Gilbert, olhando fixamente para o rosto erguido de Anne –, mas não teria sido ainda mais bonito, Anne, se no lugar de separação e mal-entendidos eles tivessem percorrido todo o caminho da vida de mãos dadas, sem memórias para trás além daquelas que pertencem um ao outro?

Por um momento, o coração de Anne acelerou estranhamente, e pela primeira vez seus olhos vacilaram sob o olhar fixo de Gilbert. Um rubor coloriu a palidez de sua face. Era como se um véu que estivera pendurado diante de sua consciência fosse erguido, revelando sentimentos e verdades dos quais ela não suspeitava. Talvez, afinal, o romance não chegasse na vida de alguém com toda a pompa e alarido, como um alegre cavaleiro andante. Talvez chegasse silenciosamente ao nosso lado como um velho amigo. Talvez se revelasse aparentemente como prosa, até que uma súbita flecha de iluminação fosse lançada em suas páginas e traísse o ritmo e a música. Talvez... talvez... talvez o amor nascesse naturalmente de uma bonita amizade, como a rosa de miolo dourado surgia de dentro das sépalas verdes.

Então o véu caiu novamente. Mas a Anne que caminhou pela escura vereda não era a mesma que tinha chegado tão alegre na tarde anterior. Um dedo invisível tinha virado a página da mocidade, e diante dela estava aberta a página da feminilidade, com todos os seus encantos e mistérios, dores e alegrias.

Gilbert, sabiamente, não disse mais nada. Mas, em seu silêncio, leu a história dos próximos quatro anos à luz da lembrança do rubor de Anne. Quatro anos de trabalho árduo e feliz... E, então, o galardão de conhecimento útil recebido e um doce coração conquistado.

Atrás deles, no jardim, a casinha de pedra repousava entre as sombras. Solitária, mas não abandonada. Ainda não tinha terminado com sonhos, risos e alegria de viver; haveria futuros verões para a casinha de pedra. E, por enquanto, ela podia esperar. E, sobre o rio, em seu confinamento lilás, os ecos aguardavam sua hora.